하늘에 던지는 외침

SEOUL, 2008

하늘에 던지는 외침

초판 제1쇄 발행일 2008년 8월 20일
초판 제4쇄 발행일 2017년 5월 30일
지은이 구마가이 다쓰야 옮긴이 권남희
발행인 이원주 발행처 (주)시공사
주소 서울시 서초구 사임당로 82
전화 영업 2046-2800 편집 2046-2821~4
인터넷 홈페이지 www.sigongsa.com

TANABATA SHIGURE by Tatsuya Kumagai
Copyright ⓒ Tatsuya Kumagai 2006
Korean translation copyright ⓒ Sigongsa Co., Ltd. 2008
All rights reserved.
Original Japanese edition published by Kobunsha Co., Ltd., Tokyo.
This Korean edition published by arrangement with
Kobunsha Co., Ltd., Tokyo in care of Tuttle-Mori Agency, Inc., Tokyo
through Imprima Korea Agency, Seoul.

ISBN 978-89-527-5297-0 43830
ISBN 978-89-527-5572-8 (세트)

*홈페이지 회원으로 가입하시면 다양한 혜택이 주어집니다.
*잘못 만들어진 책은 구입하신 서점에서 바꾸어 드립니다.

하늘에 던지는 외침

구마가이 다쓰야 지음 | 권남희 옮김

시공사

1

거리에도 잊고 싶은 기억이 있을 거다.

의식적으로 '잊어야지.' 한 것도 아닌데, 어느새 아무 소리도 들리지 않을 때가 있다. 이를테면 문득 정신을 차려 보니 조금 전까지 흐르던 배경 음악이 전혀 다른 곡으로 바뀌어 있어서, '어라?' 하고 고개를 갸웃거리지만 멜로디는 떠올라도 곡명은 어디론가 슬쩍 도망가 버려 몹시 안타까워지는 느낌이랄까.

나는 곡명도 가수도 잊어버렸지만 멜로디만은 흥얼거리고 있는 자신에게 놀랄 때처럼, 지금도 그 거리의 냄새를 기억하고 있다.

잿빛 기억은 반짝거리는 칠석 대나무 장식과 함께 되살아난다. 모노톤으로 떠오르는 기억 속에서도 선명하게 반짝이는 대나무 장식을 올려다보는 사람들이 있다. 나와 유키히로와 나오미, 그리고 야스코 누나와 누마쿠라 아저씨다.

그 거리 주위를 떠도는 냄새, 겉보기에는 평온하지만 어딘가 음산하고 혼돈스러운 그 냄새를 잊는 순간, 그들과 함께한 추억도 지워질 것이다.

사실은 그게 자연스러운 건지도 모른다. 그럼으로써 거리는 새로운 치장과 함께 새로운 역사를 새겨 갈 것이다. 고통스러운 사건이나 찜찜한 기억은 잊고 사는 편이 행복하다. 이러한 사실은 사람뿐만이 아니라 거리에게도 마찬가지일 것이다.

하지만 나는 아무리 오랜 시간이 흘러도 쉽게 잊지는 못할 것 같다.

2

우리 가족은 내가 초등학교 5학년이 되던 봄, 센다이 시의
O구로 이사를 했다.

그 전까지는 센다이 시에서 동북쪽으로 직선 거리가 60킬
로미터 정도 되는 T읍에 살았다. 기타가미 강가에 있는 작은
성하 마을('성 아래에 있는 마을'이라는 뜻. 센고쿠 시대 이후
영주가 사는 성을 중심으로 형성된 도시로, 성의 방위 시설이자
행정 도시, 상업 도시 역할을 했음 : 옮긴이)이었다.

당시 인구는 7000명 정도였을까. 전원 지대에 있는 마을
치고는 드물게 주변 마을에 비해 면적이 좁아서 초등학교와
중학교가 각각 하나밖에 없었다. 그래서 T읍에서 자란 아이
들은 의무 교육 기간 9년 동안 어쩔 수 없이 늘 같은 얼굴들
을 보면서 보냈다.

그 때문일까, T읍 출신들의 연대 의식은 보통 이상으로 강
했다. 수십 년 만에 옛 친구를 만나도 바로 어제 만난 것처럼
자연스럽게 이야기에 끼어들 수 있다는 점이 참으로 신기했
다. 그런 분위기 속에서 자랐기 때문에, 아버지가 갑자기 "다
음 주에 센다이로 이사할 거란다."라고 말했을 때, 농담인 줄

알았다.

당연히 나는 불만을 표시했다. 마음이 잘 통하는 친구들과 헤어지고 싶지 않았고, 몰래 좋아하는 같은 반 여자 아이도 있었다. 하지만 아무리 외동아들이라 해도 이럴 때 열두 살짜리의 항의에 귀를 기울일 부모는 없다. 당시는 아이의 요구를 무엇보다도 우선시하는 요즘과는 다른 시대였다. 한 가정의 가장이 '이거다'라고 정하면 가족은 무조건 따라야 했다.

항의해 봐야 소용없다는 것은 나도 잘 알고 있었다. 불평한다고 해도 돌아올 대답은 "오냐, 오냐." 내지는 "그러냐?" 정도였을 것이다.

한편으로는 속마음을 숨기는 게 꺼림칙하기도 했다. 친구들과 헤어지는 건 싫었지만, 센다이에 간다는 사실은 기뻤기 때문이다. 마음 저 밑바닥에서 은밀히 꿈틀거리는 기쁨이 친구들에 대한 배신처럼 느껴졌다. 꺼림칙한 기분은 그런 갈등에서 생겨난 감정이었다.

3

T읍의 이웃 마을인 N읍이 아버지의 고향이다. 논밭이 끝없이 이어져 마을 중심부가 어디인지조차 분명하지 않은, T읍보다 더한 깡촌이었다. 아마 당시에는 전체 가구 중 절반 이상이 농가였을 것이다.

그런 시골에서 태어난 아버지는 다행인지 불행인지 이른바 지식인이었다. 걸핏하면 "어릴 때는 신동이라고 불렸지." 하면서 뻔뻔스럽게 자기 자랑을 하는 통에 질려 버렸다. 그렇지만 입시 제도가 바뀌기 전에 지방 중학교를 졸업한 뒤 사범학교에 들어가고, 입시 제도가 새롭게 바뀐 다음에 읍내에서, 아니 도호쿠 지방에서 가장 어렵다는 국립대학에 다시 들어간 걸 보면 정말로 신동이었던 것 같기도 하다.

'다행인지 불행인지'라고 이야기한 데는 까닭이 있다. 아버지는 농사꾼 집안의 장남이었다. 더욱이 전쟁이 일어나기 전에는 부농까지는 아니더라도 소작농에게 논밭을 빌려 줄 정도라 그럭저럭 지주의 대를 이을 만큼은 되었다. 형제라는 네 살 아래 여동생 하나뿐으로, 전쟁 이전 세대에서는 보기 드문 일이라 할 수 있다. 그래서 주변 사람들은 아버지가 센다이 사범학교에서 국립대학으로 진학한 것은, 졸업한 뒤에 본가로 돌아와 농사를 지으면서 근처 학교에서 교편을 잡기 위해서라고 생각했다.

이런 이야기는 훗날 아버지의 여동생, 그러니까 고모에게서 원망 섞인 푸념과 함께 들은 것이다.

어쨌든 아버지는 애초에 농사를 지을 생각이 없었던 것 같다. 집안이 얼마나 시끄러웠을지 충분히 상상이 간다. 아버지는 고향으로 돌아가지 않고 모든 토지와 재산을 여동생에게 양보했다. 그러고는 센다이 시 옆에 있는 시오가마 시의 고등학교에서 교편을 잡았다.

그걸로 끝났더라면 그 뒤 평탄한 생활을 했을 것이다. 그러나 아버지는 몇 년 근무하다 어머니와 결혼했고, 얼마 지나지 않아 학교를 그만두었다. 자세한 사정은 나도 모른다. 아버지는 인간관계는 나쁘지 않았지만 고집이 센 분이라, 직장에서 상사와 맞서다가 더 이상 물러날 데가 없었는지도 모른다.

학교를 그만둔 뒤에는 센다이 시내에서 작은 학원을 경영했다. 내가 태어나기 2년 전의 일이라고 한다.

센다이 시가 도호쿠 지방에서 가장 큰 도시라고는 하지만, 인구가 40만 명도 채 되지 않는 지방 도시인 데다, 한참 뒤에 시작된 입시 전쟁과는 거리가 먼 1950년대였다. 그러니 학원 경영이 쉬울 리 없었다. 게다가 아버지는 공부는 잘해도 장사에는 젬병인, 판에 박은 듯한 옛날 지식인이자 문학 청년일 뿐이었다.

친척들도 모두 그럴 줄 알았다고 예상했듯이, 아버지가 4년 동안 간신히 끌고 온 학원이 결국 망했다. 그 뒤로 한동안 N읍의 본가에 얹혀살다가 마음이 편치 않았던 모양인지 이내 이웃인 T읍에 셋집을 얻었다. 다시 학원을 열기 위해서였다. 원래는 센다이에 있을 때처럼 학원을 경영하고 싶었던 것 같다. 그렇지만 그 당시 시골에는 아이나 어른이나 학교 이외의 장소에서 교과 공부를 한다는 개념 자체가 없었다. 그래서 아버지는 본의 아니게 펜글씨와 주산 학원을 열어서 힘겹게 생계를 이어 나갔다.

그러니까 내가 태어난 곳은 T읍이 아니라 센다이 시라는 말이 된다. 그렇다 해도 겨우 두 살 때 센다이를 떠났기 때문에 아장아장 걷던 시절의 기억은 눈곱만치도 남아 있지 않다. 하지만 T읍에서 성장하면서도 '나는 센다이에서 태어났다.'라는 사실만큼은 언제나 주문처럼 나를 따라다녔다.

지금 생각하면 시오가마에서 아이를 낳아, 센다이에서 살 예정이었던 어머니의 영향이 컸다. 도시에서 자란 어머니는 시골 생활이 싫어서 못 견딜 지경이었던 모양이다. 실제로 어린 내 손을 잡고 몇 번 가출하려고도 했다고, 어른이 된 내게 추억담처럼 들려준 적이 있다.

"넌 센다이에서 태어났단다." 하는 어머니의 중얼거림이 어느새 나를 속박하고 있었다.

어린 내 마음속에 '나는 시골 출신의 코찡찡이가 아니라, 원래는 도시 아이다.'라는 삐뚤어진 자존심이 뿌리내리게 된 것이다. 여자 아이가 공주님을 동경하는 것과 마찬가지로, 내 속에 만들어진 남자 아이판 신데렐라 스토리는 성장할수록 크게 자리 잡아 갔다. 친구와 놀면서도 "실은, 나 센다이에서 태어났어."라고 말한 기억이 난다. 지금 와서 생각하면 내가 좀 짜증 나는 녀석이었을지도 모르겠다.

그래서 센다이의 학교로 전학 간다는 말을 듣자, 이제야 진정한 나 자신으로 돌아갈 수 있는 꿈같은 미래가 열리는 듯했다.

4

나는 새로 살 집을 보고 조금, 아니 아주 많이 실망했다. 신데렐라를 기다리고 있는 것은 멋진 대리석 궁전과 높이 솟은 성이었다. 그런데 나를 기다리고 있는 것은 가건물에 가까운 집이었다.

그나마 다세대가 아니라 단독 주택이긴 했지만, 큰방과 작은방, 좁은 부엌뿐이었다. 화장실 옆에 작은방보다 더 작은 창고 같은 방이 하나 있었지만, 아버지의 책으로 가득 채워 버렸다. 내 방으로 만들어 줄지도 모른다고 기대했던 작은방 역시 아버지가 서재로 만들어 버렸다.

어지간히 실망한 얼굴을 하고 있었던 모양이다. 가재도구를 다 옮긴 뒤, 아버지는 어머니에게 짐 정리를 맡겼다. 그러고는 "잠깐 이리 올래?" 하고 내게 손짓했다. 아버지는 나를 집 뒤쪽 둑 위로 데리고 갔다.

"가즈야! 여기 경치, 분위기 있고 좋지 않니?"

그렇게 말하는 아버지와 함께 보낸 시선 끝에 강이 보였다. 수면에 파란 하늘과 하얀 구름이 어려 있는 강물은 반짝반짝 빛을 내면서 유유히 흘러가고 있었다.

"이게 히로세 강이란다. 히로세 강 이쪽 편이 원래의 센다이 성하지."

아버지는 이렇게 말하고는 왼쪽으로 보이는 콘크리트 다리를 가리키며 설명했다.

"저게 S교야. 에도 시대에는 저 다리가 좀 더 상류에 걸쳐 있었다고 하는데, 센다이 성하에 올라갈 때 출입구가 되면서 위치를 옮기고, 일각 대문(대문간이 따로 없이 양쪽에 기둥 하나씩을 세워 문짝을 단 대문 : 옮긴이)이나 초소를 세우기도 했다는구나. 그래서인지 성하에 들어가기 전에 S교 옆에서 짚신을 조리로 갈아 신는 풍습이 메이지 시대가 된 뒤에도 남아 있었다고 해."

신데렐라까지는 아니지만, 아쉬운 대로 유서 깊은 센다이 성하 마을에 살게 됐다고 생각하니 기분이 조금 나아졌다.

"경치 좋지? 이 경치를 언제든지 바라볼 수 있는 게 행복이라는 거야."

아버지가 혼잣말처럼 강조했다.

아마 집세가 싸다는 점이 이곳으로 이사 온 가장 큰 이유였을 것이다. 그러나 아버지가 늘 강이 보이는 장소를 선택한 마음을 알 것 같았다.

센다이에 이사 오기 전에 살던 T읍에서도 우리는 늘 강을 바라보곤 했다.

집 뒤쪽에 있는 둑 위로 뛰어 올라가면, 도도하게 흐르는 기타가미 강 물줄기가 보였다. 그 둑은 내게 주요 놀이터였음은 물론이고, 기분 나쁜 일이 있을 때는 나를 위로해 주는 장소이기도 했다. 둑에 웅크리고 앉거나 풀숲에 주저앉아 강을 바라보고 있노라면, 어느새 고민이 씻겨 내려가는 듯한 기분이 든다. 그런 기분은 어른이 된 지금도 여전하다.

"어때, 가즈야. 너도 마음에 들지?"

아버지의 물음에 "예." 하고 대답했다.

거짓말이나 의리를 지키기 위해서가 아니라, 한참 바라보고 있자니 히로세 강의 경치가 정말로 마음에 들었다. 경치 자체도 좋았지만, 강 크기가 마음에 들었다. 그때까지 보아온 기타가미 강은 좀 컸다. 잔잔할 때는 좋지만, 물이 불어나면 나를 집어삼킬 것 같아 무섭기도 했다. 그에 비해 지금 눈앞에 보이는 히로세 강은 너무 크지도 않고 너무 작지도 않아 강이 지니고 있는 유유자적한 부드러움만 떠올랐다.

"음, 여기라면 창작 의욕도 저절로 솟구칠 거야."

아버지가 옆에서 기분 좋게 하품을 하면서 혼잣말을 중얼거렸다.

당시 나는 잘 이해하지 못했지만, 그 시절 아버지는 소설가 지망생이었다.

시간이 한참 지나 내가 고등학생이 되었을 때야 아, 그랬구나, 하고 겨우 이해했다. 아버지의 책 가운데 아버지가 투고한 작품이 실린 오래된 동인지를 몇 권 발견했다. 아버지에게 미안하지만, 작품 수준은 어느 걸 읽어도 이래 가지고는 100년이 걸려도 안 되겠네 싶을 정도로 유치한 편이었다.

하지만 아버지는 이 시절에 진지하게 소설가를 꿈꾸었던 것 같다. 갑자기 센다이로 이사 오게 된 것도 사실은 동인지 동료가 학원을 함께 경영하자고 권유했기 때문이었다. 센다이에서 학원을 경영하다 한 번 실패해 놓고도 질리지 않았는지, 아버지는 나름대로 '꿈이여, 다시 한번' 하고 자신의 가능성을 걸었다. 그 무대가 T읍 같은 시골이 아니라 센다이였다.

그런 건 전혀 짐작하지도 못하고, 센다이에서 앞으로 펼쳐질 생활에 대해 생각하고 있는데, 아버지가 재촉했다.

"자, 슬슬 마마를 도와줘야지."

우리 집에서는 아버지와 어머니를 '파파', '마마'라고 불렀다. 아니, 부르게 했다. 솔직히 그것 때문에 정말 곤혹스러웠다. T읍 같은 시골에서는 부모에게 '파파', '마마'라고 하는 집이 하나도 없었기 때문이다. '아버지', '엄마'라는 호칭조차 너무 고상한 척한다고 여겨서 '아부지', '어매'라고 부르는 것이 보통이고, 가끔은 '아빵', '어망'이라고도 불렀다. 자기 엄마에게 "이봐." 하고 부르는 친구를 보고 깜짝 놀란 적이 있을 정도다.

그런 환경 속에서 유치원생도 아닌데 '파파', '마마'라고 부르는 건 도저히 부끄러워서 할 수 없었다.

초등학교 3학년 때였던 것 같다. 한번은 어머니를 "어매."라고 불러 본 적이 있다. 그때 어머니는 몹시 슬픈 표정을 지었다. 내 아들이 드디어 시골뜨기가 돼 버렸구나 하고 낙담해서였을까. 어머니에게 미안해진 나는 그 뒤로 집에서는 계속 '파파', '마마'라고 불렀다. 하지만 학교에서는 절대 입 밖에 내지 않았다.

그러나 이곳 센다이에서라면 눈총을 받거나 웃음거리가 되지 않을 것이다. 그런 생각을 하니 새로운 생활에 한층 기대가 부풀었다.

아버지와 함께 히로세 강을 뒤로하던 내 기분은 밝아지려다가 다시 우울해졌다.

둑 위에서 내려다보니 강을 따라 서 있는 집들 가운데 우리 집이 자리 잡고 있는 쪽이 특히 초라하다는 것을 새삼 깨달았기 때문이다.

헐기 직전의 낡은 시영 주택이었을지도 모른다. 성냥갑을 늘어놓은 것처럼 구조가 같은 집 다섯 채만 시대에 뒤처진 듯이 오도카니 서 있었다. 그 맨 앞, 둑 쪽에 우리 집이 있었다. 지붕은 기와였지만, 다섯 집 모두 원래 지붕의 윤기는 사라지고, 이끼가 끼었는지 더러운 녹색으로 변해 있었다. 판자를 친 벽도 비바람에 노출된 채 회색빛으로 퇴색되어 바닥이 드러나 있었다. 자세히 보니 다섯 집은 전혀 다른 모양으로 변형되기 시작한 것 같기도 했다.

그 다섯 집 양쪽으로는 하나같이 새로 지은 집들이 늘어서 있었다. 담을 끼고 오른쪽에는 모르타르로 벽을 세운 2층집이 두 채 있었다. 그리고 왼쪽에는 빨간 함석지붕이 선명한 공동 주택이 서 있었다. 양옆이 모두 2층 건물이어서 우리가 사는 곳은 한층 어둡게 가라앉은 듯이 보였다.

T읍에서 살던 집도 절대 좋은 집이 아니었다. 아니, 초가지붕이라 태풍이라도 오면 꼭 비가 새는 아주 낡은 집이었다. 하지만 방은 네 개나 있어서 내 방이 따로 있었다.

어차피 이사를 할 거라면 옆에 있는 새 공동 주택이 좋았을 텐데…….

어릴 때부터 가난한 생활에 익숙해져 있었지만, 나는 어머니를 돕기 위해 둑을 내려가는 아버지의 등에 대고 원망 섞인 한숨을 쉬었다.

5

내가 새로 다니게 된 H 초등학교는 집에서 나와 국도를 건넌 다음, O구 상점가를 지나서 곧장 걸으면 15분 정도 걸리는 곳에 있었다.

이사한 다음 날 어머니와 함께 처음으로 초등학교를 찾아 갔을 때, 나는 속으로 '야호!' 하고 폴짝폴짝 뛰었다. H 초등 학교는 아직 공사 중인 부분이 남아 있긴 했지만, 새로 지은 철근 콘크리트 건물이었다.

T읍에서 다녔던 학교는 메이지 시대에 세운 목조 건물이 었다. 일부는 서양식 건축 양식으로 지은 유서 깊은 건물이 었는지, 개축한 뒤에도 그대로 보존해 지금은 중요 국가 문 화재가 되었다.

하지만 거기서 공부하는 우리에게는 낡고 퀴퀴한 건물로 밖에 비치지 않았다. 특히 할 말을 잃게 만든 것은 재래식 변 소였다. T읍에는 하수도가 없어서 어느 집이나 재래식 변소 를 썼다. 그래서 암모니아 냄새가 떠도는 변소에는 익숙했지 만, 남자 화장실과 여자 화장실이 따로 없다는 점은 당황스 러웠다. 말하자면 소변을 볼 때는 줄줄이 늘어선 변소 문을 등지고 볼일을 보는 꼴이었다.

저학년 때는 아무렇지도 않았지만, 학년이 올라갈수록 소변보는 모습을 여자 아이들에게 보여 준다는 사실에 거부감이 느껴졌다. 실제로 내가 좋아했던 여자 아이가 친구와 함께 먼저 변소에 들어가는 걸 보고 파랗게 질려서 꼬박 한 시간이나 오줌을 참았던 기억이 있다.

더욱 큰 문제는 대변을 볼 때였다. 남자 아이가 칸막이 안에 들어가면 똥을 누는 것이란 게 들통 난다. 아이들이란 묘해서 자연스러운 생리 현상인데도 학교에서 똥을 누는 것은 어째서인지 금기로 여긴다. 칸막이 안에 들어가는 모습이 목격되면 그날 하루 종일, 재수 없으면 일주일 내내 똥개 새끼라는 꼬리표가 붙어 놀림감이 된다.

그래서 남자 아이들은 깨끗한 수세식에 남녀용이 따로 나누어져 있다는 소문이 나도는 중학교 화장실을 동경했다.

T읍에 남겨 두고 온 친구들에게는 미안하지만, 한발 먼저 수세식 화장실을 경험할 수 있다는 사실에 몹시 기뻤다. 어른에게는 별일 아닌 것에 연연하며 나름의 가치를 찾아내는 것이 아이의 특징이다.

하여튼 H 초등학교에서 시작된 학교생활은 그런 작은 기쁨을 주었지만, 나는 첫날 큰 실수를 하고 말았다.

개학식이 시작되기 전, 나는 조례 시간에 레이코라는 젊은 여자 담임선생님을 따라 교실로 향했다.

낯선 친구들을 대면하기 전에 느낀 두근거림은 지금도 선명하게 기억난다.

레이코 선생님은 5학년 2반이라고 쓰인 표지판 앞에 서서 "자, 들어갈까." 하고 내 등을 밀었다. 문이 열린 순간, 그때까지 왁자지껄하던 교실 안이 마치 물이라도 뿌린 듯이 조용해졌다.

전학생이 온다는 사실은 이미 다 알고 있는 듯했다. 모든 시선이 내게 집중되었다.

너무 긴장하면 팔과 다리가 같이 나간다는 것은 사실이었다. 첫 걸음을 제대로 떼지 못하는 나를 보고 누군가가 쿡쿡 웃었다.

지금 나는 별로 떨지 않는다. 아니, 상당히 배짱이 좋은 편이다. 하지만 그 시절에는 신경이 꽤 예민한 데다 남들에게 멋있게 보이고 싶어 하는 자기 과시욕이 강했다. 센다이에서 태어났다고는 하지만, 실제로 나는 순수한, 아니 글자 그대로 진짜 시골뜨기였다.

거기에 비해 눈앞에 있는 새로운 반 친구들은 거의 모두가 센다이에서 나고 자란 도시 아이들이었다. 긴장하지 말라고 하는 게 오히려 벅찬 요구였다.

하지만 손과 발이 동시에 나갈 뻔해 웃음을 산 것이 내가 저지른 실수의 전부가 아니었다. 진짜 실수는 하필 '내는'이라는 말이 튀어나와 버린 것이다.

"자기 소개를 하세요." 하는 선생님의 재촉에 못 쓰는 글씨로 칠판에 '이와부치 가즈야'라고 쓰고 "잘 부탁합니다." 하고 인사한 것까지는 좋았다.

자기 소개를 하라고 했으니 자신에 대해 더 알려 주어야 한다고 생각하고는 "내는 우표 수집과 프라모델 조립이 취미입니다."라고 무심코 말해 버리고 나니 얼굴이 확 달아올랐다. 도시 아이들 앞에서 내가 시골뜨기라는 것을 널리 알리는, 써서는 안 될 단어를 써 버린 것이다.

하지만 그것은 과잉 반응이었다. 센다이 아이들은 지금이야 표준어를 예사로 쓰지만, 당시에는 심한 센다이 사투리를 썼다. 그래서 그냥 '내는'이라고 해도 별일 아니었는데, 당시 내게는 끝을 올려 말하는 센다이 사투리 특유의 억양이 몹시 세련되게 들렸다.

같은 미야기 현이어도 센다이를 경계로 북쪽과 남쪽의 말은 미묘한 차이가 났다. 내가 자란 센다이 북부 지역에서는 대체로 전형적인 '즈– 즈–' 발음이 많이 섞인 사투리를 쓴다. 한편, 센다이 시를 포함한 센다이 남부 지역에서는 도호쿠 지방 억양이긴 하지만, 간토 지방 북부인 이바라기 현과 도치키 현의 말투에 가까운 억양을 쓴다. 실제로 쓰이는 말에도 약간 차이가 난다. 예를 들어 어미에 '-차'가 붙는 것이 센다이 사투리의 특징 중 하나지만, 그것이 북쪽으로 가면 '-샤'로 변하듯이.

뭐, 다른 현 사람들이 보면 이런 건 오십보백보겠지만, 어린 내게는 명확한 차이였다.

외삼촌이 외할아버지와 함께 센다이에 살고 있었기 때문에 매년 한두 번은 외삼촌 부부와 외사촌들을 만날 기회가 있었다. 그때마다 그들이 쓰는 센다이 사투리를 동경하며 귀를 기울였다. 게다가 세 살 아래 외사촌은 자기를 가리킬 때 '내는'이라고는 절대 말하지 않았다. 그래서 '내는'이라는 단어는 촌놈의 대명사처럼 여겨졌다.

나는 센다이로 전학 간다는 사실을 안 뒤, 일주일 동안 몰래 센다이 억양을 연습했다. 그런데 가장 중요한 순간에 '내는'이 튀어나와 버렸다.

신동이라고까지 불린 지식인 아버지에 도시 출신인 어머니, 그리고 센다이 출생이라는 사실 때문에 주위에서 시골 아이치고는 세련되었다는 말을 자주 듣던 내 자존심이 산산조각 난 순간이었다.

이렇게 되자 완전히 버벅거리기 시작해서 생각대로 말이 나오지 않았다. 실제로는 '내는'에 신경 쓰는 반 친구는 아무도 없었고, 개학식이 끝난 뒤에는 번갈아 가며 전학생인 내

게 흥미를 보이며 말을 걸었다. 하지만 나는 고작 "응."이나
"그래."나 "아니." 같은 모호한 대답만 했다.

이렇게 기념할 만한 전학 첫날은 "뭐야, 재미없는 녀석이
네."라는 인상만 심어 준 채 오로지 수업이 끝나기만을 기다
린 괴로운 시간이었다.

6

개학식과 학급 회의만으로 일과가 끝난 그날, 나는 몹시 풀이 죽어 학교를 나섰다.

기껏 말을 걸어 준 반 친구들에게 왜 좀 더 상냥하게 대하지 못했을까. 머릿속에는 오로지 이 생각뿐이었다.

아이들은 남들을 아무 거리낌 없이 대하기도 하지만, 민감한 부분도 같이 느낀다. 아마도 내가 고집스럽게 비칠 만큼 말이 없어서 더욱 조심스럽게 느꼈을 것이다. "잘 가!" 하고 말한 뒤에 "같이 갈래?"라거나 "놀러 가지 않을래?" 하고 말을 걸어오는 아이가 하나도 없었다. 잔뜩 기대했는데.

나는 새 교과서로 빵빵해진 무거운 가방을 메고 가면서 '내는'은 너무했다고 계속 후회했다.

막상 '나는'이라고 하려니 말이 나오지 않았다. 태어나서 한 번도 남 앞에서 '나는'이라고 말해 본 적이 없었다. 그러니 안 나오는 게 당연했다. 그 문제만 신경 쓰다 보니, '내는'이 튀어나오고 말았다. 이럴 거라면 수업 시간에 발표할 때처럼 '저는'이라고 하는 게 나을 뻔했다. 하지만 '저는'이라고 하면 아이들이 깔보지 않을까 해서 처음부터 제외했다.

그런 식으로 끙끙 고민하면서 국도를 가로질러 골목길로 들어서려는 순간, 나와 같은 방향으로 걸어오는 남자 아이의 모습이 눈에 들어왔다.

키로 보아하니 비슷한 학년인 듯했다. 우리 반 아이였던 가? 고개를 갸웃거려 보았지만 기억나지 않았다. 등교 첫날을 그런 식으로 보낸 탓에 얼굴과 이름이 일치하는 반 친구는 하나도 없었다.

우리 집 근처에 사는지 그 아이도 같은 골목으로 꺾었다. 미행당하는 기분이 들었다. 상급생이면 싫은데, 하는 생각이 머리를 스쳤다.

나는 어릴 때부터 상급생이라면 질색이었다. 나는 아무 짓도 하지 않았는데 멋대로 그쪽에서 먼저 시비를 걸어왔기 때문이다.

최초의 기억은 유치원 형님반 때였다. 무슨 볼일이 있었는지는 잊어버렸지만, 여름 방학 때 동네를 혼자 걷고 있는데, 초등학생 세 명이 둘러쌌다. 2학년이나 3학년쯤 됐을 거라고 여겨진다.

아이에게 자기보다 나이 많아 보이는 상대에게 둘러싸이는 것만큼 무서운 일은 없다.

내가 우뚝 멈춰 서자, 한 명이 물었다.

"너, 몇 학년이야?"

"유치원."이라고 대답했을 것이다.

그러자 그들은 "뭐야." 하고 시시하다는 듯이 저마다 구시렁거리며 가 버렸다. 단지 그것뿐이었지만, 몹시 무서웠다.

돌이켜 보면 어릴 때부터 나는 키가 큰 편이었다. 그 아이들은 자신들과 키가 비슷한데 평소 못 보던 아이가 동네를 혼자 걸어가고 있어서 어떤 놈인가 확인해 보고 싶었을 뿐이리라.

초등학생이 된 뒤에도 가끔 그런 일이 있어, 몇 번이나 불쾌한 경험을 했다. 단순히 키가 문제가 아니라 왠지 모르겠지만, 형들에게는 내가 건방져 보였던 것 같다.

그런 경험이 있던 터라 마치 나를 미행하는 듯 보이는 남자 아이가 신경 쓰여서, 이따금씩 뒤를 돌아보면서 걸음을 재촉했다.

나쁜 예감이 들어맞았다. 우리 집이 있는 뒷골목으로 들어서서 거의 현관 앞에 왔을 즈음 시선을 돌렸다. 그러자 그 녀석이 큰길에서 이쪽을 빤히 보고 있었다.

'낭패로군.'

이렇게 생각하면서 문을 열려는데, 그 녀석이 나를 불러 세웠다.

"어이, 잠깐!"

저학년 때라면 집 안으로 도망쳤겠지만, 5학년이나 되고 보니 아무래도 그럴 수는 없었다.

가까이 다가오는 그 녀석을 보니 '큰일 났네.' 하는 생각이 점점 커졌다.

나와 키가 비슷한 걸로 보아 6학년일 가능성이 컸다. 게다가 불량스러웠다. 그 녀석은 청바지를 입고 있었기 때문이다. 지금 생각하면 웃음이 나지만, 당시 청바지는 곧 불량 소년이라는 이미지가 있었다. 적어도 T읍 같은 시골에서는 그랬다.

싸움을 걸어오면 어떡하지 하고 걱정하면서 그 녀석이 다가오기를 기다렸다.

나는 싸움을 잘 못했다. 싸움을 한 경험이 없는 건 아니다. 여느 남자 아이들과 마찬가지로 유치원부터 초등학교 저학년 때까지, 가끔이기는 하지만 한 번쯤 싸움 잘하는 녀석을 상대로 치고받은 적이 있었다. 물론 싸움을 하게 된 계기는 하찮은 것뿐이었다.

문제는 한 번도 이긴 적이 없다는 사실이다. 이렇게 말하면 겁쟁이처럼 들리겠지만, 실은 그런 게 아니라 좀 복잡한 사정이 있다.

나는 마르긴 했지만, 대부분 상대보다 체격이 컸다. 언제나 처음에는 내 쪽이 유리하다. 그런데 도중에 상대가 불쌍해져서 멈춰 버린다. 그러면 상대가 그만하면 이겼다고 안심한 나의 빈틈을 노려 반격을 한다. 아픔보다도 내가 이미 이 겼는데 비겁하지 않나 하는 생각에 분해서 마지막에는 으앙 하고 울어 버리는 식이다. 나는 어릴 때 아이들끼리의 싸움 에서 먼저 우는 쪽이 지는 거라는 규칙을 이해하지 못했다.

어쨌거나 나는 싸움 잘하는 녀석은 이길 수 없다는 사실을 몸소 깨닫고 있었기 때문에, 뜬금없이 싸움을 걸어오지는 않 더라도 '큰일 났네, 어떡하지?' 하고 걱정이 되었다. 드디어 내 눈앞에 그 녀석이 와서 섰다.

청바지가 말했다.

"뭐야, 여기로 이사 온 게 너였구나."

어? 나는 맥이 풀렸다.

청바지의 말투가 너무나 부드러워 잔뜩 긴장했던 나는 할 말을 잃었다.

청바지가 자신의 가슴을 가리켰다.

"난 유키히로."

비닐에 든 이름표에 '5학년 2반, 7번, 오토모 유키히로'라 고 적혀 있었다.

"앗!"

나는 약간 얼빠진 소리를 내고는 황급히 변명했다.

"미안, 몰랐어."

"괜찮아, 괜찮아, 오늘 왔는걸."

어른스러운 얼굴에 미소를 띤 유키히로는 큰길 쪽을 향해 턱을 까닥거려 보였다.

"큰길에서 두 번째가 우리 집. 잘 부탁해."

"어? 그러니?"

"응."

이사한 지 겨우 이틀째여서, 설마 다섯 집이 나란히 있는 이곳에 반 친구가 살고 있으리라고는 생각지도 못했다. 처음에는 그 사실이 놀라웠다가 이내 기쁨으로 바뀌었다. 그날 사귄 첫 번째 친구라고 말할 수는 없을지라도, 학교에서 실수를 하는 바람에 우울하던 참이라 이야기 상대가 생겨서 더 기뻤다.

"나야말로 잘 부탁해."

내가 통통 튀는 목소리로 말하자 유키히로는 "그럼, 내일 보자." 하며 자기 집으로 들어가려고 했다.

기껏 인사를 나눠 놓고 달랑 이것뿐? 나는 유키히로를 불러 세웠다.

"저기……."

"뭐?"

"점심 먹고, 음, 같이 캐치볼이라도 하지 않을래? 저기 강가에서."

유키히로가 망설이는 표정을 지었다.

"무슨 볼일이라도 있니? 억지로 권하지는 않겠지만."

"저녁때까지는 괜찮아."

"그럼 한 시간 정도 놀자."

유키히로는 잠깐 사이를 두더니 "알았어." 하고 고개를 끄덕였다.

"그럼 강가에서 기다릴게. 공은, 공은……."

나는 잠시 멈칫하다가 말했다.

"내가 가져갈게."

'내는' 사건이 뇌리를 스쳐서 순간 움찔했지만, 유키히로는 전혀 신경 쓰는 기색도 없이 인사를 했다.

"알았어. 그럼 이따 보자."

큰길에서 두 번째인 자기 집으로 돌아가는 뒷모습을 바라보면서 외모는 불량스럽지만 의외로 좋은 녀석인 게 틀림없다고 유키히로를 평가했다.

7

"T읍은 어디에 있어?"

유키히로가 손목의 스냅을 써서 공을 던지며 물었다.

공을 잡을 때 퍽 하고 기분 좋은 소리가 났다. 나는 공을 다시 던지며 되물었다.

"기타가미 강이라고 아니?"

"알아. 사회 시간에 배웠어."

봄 햇살이 따스한 히로세 강둑에서 유키히로와 둘이서 캐치볼을 하며 계속 대화를 나누었다.

"이시마키는?"

"한 번 간 적이 있어."

"이시마키에서 차로 한 시간 반 정도 걸리는 상류에 있는 마을인데 아주 시골이야."

"그렇구나."

"응. 그렇지만 나는 센다이에서 태어났어."

오오, 이번에는 자연스럽게 '나는'이라고 했다.

"정말?"

"응. 두 살 때 T읍으로 이사 갔지만."

"센다이 어디 살았어?"

"J구."

"그럼 꽤 가깝네."

"오토모는……."

"유키히로라고 불러."

"그럼 나도 가즈야라고 불러도 돼."

"알았어."

"유키히로는 줄곧 여기에서 살았어?"

"응."

"좋은 동네더라."

"그런가."

"나, 여기가 마음에 들었어."

"흐음."

"포지션은 뭐야?"

"3루."

유키히로는 야구 선수 나가시마 흉내를 내며 사이드 스로로 공을 던졌다.

"가즈야는?"

"우익수. 배팅은 괜찮은데 수비는 별로 못해. 굳이 말하자면……."

나는 손가락 끝에서 공을 놓으면서 말을 계속했다.

"축구를 더 잘할지도……."

"포워드?"

"응, 센터 포워드. T 초등학교의 가마모토(1960~1970년대 대표적인 일본 축구 선수 : 옮긴이)라는 별명도 있었어."

"거짓말."

"거짓말 아냐."

"와, 발이 빠르구나."

"뭐, 학년에서 두 번째 정도는 되지."

"대단하네."

"유키히로는? 축구? 아니면 달리기?"

"둘 다. 그럭저럭."

"무슨 과목 좋아해?"

"아무래도 체육. 가즈야는?"

"과학."

"정말?"

"응.

"머리가 좋아 보이긴 하네."

"그렇지 않아."

"난 공부는 싫어해. 책상에 앉아 있어 봐야 재미도 없고."

"나도 사실은 좋아하지 않아."

그런 식으로 두서없이 이야기를 나누면서 놀 수 있다는 점이 캐치볼의 장점이다. 유키히로에게 말했듯이 나는 야구보다 축구를 더 좋아하지만, 공을 차면서는 이렇게 이야기하지 못한다.

두 번의 휴식까지 합해, 한 시간 정도 캐치볼을 하다 유키히로가 말했다.

"이제 그만 할까? 미안하지만 볼일이 있어. 이번이 마지막이다."

"오케이."

공을 잡고 왼손에 낀 글러브를 벗은 뒤, 손등으로 이마에 맺힌 땀을 닦았다.

"놀아 줘서 고마워."

가까이 다가가면서 말하자, 유키히로는 "뭘!" 하고 웃으면서 손을 들었다.

'나쁜 일이 있으면 좋은 일도 있다.'라는 말에도, '버리는 신이 있으면 줍는 신도 있다.'라는 말에도 해당되지는 않지만, 완전히 기분이 풀렸다. 덕분에 학교에서 한 실수는 어쩔 수 없는 일이었다고 생각하게 되었다.

아직 따라가기 힘들다고 생각했던 센다이 말투가 유키히로와 대화하는 동안 제법 술술 나와 더욱 기뻤다.

유키히로 옆에 선 나는 둑으로 시선을 보내며 물었다.

"저 애, 누구야?"

아까부터 신경이 쓰였는데, 비슷한 또래로 보이는 노란 카디건 입은 여자 아이가 둑에 기대서 우리가 캐치볼 하는 걸 구경하고 있었다.

유키히로가 말했다.

"아, 뭐야!"

"아는 애?"

"나오미. 우리하고 같은 반이야."

"그러니?"

"우리 집 옆."

"엉?"

"나오미네 집 말이야."

"거짓말."

"큰길에서 제일 가까운 집이라니까."

"우아, 놀랍네."

정말 놀랐다. O구가 조그맣고 아담한 곳이긴 하지만, 그 다섯 집 가운데 세 집에 같은 반 학생이 산다니, 거의 있을 수 없는 확률이라고 생각했다. 신의 은총이라는 말은 이럴 때 쓰는 표현인지도 모른다.

나는 유키히로의 얼굴을 들여다보며 말했다.

"그러면 유키히로와는 소꿉친구겠구나?"

"뭐, 그렇지."

유키히로가 좀 부러웠다. 나오미는 멀리서 봐도 알아챌 만큼 귀여웠기 때문이다. 게다가 단순히 귀엽기만 한 게 아니라 중학생처럼 어른스러운 분위기가 풍겼다.

"그래도 이웃이니까 인사를 나누는 편이 좋겠지. 소개시켜 줄래?"

이제 막 친구가 된 주제에 너무 뻔뻔스러운가 하는 생각이 들면서도 유키히로에게 부탁해 보았다.

"인사 같은 건 안 해도 돼."

쌀쌀맞은 대답이 돌아와서 약간 실망했다.

'그렇다면 다음에 스쳐 지나갈 때라도 내가 먼저 말을 걸어 봐야지.'

그렇게 생각하며 유키히로와 함께 걸어가는데, 마치 도망이라도 치듯이 나오미의 모습이 둑 너머로 사라져 버렸다.

으음, 이건 어떻게 해석해야 좋을까……

분명 쑥스러워서였을 거야. 나는 멋대로 해석하기로 했다. 요즘 아이들과는 달리 당시 초등학생은 남자나 여자나 겉으로는 애써 쌀쌀맞은 척했다. 그것이 일종의 규칙이나 매너였기 때문이다.

둑에서 내려와 집으로 가는 도중에 어디선가 식욕을 돋우는 맛있는 냄새가 떠돌았다.

내가 코를 킁킁거리면서 말했다.

"뭐지?"

"뭐가?"

"라면 가게에서 나는 냄새가 풍겨."

"아빠야."

"무슨 말이야?"

"우리 아빠, 라면 포장마차 끌고 다녀."

어째서 이렇게 첫날부터 놀랄 일투성이일까.

놀라서 눈을 동그랗게 뜨자, 유키히로가 조금 쑥스러운 듯
이 말했다.

"나, 지금부터 아빠 장사 도우러 가야 돼."

"함께 포장마차를 끄는 거야?"

"응. 매일 밤은 아니지만."

"포장마차는 늦게 끝나잖아. 몇 시까지 해?"

"11시나 12시. 늦을 때는 새벽 1시를 넘는 날도 있고."

"들키면 선생님께 야단맞을 텐데."

"어쩔 수 없지, 생계가 걸려 있으니까."

"그렇지만 분명 안 좋을 텐데."

"시끄러워. 괜한 참견 하지 마."

유키히로가 화난 말투로 말했다.

"미안."

내가 사과하자, 유키히로가 깜짝 놀란 표정으로 내 앞에

손을 모으며 장난처럼 사과하는 시늉을 했다.

"미안, 말이 지나쳤어. 이 일, 선생님한테는 비밀이야. 다음에 라면 한 그릇 줄게."

"오케이, 알았어."

나는 일부러 대수롭지 않다는 말투로 유키히로의 제안을 받아들였다.

전학 와서 처음 사귄 친구가 유키히로인 게 정말로 좋은 일일까 하는 당혹감을 감춘 채.

8

전학 온 학교에 이틀째 등교한 날이었다. 첫째 시간 수업 시작을 알리는 종소리와 동시에 담임인 레이코 선생님이 초등학생용 가방보다 한 치수 작은 상자를 안고 교실로 들어왔다.

주번의 차렷, 경례, 착석 호령이 끝나자, 선생님은 이렇게 말했다.

"이번 시간에는 학급 임원을 뽑겠습니다."

레이코 선생님은 안고 온 상자를 교탁 위에 놓으며 교실을 한 번 둘러보았다.

흰색 모조지를 붙인 상자에는 매직으로 '투표함'이라고 쓰여 있었다. 그뿐만 아니라 상자 뒷면에는 문이 달려 있고, 장난감이긴 하지만 자물쇠까지 달려 있었다.

"지금부터 투표 용지를 나눠 줄 테니 학급 임원을 맡았으면 좋겠다고 생각하는 사람의 이름을 남녀 각각 한 명씩 써서 투표하세요. 만약 과반수가 되지 않으면 표를 많이 얻은 두 명으로 결선 투표를 하겠습니다."

그 말을 듣고, 우리 반 담임은 아직 젊은 분이지만 참 좋은 선생님인 것 같아서 조금 안심이 되었다.

적당히 해치우거나 흐리터분한 담임을 만나면 결정은 빨라도 나중에 이것저것 귀찮은 일이 생긴다.

"누구 하고 싶은 사람?"이라고 묻는 것도 후보를 모집하는 방법 중 하나라고 할 수 있으니 순서는 잘못되지 않았을지 모른다. 그렇지만 넉살 좋은 아이가 "저요!" 하고 손을 들면 영락없이 학급이 도무지 정리되지 않는 일이 가끔 있다.

최악은 입후보자가 아무도 없을 때, "그럼 추천." 하고 안이하게 말해 버리는 선생님. 그럴 때, 대부분은 반에서 가장 얌전한 아이나 따돌림 당하는 아이에게 차례가 온다. 선생님은 그제야 '이건 좀 아닌데.'라고 생각한다.

"여러분은 정말로 OO가 학급 임원으로 좋다고 생각합니까?"

이렇게 OO에 대해 엄청난 실례의 말을 예사로 하는 선생님을 내 짧은 인생에서 두 번이나 보았다.

역시 무기명 투표가 가장 공정한 임원 선거법이라고 생각한다. 더욱이 과자 상자로 대신하는 게 아니라, 이렇게 정식으로 준비한 투표함까지 쓰니, 지금부터 신성한 의식이 시작된다는 분위기가 절로 풍겼다.

게다가 갓 전학 온 나도 이번 학급 임원 선거는 안심하고 참여할 수 있었다.

어째서인지 초등학교에 입학한 뒤로 세 학기 중 적어도 한

번은 학급 임원을 떠맡았다. '했다'가 아니라 '떠맡았다'고 하는 것은 그 결정에 담임의 의견이 작용했기 때문이다.

1학년과 2학년 1학기는 처음부터 담임이 임원을 직접 정했다. OO에 대해 실례되는 말을 한 첫 번째 선생님은 3학년 때의 남자 선생님이다.

그 선생님은 "OO가 정말로 좋다고 생각합니까?"라고 한 뒤에 이렇게 말했다.

"선생님은 이와부치 가즈야가 잘할 것 같은데 여러분은 어떻습니까?"

이건 정말 너무하다. 담임이 그렇게 말하면, 3학년 아이들은 왠지 이상하다고 생각하면서도 당연히 "찬성!"을 외친다.

4학년 때는 좀 나아지긴 했지만, 오십보백보였다. 담임이었던 아줌마 선생님이 장난으로 △△가 후보에 오른 것을 보자, "역시 투표로 하는 게 낫겠네." 하고 멋대로 방법을 바꾸어 투표 용지를 모았다. 여기까지도 좋았다. 그런데 "투표 결과는 나중에 발표하겠습니다." 하고는 투표함으로 쓴 빈 과자 깡통을 교무실로 가져가 버렸다. 그러더니 점심시간이 지나고서 "개표 결과, 1학기 학급 임원은 남자는 이와부치 가즈야, 여자는……." 하고 만족스러운 듯이 발표했다. 정말로 그런 결과가 나왔는지 선생님이 부정을 저질렀는지는 지금도 수수께끼다. 조작되었을 확률이 80퍼센트 이상일 거라고 생각하지만.

어쨌거나 초등학교 학급 임원은 담임이 마음대로 정했다. 초등학생도 알아차릴 만큼 적당히, 민주주의에 입각한 공정한 선거와는 거리가 먼 방식으로 말이다.

그렇다고 해서 내가 학급 임원을 미치도록 하기 싫어한 것도 아니어서, 여기서도 이야기는 조금 복잡해진다. 적극적으로 나서서 하고 싶지는 않지만, 시키면 기꺼이 했다. 학급 회의에서 사회를 맡아 마무리하는 일은 의외로 기분 좋았다. 축구나 야구, 혹은 피구 팀에서 주장으로 뽑힌 적은 없지만, 학습 발표회나 학급 회의에서 자기 의견을 말하는 걸 꽤 좋아했고, 그럴 경우 대부분 아이들은 내 의견을 지지했다.

지식인인 아버지의 영향으로 어릴 때부터 책을 좋아했던 탓에, 동급생보다 조금은 어른스러웠기 때문일지도 모르고, 그런 점이 상급생에게는 건방지게 비쳤을 것이다. 꽤 오랜 시간이 흐른 뒤에야 하게 된 자기 분석이지만 말이다.

하여간 내게는 그런 면이 있어서, 가끔 공정한 선거로 학급 임원을 뽑을 때는 곤란해하는 표정을 지으면서도, 내 이름 아래 기입되는 칠판의 正 자를 내심 두근거리며 지켜보곤 했다. 좀 징그럽지만.

그러나 전학생이라는 입장이 되고 보니 그런 묘한 두근거림과 입후보와 추천의 배후에 도사린 담임의 음모, 혹은 누구를 밀어 주려는 계략 같은 데서 완전히 멀어질 수 있었다.

'이거 상당히 부담 없고 좋네.'

이렇게 생각하면서 갱지를 8등분해 만든 투표 용지를 받았다. 그러자 또다시 곤혹스러워졌다.

투표 용지에 이름을 쓰려고 해도 대체 누가 학급 임원감인지 도무지 알 수가 없었다.

백지를 낼까도 생각했지만, 작년에 초등학교 전교 회장 선거 때 '백지 투표는 하지 맙시다.'라는 내용의 포스터를 직접 만든 기억이 떠올라 그렇게 하기도 곤란했다.

도움을 청하려고 레이코 선생님을 흘끗 보았지만, 선생님은 살짝 미소를 지을 뿐이었다.

할 수 없이 이 반에서 처음으로 외운 이름, 남자는 오토모 유키히로, 여자는 기류 나오미라고 투표 용지에 써넣었다.

연필로 이름을 쓰고 난 뒤 아무래도 잘못한 것 같다고 생각하며 주위를 둘러보았다.

복도 쪽 뒤에서 두 번째에 있는 유키히로의 책상은 비어 있었다. 실은 아침부터 줄곧 신경 쓰였는데, 첫째 시간이 반 가까이 지났는데도 유키히로는 아직 오지 않았다.

아침에 집에서 나와 유키히로와 같이 학교 가려고 현관 앞에 서서 이름을 부르려고 했다. 그런데 집에 아무도 없는 듯이 정적이 감돌아 할 수 없이 그대로 학교에 왔다. 어젯밤에 아버지 일을 돕느라 늦게까지 포장마차를 끌어서 아침에 일어나지 못한 게 아닐까 걱정이 됐다.

어제 둑 위에서 캐치볼 하는 우리 모습을 바라보던 나오미는 내가 학교에 도착했을 때 이미 자리에 와 있었다. 아직 한마디도 말을 나누지 않았지만 현관에 걸린 '桐生'라는 문패를 보고 나오미의 이름을 쓸 수 있었다. 물론 그때는 한자를 어떻게 읽는지 몰랐다.

조회 시간에 선생님이 "기류." 하고 출석을 부르자 나오미가 대답을 해서, 그제야 그 한자를 '기류'로 읽는 줄 알게 되었다. T읍에서는 볼 수 없는 특이한 성이지만, 어딘지 세련된 느낌이 들면서 이와부치라는 내 성보다 멋있어 보였다.

하지만…….

뭐가 뭔지 모르는 내가 가장 처음 외운 이름이라는 이유만으로 이렇게 투표 용지에 써도 될까?

'괜찮지 않겠지? 두 사람에게 실례가 될지도 몰라.'라고 생각하며 필통에서 지우개를 꺼내려는 순간, 투표함을 든 주번이 내 자리로 왔다.

'뭐, 나 한 사람이 투표 결과에 큰 영향을 주지는 않겠지.'

나는 이렇게 생각하고 황급히 투표 용지를 접어서 주번에게 보이지 않게 투표함에 쏙 넣었다.

9

투표가 끝나자, 레이코 선생님이 투표함의 자물쇠를 열고 바로 개표하기 시작했다.

내 이름을 쓴 용지가 석 장이나 나온 데 당황했지만, 물론 악의 없는 사소한 장난에 지나지 않았다.

투표 결과를 말하자면, 적당히 쓴 내 투표 용지는 반은 꽝이고, 반은 비교적 괜찮은 편이었다.

레이코 선생님이 이름을 부르면 주변 두 사람이 칠판에 正 자를 썼다. 그 모습을 보면서 나는 비어 있는 유키히로의 책상과 내 자리에서 한 줄을 사이에 두고 대각선 방향으로 앞에 앉은 나오미의 옆얼굴을 이따금 바라보았다.

개표 작업이 제법 진행되었지만 유키히로의 이름은 불리지 않았다. 본인에게는 미안하지만, 학급 임원이 될 만한 인물은 아니었던 것 같다. 반면, 나오미는 3위를 달리고 있었다. 1위인 여자 아이가 이미 과반수를 넘는 기세로 표를 얻고 있어서 나오미가 학급 임원으로 뽑힐 일은 없을 것 같았다. 그렇지만, 그럭저럭 인기가 있다는 것을 알고 괜히 기뻤다. 나오미는 자기 이름이 불릴 때마다 얼굴이 빨개졌는데,

그 모습도 나름대로 귀여웠다.

유키히로가 지각했다. 개표가 끝날 무렵에야 어제와 같은 청바지 차림으로 교실에 나타났다.

유키히로는 선생님에게 야단을 맞고 가방을 어깨에서 내리면서 자기 자리로 걸어갔다. 몹시 졸린 얼굴이었다. 하품을 하면서 자리에 앉는 유키히로를 보고, 늦을 때는 일이 새벽 1시가 넘어 끝나기도 한다던 어제 대화를 떠올렸다. 내가 그 시간까지 깨어 있었던 때는 섣달 그믐날뿐이다. 일어나지 못해서 지각하는 것도 당연하다.

그런 식으로 동정하고 있던 내 귀에 유키히로의 이름이 날아들었다. 레이코 선생님이 내 투표 용지를 읽은 모양이었다.

동시에 여기저기에서 킥킥거리는 웃음소리가 났다. 애써 참는 웃음소리이기는 했지만, 그 웃음의 뜻이 무엇인지 전학 온 나도 이내 알아차렸다. 악의 있는 장난이나 심술로 원래는 나올 리 없는 이름이 나왔을 때 터지는 웃음이었다.

잘못했구나, 생각한 것도 잠깐. 그다음에 아이들이 보인 반응에 더욱 난감해졌다. 아니, 그 자리에서 도망치고 싶었다. 유키히로에 이어 나오미의 이름이 불리자, 누군가가 휘익 하고 야유하는 휘파람을 분 것이다.

얼굴이 빨개진 나오미가 굳은 얼굴로 고개를 푹 숙였다. 좀처럼 용기가 나지 않았지만, 큰마음 먹고 고개를 돌려 뒤를 보았다. 유키히로가 몹시 곤혹스러운 얼굴로 '범인이 누구야!' 하는 듯이 주위를 둘러보고 있었다.

남은 투표 용지가 모두 개표되었다. 결선 투표까지 가지 않고 간단히 학급 임원이 결정되었다. 그 한 표 이외에 유키히로와 나오미의 이름이 함께 적힌 투표 용지는 단 한 장도 없었다.

무기명 투표여서 내가 썼다는 사실은 아무도 모른 채 끝났다. 하지만 유키히로와 나오미는 반에서 미묘한 입장에 처한 게 틀림없었다. 내가 이들에게 몹쓸 짓을 한 게 분명했다.

나는 어떻게 해야 좋을지 생각하다가, 첫째 시간이 끝난 뒤에 잇따라 하품을 하는 유키히로 옆으로 가서 말을 걸어 보았다.

"어젯밤에 늦었나 봐."

"응."

유키히로는 건성으로 대답했다.

어제와는 딴사람 같은 쌀쌀함에 그다음 말을 꺼내지 못하고 있는데, 유키히로가 "졸려, 내버려 둬." 하며 노골적으로 대화를 거부했다.

"미안."

할 수 없이 조그만 목소리로 사과하고 그 자리를 떠날 수밖에 없었다.

내 자리로 돌아와 책상 안에서 다음 시간에 공부할 교과서를 꺼내면서 '혹시' 하는 생각이 들었다.

아까 그 투표 용지, 내가 썼다는 사실을 유키히로가 눈치챈 게 아닐까? 설마 싶긴 하지만, 어제와 전혀 다른 태도가 예사롭지 않았다.

쉬는 시간마다 어떻게 말을 걸어야 좋을까 생각만 하다가, 아무것도 하지 못한 채 점심시간이 되고, 점심시간이 되자마자 다음 사건이 일어났다.

우리 조는 급식 당번이었다. 그래서 "잘 먹었습니다." 하는 말을 하며 급식이 끝난 뒤에 급식실에 식기를 돌려주러 갔다. 교실로 돌아오자, 아이들이 칠판 앞에 모여 웅성거리고 있었다.

무슨 일인가 하고 가까이 다가갔다. 나는 반 친구들의 어깨 너머로 칠판을 들여다보고 숨을 삼켰다.

칠판에는 유키히로와 나오미의 이름이 나란히 적힌 종잇조각이 셀로판테이프로 붙어 있었다.

누가 어떻게 손에 넣었는지 도무지 알 수 없었지만, 그 종잇조각은 분명 내가 쓴 투표 용지였다. 더욱이 투표 용지에는 친절하게도 나란히 우산을 쓴 남녀가 그려져 있었다.

투표 용지를 보면서 남자 아이들이 "누가 썼을까?"라느니 "역시."라느니 "그랬던 거야?"라느니 또는 "오호, 과연."이라느니, 낮은 목소리로 소곤거리고 있었다. 그 가운데 한 아이가 빨간 분필로 우산에 하트를 그려 넣었다. 그러자 "너무했어.", "그만 해!" 하는 야유가 포개졌다.

유키히로와 나오미는?

교실을 둘러보자 유키히로는 혼자 창턱에 기대어 교실 앞에서 벌어지고 있는 소란을 바라보고 있었다. '나하고 무슨 상관이래.' 하는 표정이었다.

나오미는 나오미대로 자기 책상에 앉아 책을 펼쳐 놓고 있었지만, 시선은 활자를 따라가고 있지 않았다.

이 상황이 단순히 놀리는 상황인지, 아니면 아이들이 두 사람을 집단으로 따돌리는 상황인지, 이 반에서 아직 이방인인 나로서는 도저히 판단이 서지 않았다. 그런 생각을 하면서도 아무것도 하지 못하고 방관만 하고 있는 자신에게 짜증이 났다.

소란을 일으키는 무리가 점점 늘어날 즈음에 등 뒤에서 여자 아이의 목소리가 들리고, 교실이 순간 정적에 잠겼다.

"너희들, 그런 시시한 장난 좀 적당히 해 두시지!"

목소리의 주인공은 첫째 시간에 압도적인 지지를 받아 학급 임원으로 뽑힌 요시코, 다나카 요시코였다.

떠들던 남자 아이들의 얼굴에 '앗, 큰일 났다!' 하는 표정이 잇따라 떠올랐다.

뚜벅뚜벅 다가온 요시코는 남자 아이들을 밀치고 교단에 올라가 투표 용지를 셀로판테이프와 함께 칠판에서 떼어 내더니, 꼬깃꼬깃 뭉쳐서 쓰레기통에 던졌다.

'불만 있어?' 하는 얼굴로 노려보는 요시코에게 항의하는 아이는 한 명도 없었다.

"저 투표 용지, 대체 누가 쓴 거야? 기류가 불쌍하잖아. 선생님한테 일러 버릴 거야."

"몰라.", "우리는 아냐.", "여자가 쓴 거 아냐?", "그럴 거야." 하는 소리는 들렸지만, 자기라고 나서는 아이가 없었다. 바로 내가 범인이니 당연한 노릇이었다.

남자보다도 한 수 위인 듯한 요시코는 "하여간에." 하고 어른스러운 말투로 한 번 더 남자 아이들을 노려보고는, 교단에서 내려가 나오미 옆에 앉아 무슨 말을 건넸다. 이어서 요시코와 친한 듯한 여자 아이 몇 명이 마찬가지로 나오미 옆으로 다가가, 마치 남자들을 막아 주는 바리케이드처럼 원을 만들었다.

완전히 기세가 꺾여서 칠판 주위에서 웅성거리고 있던 남자 아이들 사이에는 어색한 침묵이 내려앉았다.

하지만 그것도 길게 이어지지는 않았다. 아이들은 "대체 누가 쓴 거야?", "그러니까 우산은 그리지 않는 게 좋다고 했잖아." 하고 툴툴거리면서도 삼삼오오 흩어졌다. 다섯째 시간 예비 종이 울릴 무렵에는 겉으로 보기에는 원래의 평화로운 교실로 돌아왔다.

어느 시대에나 어린이 세계에는 어른 상대용 얼굴과 어린이들끼리의 얼굴, 두 가지 얼굴이 있다. 다른 표현을 쓰자면, 아이들은 언제나 어른 상대용 가면을 쓰고 있다. 이 점에 대해서는 센다이 같은 도시의 학교도 시골 학교도 마찬가지다.

학교에 다닌 지 이틀 만에 그 사실을 알았다고는 하지만, 가면을 벗겨 내는 원인을 만든 사람이 나 자신이며, 의도하지는 않았지만 갓 친구가 된 유키히로에게 집중 포화가 쏟아지게 했다는 사실에 나는 적잖이 충격을 받았다.

10

집으로 가는 내 발걸음은 전날보다 더 무거웠다.

어제는 '내는'이라고 말해 버렸는데, 생각해 보면 별것도 아닌 시시한 실수 가지고 혼자 주눅 들어 있었던 것뿐이었다. 거기에 비해 오늘 일어난 사건은 시시한 일로 넘기고 끝날 문제가 아니었다.

결국 학교에 있는 동안 유키히로와는 한마디도 제대로 나누지 못했다.

아마 유키히로는 투표 용지에 대해 눈치를 챘을 것이다. 그렇게 생각하니 도저히 먼저 말을 걸 수 없었다. 유키히로 쪽에서도 내게 가까이 다가오지 않을 거라는 예상은 점점 맞아떨어져 갔다.

그렇지만 하루 종일 침울하게 보낸 것도 아니었으니, 아이란 참 타산적인 존재다.

종례를 끝으로 수업이 끝나자, 반 아이들이 축구를 하자고 했다. 아이들은 내게 옆 반과 시합하는데 같이 하지 않겠느냐고 물었다.

나는 혼자 돌아갈 준비를 하고 있는 유키히로를 흘끗 돌아보았지만, "응." 하고 대답했다.

운동장에서 공을 차기 시작한 순간, 교실에서 있었던 일은 까맣게 잊었다. 처음에는 수비수 위치에 있었다. 그렇지만 굴러온 공을 드리블해 상대의 페널티 구역까지 가져가 미들 슛을 날려 호쾌하게 한 골 넣은 뒤, 나를 보는 반 친구들의 눈이 달라졌다.

시합 결과는 하교 방송이 나올 때까지 두 게임을 하여 3대 1, 4대 3으로 우리 반이 2연승을 거두었다. 친구들은 "제법이네." 하고 칭찬을 했고, 나는 두 번째 시합에서는 수비수에서 오른쪽 윙으로 승격했다. 경기가 끝날 즈음에 발리슛으로 승리에 쐐기를 박는 골을 넣었을 때는 도중부터 구경하던 반 여자 아이들이 "까악!" 하는 환성을 질렀을 정도였다.

기분이 좋지 않을 리 없었다. 시합이 끝난 뒤에는 처음에는 조심스럽게 "이와부치."라고 부르던 반 친구들도 "가즈야.", "갓짱." 하고 아주 오래전부터 친구였던 것처럼 친근하게 내 이름을 불러 주었다.

학교에서 집으로 가는 도중부터 마음이 무거워졌다. 내가 신 나게 공을 차고 있을 때, 유키히로는 어떤 기분으로 집에 갔을까 생각하니 심한 배신 행위를 한 기분이 들어 견딜 수 없었다.

솔직하게 투표 용지 이야기를 하고 악의는 없었다고 말해야 해.

그렇게 생각한 나는 큰길에서 골목으로 들어가 아침과 마찬가지로 유키히로네 현관 앞에 서서 이번에는 힘껏 이름을 불러 보았다.

그러나 집 안에서는 아무 대답도 들리지 않았다. 아침에는 처마 밑에 세워져 있던 포장마차도 사라졌다. 어두워지려면 아직 시간이 있었지만, 오늘도 유키히로는 아버지와 함께 포장마차를 끌고 나간 것 같았다.

유키히로가 집에 없는 데 실망하며, 아니 솔직히 말하면 조금 안도하며 우리 집으로 발길을 돌리려는 찰나, 유키히로네 옆집 툇마루에서 누가 말을 걸어왔다.

"무슨 일이냐, 꼬마야?"

잠방이 차림을 한 아저씨가 툇마루에 걸터앉아 찻잔을 한 손에 들고 담배를 물고 있었다. 나이는 아버지보다 대여섯 살 정도 많아 보이는 아저씨로, 머리는 깍두기처럼 각지게 바싹 치켜 깎았다. 그것뿐이라면 괜찮은데, 험상궂게 생긴 얼굴이 어디서 어떻게 봐도 무서운 사람으로 보였다.

사실은 못 본 척하고 싶었다. 그러나 이렇게 가까운 거리에서 못 본 척할 수 없어서 가볍게 인사만 하고 지나치려 했다. 그렇지만 말을 걸어왔으니 멈춰 설 수밖에 없었다.

"무슨 일이냐, 꼬마야. 시무룩한 얼굴을 하고."

멈춰 선 내게 한 번 더 말을 걸어온 아저씨를 정면에서 바라보다가 경기를 일으킬 뻔했다.

찻잔을 들고 있는 아저씨의 왼손에는 새끼손가락이 없었다.

이렇게 나는 누마쿠라 아저씨, 누마쿠라 요이치 씨와 처음으로 만났다.

11

왼손 새끼손가락이 두 번째 관절 끝부터 없다는 것은 초등학생인 나의 상식으로도 그렇고, 모든 국민의 상식으로도 그렇고, 야쿠자를 의미한다. 물론 사고로 그렇게 됐을 수도 있지만, 아저씨의 풍모를 본다면 그런 이유는 아닐 것 같았다.

"안녕하세요?"

인사만 하고 집을 향해 걸음을 떼려는데, 아저씨는 손가락이 모두 다 있는 오른손으로 내게 손짓을 했다.

'으악, 무서워.'

이렇게 생각하면서도 나는 체념한 채 낮은 담장을 돌아가서 아저씨 앞에 섰다.

"만두 먹을래?"

예상 밖의 친근한 목소리로 아저씨가 물었다.

아저씨가 턱으로 가리킨 툇마루에는 만두 두 개가 접시에 놓여 있었다.

"예?"

처음 만난 무섭게 생긴 아저씨가 갑자기 "만두 먹을래?"라고 하니, 당연히 "예?"라고 되물을 수밖에.

"도령은 저기 이사 온 이와부치 씨의 아들이지?"

"아, 예."

"이름은?"

"가즈야입니다."

"만두 먹어, 가즈 도령."

"만두 먹어." 다음에 또 느닷없이 '가즈 도령'이라고 부르니 혼란스러울 따름이었다.

그러나 아저씨는 내 동요에는 아랑곳하지 않고 물었다.

"만두 싫어하나?"

"아뇨, 싫어하지 않습니다."

"그럼 먹어. 독 같은 거 안 들었으니까."

"예."

조심조심 만두를 향해 손을 뻗자 아저씨가 툇마루를 톡톡 쳤다.

"선 채로 그러지 말고, 이리 와서 앉아서 먹어."

그 말에도 나는 "예." 하고 대답했다.

이렇게 된 이상 얼른 만두를 먹어 버려야 빨리 풀려나겠다는 생각이 들었다.

만두 먹는 내 모습을 물끄러미 보고 있던 아저씨는 담배를 재떨이에 비벼 끄고는 물었다.

"맛있냐?"

목에 걸릴 듯한 만두를 꿀꺽 삼키면서 대답했다.

"아, 예. 맛있습니다."

"가즈는 어디서 이사 왔냐?"

"T읍입니다."

"모르겠네."

"죄송합니다."

"사과할 건 없어."

"예."

"아버지 일 때문에?"

"예, 뭐 그렇습니다."

"아버지는 뭘 하는데?"

"저기, 저, 학원을……."

"학원 선생이냐?"

"예."

"인텔리네."

흐음, 하고 스스로를 납득시키듯 고개를 끄덕이던 아저씨가 다시 물어보았다.

"그런데 가즈는 몇 학년이냐?"

"5학년입니다."

"그럼 유키랑 나오와 같은 학년이구나."

유키히로와 나오미를 말하는 거란 사실을 알아채고 대답

했다.

"예, 반도 같습니다."

"오호, 그거 참 희한한 인연이구나."

"그렇습니다." 하고 대답하면 될 텐데, 빨리 벗어나고 싶은 일념으로 남은 만두를 입 안에 쑤셔 넣었다.

"이제 친해졌냐?"

"아, 아뇨."

나는 만두를 우물우물 씹으면서 대답했다.

"아직 그렇게까지는……."

몹시 온화하다고 할 만큼 따뜻한 말투로 아저씨가 말했다.

"사이좋게 지내렴."

조금 묘한 아저씨, 그것도 야쿠자일지 모르는 아저씨이긴 하지만, 제법 착한 사람일지도 몰랐다.

"예."

내가 대답하자, 아저씨는 만족스럽게 웃어 보였다.

"좋은 대답이다."

"잘 먹었습니다."

이제 일어설 타이밍이라고 생각해 인사하는 순간, 울타리 너머에서 여자 목소리가 들렸다.

"누구야? 그 귀여운 도련님은?"

소리 나는 쪽을 돌아보자, 무척 화려해 보이는 하얀 판탈롱에 새빨간 블라우스 차림을 한 예쁜 여자가 마당 안으로 들어오고 있었다. 텔레비전에서 가수 핑키와 기라즈를 보긴 했지만, 실제로 판탈롱 입은 여자를 본 것은 처음이었다. 옷뿐만이 아니라 화장도 머리 모양도 배우처럼 화려해서 T읍 같은 시골에서는 좀처럼 볼 수 없는 타입이었다.

아저씨는 여자에게 "아." 하고 한 손을 들어 친하게 인사한 뒤, 나를 소개했다.

"당신 옆집에 사는 가즈야."

"아, 네가 걔구나."

여자는 블라우스와 같은 색 립스틱을 바른 입술 사이로 하얀 이를 드러내며 자기 소개를 했다.

"나는 아이하라 야스코. 이웃사촌이네, 잘 부탁한다."

나는 황급히 일어나서 꾸벅 절을 했다.

"이와부치 가즈야입니다. 잘 부탁합니다."

"유키랑 나오하고 같은 반이래."

아저씨가 가르쳐 주자, 야스코 씨는 "어머나." 하고 놀란 얼굴을 하고 뺨까지 내려온 머리카락을 쓸어 올렸다. 그 몸짓과 함께 달콤한 향수 냄새가 풍겨 오는 바람에 움찔했다.

"두 사람하고 사이좋게 지내렴."

"예."

내가 대답하자, 아저씨와 마찬가지로 야스코 씨의 뺨에 부드러운 미소가 떠올랐다.

"지금 출근하는 거야?"

아저씨가 묻자 야스코 씨가 "응." 하고 대답했다.

"오늘 노는 날 아냐?"

"그게 말이야, 미짱이 어제부터 감기에 걸려서 대타."

두 사람의 대화로 야스코 씨는 지금부터 일하러 나간다는 사실을 알았다.

곧 해가 질 텐데 무슨 일을 하는 걸까?

툇마루에 다시 걸터앉아 고개를 갸웃거렸다.

"그럼 다녀올게."

야스코 씨는 선 채로 두서없이 두세 마디 이야기를 나누다가 손을 팔랑팔랑 흔들었다. 그러고는 핸드백을 어깨에 메고 큰길을 향해 걸어 나갔다.

판탈롱 자락을 펄럭이면서 걸어가는 뒷모습에 '멋있다!' 하고 넋을 놓고 바라보자 아저씨가 빙긋이 웃었다.

"어떠냐, 아주 섹시한 누나지?"

아저씨는 어떻게 대답해야 좋을지 난감해하는 나를 보고 큰 소리로 "우하하하!" 웃더니, "가즈에게는 아직 이른가." 하고 알 수 없는 말을 했다.

"이르다니, 뭐가요?"

"고추에 털은 났냐?"

갑자기 이상한 것을 물어서 심하게 당황했다.

"아, 저기, 아직……."

"그런 거야."

점점 영문을 알 수 없었다.

"그건 그렇고, 이제 힘이 좀 나냐?"

갑자기 화제를 바꾸는 것이 아저씨의 버릇 같았다.

"저기, 힘이 나느냐는 건 무슨 말씀인지……."

"아까는 아주 풀죽은 얼굴을 하고 있었잖냐."

그러고 보니 처음에 그렇게 말하면서 말을 걸어왔지.

"만두 먹고 힘이 좀 났냐고."

"아, 예."

"그러냐, 그럼 잘됐다."

예, 하고 대답하지 않으면 실례가 될 것 같아 고개를 끄덕였지만, 눈을 가늘게 뜬 아저씨의 얼굴을 보고 있는 동안 이상하게 마음이 차분해졌다.

"저, 아저씨의 이름을 여쭤 봐도 될까요?"

"오, 이거 실례했군. 내 소개를 까맣게 잊고 있었어."

아저씨는 찰싹 하고 자기 이마를 쳤다.

"누마쿠라 요이치. 유키는 누마쿠라 아저씨라고 불러. 가즈도 그렇게 부르렴."

"알겠습니다. 누마쿠라 아저씨군요."

"그래."

"만두 잘 먹었습니다."

새삼 인사를 하고 일어섰다. 석양이 지기 시작한 하늘 아래를 아주 조금 걷자 곧 우리 집 현관에 다다랐다.

어깨 너머로 돌아보니 아저씨가 툇마루에 앉은 채 '또 보자.'라고 하듯이 손을 흔들어 주었다.

언제 겁을 먹었던가 싶을 정도로 새끼손가락 없는 누마쿠라 아저씨가 조금도 무섭지 않았다.

12

 새로운 학교생활을 시작한 지 2주가 지나가는 금요일 저녁 무렵, 나는 나오미와 처음으로 이야기를 나누게 되었다.

 학교생활 자체는 일단 순조로웠다. 전학 이틀째에 벌인 축구 경기를 계기로, 노리오와 스스무를 비롯하여 함께 놀 친구가 몇 명 생겼다. 물론 아직 어떤 녀석인지 서로 탐색전을 벌이는 분위기라, 무슨 이야기든 털어놓을 수 있는 상대라고는 할 수 없었다. 하지만 나도 노리오네도 그런 어색함은 시간이 곧 해결해 줄 거란 사실을 애초부터 알고 있었다.

 나를 가장 불안하게 한 문제는 사투리였다. 알아서 조심하기도 했지만 어쩌다 한 번씩 사투리가 튀어나와도 센다이 아이들이 알아듣지 못할 정도는 아니었다. 그래서 사투리 때문에 갑자기 웃음을 터뜨린다든지 말꼬리를 잡고 늘어지는 일은 없었다. 아무래도 내가 사투리에 대해 지나치게 신경을 쓰고 민감해했던 것 같다.

 다만 '일단 순조롭다.'라고 표현하며 대놓고 기뻐할 수만도 없는 일이 하나 있었다. 생선 가시가 목에 걸린 듯, 무엇을 하든지 내 의식에 무언가가 들러붙어 있었다. 그 생선 가시는 물론 유키히로와 나오미였다.

유키히로는 첫날 둑에서 캐치볼을 한 게 꿈처럼 여겨질 만큼 학교에서 계속 내게 냉담한 태도를 보였다. 아니, 유키히로가 일방적으로 냉담하다는 건 아니고, 나도 자연스럽게 유키히로에게 다가가지 못했다.

아무래도 그 투표 용지 사건이 마음에 걸렸다. 유키히로와 나오미, 두 사람의 이름을 나란히 쓴 범인이 나라는 걸 유키히로는 알아챘을 것이다. 그 일이 아니면 그때 이후로 딴사람이 된 듯 서먹서먹하게 구는 태도를 설명할 수가 없다.

둘의 이름을 쓴 것은 사실이니 제대로 설명해 악의가 없었다는 것만큼은 알아주길 바랐다. 하지만 말을 걸 타이밍을 좀처럼 찾지 못했다. 청소와 급식 혹은 개별 활동에서 조가 같으면 말을 걸 기회는 얼마든지 있었을 텐데, 유감스럽게도 유키히로는 나와 다른 조였다.

그런 건 별문제가 아니라고 생각한다는 말은 자신의 어린 시절을 까맣게 잊고 있는 어른들의 변명에 지나지 않는다. 반에서 누릴 수 있는 어린이의 생활권은 의외로 범위가 좁다. 자신이 소속된 조나 그룹을 넘어서 다른 아이와 접촉하려면 나름대로 신경을 써야 하거나 의지력을 발휘해야 한다. 축구 경기 덕에 사이가 좋아진 노리오가 나와 같은 조라서 더욱 그랬다.

그래도 몇 번인가 용기를 내 유키히로에게 말을 걸어 보려고 한 적은 있다. 그렇지만 내가 넌지시 다가가면, 유키히로는 갑자기 볼일이 생각나기라도 한 듯이 슬며시 빠져나가 버렸다. 마치 보이지 않는 벽이 생긴 것처럼.

실제로 간신히 말을 할 뻔한 적이 두세 번 있긴 했다. 하지만 그때도 유키히로는 건성으로 대답할 뿐, 대화다운 대화를 나누지 못하는 사이에 수업을 알리는 종이 울려서 그것으로 끝났다.

학교에서 이야기하지 못하면 그다음은 수업이 끝난 뒤, 집에 돌아간 뒤밖에 없다. 오히려 그 편이 주위의 눈을 신경 쓰지 않아도 되기 때문에 잘될 것 같았으나, 두 가지 이유 때문에 실패로 돌아갔다.

첫 번째 이유는 내게 있었다. 학교가 끝난 뒤에는 5학년 2반의 우두머리 격인 노리오나 노리오와 친한 스스무, 혹은 다카시가 축구나 피구, 발야구, 또는 군것질이나 뽑기를 하면서 상점가 어슬렁거리기 등등 날마다 다른 건수로 같이 놀자고 권했다. 전학생인 내게는 고마운 권유이긴 했다. 어린이의 세계는, 아니 어른의 세계도 그리 차이는 없지만, 원숭이 집단과도 같다. 그래서 나 같은 신입은 집단 안에서 처음에 어떤 위치에 서느냐에 따라 그 뒤의 활동 영역이 결정된다. 그런데 노리오는 학급 임원은 아니었지만 노리오의 면전에서 그를 거역할 수 있는 사람은 아무도 없었다. 이러한 사실은 전학생인 나도 금세 알아차렸다. 그런 노리오가 먼저 놀자고 청해 온 사실은 절대 무시할 수 없었다.

확실히 행운과도 같은 출발이었다. 다만 유키히로가 고독한 이리 같은 면이 있는 탓인지, 노리오를 중심으로 한 멤버와 어울리지 않는 점이 곤란했다. 학교가 끝난 뒤에 유키히로와 이야기하기 위해서는 노리오네의 유혹을 뿌리쳐야 했다.

이사한 지 얼마 안 되어 집안일을 도와야 한다든가 하는 적당한 이유를 대고 그냥 집에 가도 노리오네에게 소외당하는 일은 없었을 것이다. 하지만 나는 그러지 못했다. 유키히로에게 찜찜함을 느끼면서도 하교 방송이 나올 때까지 노리오 그룹과 함께 행동했다. 요컨대 내 몸이 편한 길을 선택한 것이다.

두 번째 이유는 유키히로에게 있었다. 가정 사정 때문이니 본인에게는 책임이 없겠지만, 5시가 지나 집에 돌아왔을 때는 이미 라면 포장마차는 없었다. 날마다 포장마차 일을 돕는 게 아니라고 말했지만, 그래도 유키히로는 집에 없었다.

역시 유키히로는 학교 밖에서도 나를 피하는 게 분명했다. 그렇게까지 하지 않아도 될 텐데 하는 실망감이 들어 '쳇, 나쁜 놈!' 하고 비난하는 마음이 생겼다. 그러나 그때마다 유키히로가 자기 이름표를 가리키며 "나, 유키히로." 하고 말을 걸어왔을 때 느꼈던 놀라움, 둑에서 즐겁게 캐치볼 하며 보낸 시간, 헤어질 무렵에 "다음에 라면 한 그릇 줄게." 하고 농담처럼 사과하던 얼굴이 떠올랐다. 꽤 큰 비밀을 공유한 자들의 대화와도 같았는데 어쩌다 이렇게 되었는지 몹시 우울했다.

유키히로와 더불어 나오미도 신경이 쓰여 미칠 것 같았다. 나오미에게도 그 투표 용지가 상당히 큰 피해를 주었는지, 그 아이 주위의 분위기가 최근 2주간 미묘하게 변해 가는 것을 느꼈다. 2주째에 들어섰을 때 나오미를 감싸던 학급 임원 요시코의 태도가 달라졌다. 이유를 알 수가 없었다. 변모라고 하면 지나칠 테고, 깜짝 놀랄 만큼 냉담해졌다.

대충 그때그때 뭉치고 흩어지기를 반복하는 남자에 비해 여자 그룹은 처음부터 쉽게 고정되는 것 같다. 5학년쯤 되면 옆에서 봐도 그런 걸 눈치 채게 된다. 그래서 나오미는 요시코와 그 친구로 이루어진 여자 그룹에 저절로 녹아들 거라고 생각했다. 나오미가 유키히로와 우산을 같이 쓴 그림으로 놀림 받았을 때 그 아이들이 감싸 주었으니까. 하지만 리더 격인 요시코가 나오미를 멀리하기 시작하는가 싶더니, 나오미 주위에는 괜히 긁어 부스럼 만들지 말자는 식의 분위기가 형성되었다.

나오미 자신도 적극적으로 친구를 만드는 타입이 아닌 듯,

따돌림 당하는 것까지는 아니라 해도 어딘지 모르게 고립된 분위기가 날이 갈수록 강해졌다. 물론 여자들 사이에서 힘의 논리가 생기는 법칙에 대해서는 남자들이 이해할 수 없으니, 이런 생각은 내 멋대로 내린 억측일지도 모르지만.

이것저것 고민하느니 왜 그러냐고 본인에게 직접 물으면 끝날 일이긴 했지만, 반 친구들이 나오미에 대해 미묘하게 거리를 두는 것을 생각하면 그런 일은 불가능할 것 같았다. 또 노리오나 그 친구들에게 나오미에 대해 물어볼까 하는 생각도 했지만 괜한 추측을 불러일으킬까 봐 참았다.

전학 온 지 얼마 되지 않은 나의 문제로 고민해야 할 처지에, 한 번도 말을 나눠 본 적도 없는 나오미의 문제로 이런저런 고민을 하는 것도 웃기는 일이라고 생각했다. 하지만 자꾸 그렇게 되는 이유가 나오미의 첫인상이 귀여웠기 때문이란 것은 둘째 치더라도, 누마쿠라 아저씨와 옆집의 야스코 씨가 입을 모아 두 사람과 사이좋게 지내라고 말한 탓이 컸다. 실제로 같은 동네인 정도가 아니라, 나란히 붙어 있는 집에 사는 반 친구들끼리 2주가 지나도록 서로 모르는 척한다는 것은 너무나 부자연스러운 일이었다.

13

그런 난처한 상황을 바꿔 준 사람은 어머니였다. 그렇다고 어머니가 직접 어떤 행동을 했다는 뜻은 아니다. 어머니가 심부름을 시킨 덕분에 나는 나오미와 처음으로 대화를 나눌 수 있었다.

이사한 지 사흘째 되던 날부터 어머니는 일찌감치 일을 다니기 시작했다. T읍에 있을 때는 전업 주부였던 어머니가 지금으로 말하면 파트타임으로 일했다.

어머니가 일하기로 마음먹은 가장 큰 이유는 물론 조금이라도 살림에 보탬이 되기 위해서였다. 아버지가 당시에는 드문 학원을 경영하고 있으니, 앞날이 어떻게 될지 몰라 어머니도 일을 할 수밖에 없었을 것이다. 또 결혼 전에는 시청 창구에서 근무한 어머니로서는 이사 오자마자 아직 친한 이웃도 생기지 않은 동네에서, 그것도 처량할 정도로 낡은 집에서 기나긴 하루를 보내기보다는 밖에서 일하는 편이 훨씬 속 편하다고 생각했을 것이다.

어머니가 일하게 된 곳은 내가 두 살 때까지 가족이 살던 J구에 있는 꽃집이었다. 당시 우리가 살던 아파트 옆에 있는 가게로, 그곳 주인 부부와는 전부터 아는 사이라고 했다. 그래서 어머니에게는 오랜만에 밖에서 하는 일이면서도 인간관계 때문에 불편하지 않아도 되는 뜻밖의 일터였다.

이런 사정으로, 퇴근 길에 장을 본 어머니가 장바구니를 들고 6시가 조금 지난 시각에 집에 오는 생활이 일상이 되었다. 틀림없이 꽤 바쁘게 보냈을 테지만, 밖에서 일하는 것이 즐거웠으리라. 집에 와서 한 첫 마디가 "아, 피곤해라."이긴 해도, T읍에서 전업 주부로 생활할 때보다 훨씬 생기 있었고, 화장을 한 탓인지는 몰라도 몇 살이나 젊어 보였다.

졸지에 나는 열쇠 목걸이를 건 아이가 되었다. 그러나 사실은 종일 집에서 나를 기다려 주었던 어머니가 밖에 나가는 바람에 집에 와도 기다리는 사람이 없는 이 생활이 기뻤다. 초등학교 저학년이었다면 쓸쓸했을 테지만, 5학년쯤 되면 사정은 달라져서 해가 질 때까지 아무 제재도 없이 실컷 놀거나 딴 짓을 할 수 있다.

사실 불이 켜지지 않은 집 현관에 서서 왠지 모를 쓸쓸함을 느낀 것도 처음 하루 이틀뿐이었다. 돌아오자마자 숙제하라는 잔소리를 듣지 않아도 되었고, 엄마가 밥상에 두고 간 튀긴 식빵 모서리나 손수 만든 찐빵 같은 간식을 먹으면서 한가로이 텔레비전을 볼 수 있게 됐으니 천국이라고 할 수 있었다.

어쨌거나 문제의 금요일, 텔레비전을 조금이라도 잘 나오게 하려고 실내 안테나를 이리저리 만지고 있는데, 평소와 같은 시간에 집에 와 저녁 준비를 하던 어머니가 심부름을 시켰다.

"가즈야, 엄마가 설탕 사 오는 걸 잊었네. 옆집에 가서 좀 빌려 올래?"

요리를 하다 조미료 같은 게 떨어지면 이웃끼리 빌려 주고받고 하는 것이 당연시되던 시절이었다.

"큰 숟가락으로 세 술 정도면 충분할 거야."

어머니가 건네준 그릇을 들고 어두워진 바깥으로 나오긴 했으나, '어떡하지?' 하고 발걸음을 멈추었다.

부자가 포장마차를 끌고 나갔을 유키히로네 집과 옆집인 야스코 씨네 집, 그 옆집인 누마쿠라 아저씨의 집 모두 캄캄했다. 불이 켜진 곳은 큰길에서 가장 가까운 나오미네 집뿐이었다. 할 수 없이 도로 집으로 들어갔다.

"아무도 없는 것 같으니까 가게에 가서 사 올게. 돈 줘."

어머니가 물었다.

"네 집 모두 없어?"

"기류 씨 집에는 사람이 있는 것 같지만⋯⋯."

"그럼 일부러 사러 가지 않아도 되잖아. 나중에 엄마가 고맙다고 인사할 테니까 기류 씨네 가서 빌려 와."

"그렇지만……."

"저녁 준비 늦어지니까 얼른. 아마 나오미네 집이었지? 너랑 같은 반이라며?"

"응, 뭐."

"자, 얼른."

등을 떠밀리다시피 하여 다시 집에서 나와 할 수 없이 나오미네 집 현관까지 갔다. 조금 망설이다가 "안녕하세요?" 하고 인기척을 내며 미닫이문을 열었다.

생선 굽는 맛있는 냄새가 떠도는 처마 밑에 서서, 열린 현관 안을 들여다보며 한 번 더 "계세요?" 하고 불러 보았다.

신발 벗는 곳에서 이어지는 창호지 문이 30센티미터 정도 열렸다. 그리고 텔레비전 소리가 새어 나오는 문틈으로 초등학교 1~2학년 정도의 남자 아이가 얼굴을 내밀었다. 지금까지 몰랐는데, 나오미에게 동생이 있는 것 같았다.

얼굴을 내민 사람이 나오미가 아니라는 사실에 조금 안도하는 동시에 유감스럽게 생각하면서 남자 아이에게 물어보았다.

"엄마 계시니?"

잠시 내 얼굴을 말똥말똥 바라보던 남자 아이는 대답도 하지 않고 문을 탁 닫았다. 안으로 뛰어 들어가는 발소리가 나고, 잠시 뒤 닫힌 창호지 문이 열리면서 어머니와 나이가 비슷해 보이는 나오미의 어머니가 나타났다. 그러고는 "어머나!" 하면서 현관으로 내려왔다.

"혹시 이와부치 씨네?"

나는 어색하게 인사했다.

"아, 예, 이와부치 가즈야입니다. 안녕하세요……."

아주머니는 "맞구나." 하고 끄덕이며 웃었다.

"나오미에게 들었어. 둘이 같은 반이라면서? 앞으로 잘 부탁한다."

'와, 나오미가 식구들에게 내 이야기를 했구나.' 하고 살짝 놀랐다.

"나오미한테 볼일이 있니?"

아주머니가 묻자 나는 황급히 고개를 저었다. 그러고는 손에 들고 있던 그릇을 보여 주며 부탁했다.

"저기, 엄마, 아니 어머니가 설탕을 좀 얻어 오라고 해서……. 큰 숟가락으로 세 술 정도면 된대요."

"좋아, 언제라도 편하게 오려무나."

그릇을 받아 든 아주머니가 창호지 문을 열어 둔 채 안에 있는 부엌으로 모습을 감추었다.

나오미의 동생이 거실 다다미 위에 턱을 괴고 누워서 텔레비전 만화 영화를 보는 모습이 보였다. 약간 고개를 빼 보았지만, 나오미의 모습은 보이지 않았다.

집 구조는 같을 테지. 나오미는 작은방에서 숙제라도 하고 있는 걸까.

그런 생각을 하면서 기다리고 있노라니, 부엌 쪽에서 "왜.", "아무튼.", "엄마가 줘.", "자, 빨리." 하는 나오미와 아주머니의 목소리가 들려왔다. 아마 나오미는 부엌에서 어머니를 돕고 있었나 보다.

설탕을 담은 그릇을 들고 내 앞에 나타난 사람은 아주머니가 아니라, 학교에 입고 온 것과 같은 핑크색 카디건을 걸친 나오미였다.

갑작스러운 등장에 놀라 당황스러워하자, 현관에 내려와 샌들을 걸친 나오미가 조금 퉁명스러운 말투로 "자." 하면서 그릇을 내밀었다.

"아, 고마워."

그릇을 받아 든 나는 그 자리에 우뚝 선 채 "저기······." 하고 우물거렸다. '고마워.'라는 말만 하고 그냥 집에 돌아가기도 좀 서먹하고 어색한 것 같아서였다. 그렇다고 무슨 말을 어떻게 꺼내야 할지 난감했다.

나오미가 성가시다는 투로 물었다.

"뭐?"

"저기, 학급에는 이제 익숙해졌어?"

생각해 보면 전학생인 내가 할 질문이 아니었지만, 일단 머릿속에 떠오른 걸 물어보았다.

"그럭저럭."

나오미의 대답에 용기를 얻었다.

"이웃이니까……."

"이웃이니까 뭐?"

나오미가 내 말을 가로막았다.

'그렇게 따지듯 말하면 곤란하잖아.' 하고 생각하면서 말했다.

"사이좋게 지냈으면 해서. 유키히로도 같은 반이고."

"이웃끼리니까 서로 사이좋게 지내자, 그 말을 하고 싶은 거야?"

왜 이렇게 다그치는 듯한 말투로 따지고 드는 거야? 나는 그저 인사를 할 마음으로 말하고 있는데…….

이 녀석 좀 독특하다고 생각하면서도 나오미의 기세에 눌려 어쩔 줄을 몰라 하자, 나오미가 창호지 문을 닫고 샌들을 신은 채 현관에서 나와 내 앞에 섰다.

현관문도 닫은 나오미가 알전등이 달린 가로등 아래에서 허리에 손을 올리고, 전혀 예상하지 못한 질문을 했다.

"왜 이리로 이사 온 거니? 유키히로가 그러던데, 여기서 태어난 건 아니라면서."

'앗, 유키히로와는 말을 하는구나.'

나는 이렇게 생각했지만, 이 점에 대해서는 말하지 않고 대답했다.

"왜라니, 아버지 일 때문이지."

"그런데 하필 왜 여기냐고."

영문을 알 수 없는 질문을 당연한 듯이 하는 나오미에게 나도 좀 화가 났다.

"부모님이 결정한 일이야. 이유 같은 건 몰라."

나오미는 "그러니?"라고만 대답하고 현관으로 들어가려고 했다.

"잠깐."

나는 나오미를 불러 세웠다.

"뭐?"

"너의 태도, 별로 좋지 않다고 생각하는데."

"태도가 좋지 않다니 무슨 소리야?"

나는 끝까지 불손한 말투를 쓰는 나오미에게 어이없는 표정을 지어 보였다.

"나는 너를 걱정해서 물었는데, 왜 여기로 이사 왔느냐니, 그건 아니지 않냐?"

"네가 나의 뭘 걱정한다는 거야?"

"그야 너, 반에서 좀 겉돌잖아."

순간 아차, 하는 생각이 들었다.

나오미는 노골적으로 화난 얼굴이 되었다. 그러고는 무슨 말을 할지 긴장하고 있는 내게 질문으로 맞받았다.

"어차피 다 알고 있지?"

"뭘?"

"우리 아빠 이야기."

나오미의 아빠 이야기는 전혀 몰랐다.

"몰라."

"거짓말."

"거짓말 아니야."

"속이지 않아도 돼."

"속이고 뭐고 정말로 모른다니까."

흥, 하는 소리가 들렸다.

대체 얘 뭐냐?

나도 쳇 하고 들으란 듯이 혀를 차고, 앞으로 절대 먼저 말을 걸지 않으리라 결심했다. 우리는 희미한 가로등 아래에서 서로 노려보았다.

이런 상황에서 떠오른 생각치고는 좀 엉뚱하다는 것은 나도 안다. 그러나 사실 둘이 서로의 얼굴을 빤히 들여다보는 꼴이 되었다. 머리카락이 짧은 나오미는 무척 귀여웠다. 여기다 성격만 좋다면 참 좋을 텐데, 이래서야 남자뿐만 아니라 여자에게도 미움 받겠네.

나오미가 시선과 얼굴을 함께 돌리며 말했다.

"됐어. 그만."

"아, 그래."

나도 그렇게 말하고, 집으로 돌아가기로 했다.

"설탕은 고맙다. 아주머니께 감사하다고 전해 줘."

'정말로 최악이네.' 하고 발길을 돌리려는 순간, 나오미의 목소리가 들렸다.

"가르쳐 줄게."

나는 그 자리에서 멈춰 섰다.

"모르면 가르쳐 준다고."

뒤를 돌아보며 아무 말도 하지 않고 다음 말을 기다리고 있는데, 나오미가 아랫입술을 한 번 깨물더니 매서운 눈으로 말했다.

"우리 아빠, 살인자야. 그러니까 나랑 유키히로하고 사이 좋게 지내려는 생각은 하지 말라고."

"뭐?"

무슨 뜻인지 몰라 그 자리에서 굳어진 채 나오미를 뚫어지게 바라보았다.

그러나 나오미는 잡을 새도 없이 현관문을 열고 달아나듯 몸을 밀어 넣고는 다라락 하고 문을 닫았다.

나는 안쪽에서 나사식 잠금쇠가 돌아가는 소리를 들으면

서, 내 귀로 들은 말의 의미를 이해하지 못한 채 나오미가 사
라진 현관을 바라보았다.

살인자?

잘못 들었을 리는 없다. 나오미는 분명히 그렇게 말했다.
그러니까 유키히로하고도 사이좋게 지내지 말라고도 했다.

그게 대체 무슨 소리일까?

내 능력 밖의 사태에 설탕이 담긴 그릇을 든 채 한참 동안
우두커니 서 있었다.

14

　다음 날은 토요일이라 오전에 수업이 끝났다. 나는 가재
잡으러 가자는 노리오네의 제안을 거절하고, 일찌감치 집으
로 향했다. 정확하게는 가재 잡으러 가는 도중에 갑자기 볼
일이 생각난 듯이 꾸며 댄 노리오네와 헤어졌다.

　학교에 있는 동안, 머리가 멍해서 선생님의 말이 귀에 전
혀 들어오지 않았다. 물론 전날 들은 나오미의 말이 원인이
었다. 상상조차 하지 못한 '살인자'라는 말이 끈덕지게 귓가
에 맴돌았다. 수업 시간과 쉬는 시간, 나오미와 유키히로를
흘끔흘끔 보았지만, 도저히 본인들에게 물어볼 수는 없었다.

　그런 괴로운 상태를 견딜 수 없어서 노리오네와 함께 교문
을 나서서는 아무렇지 않은 척하고 노리오에게 물었다.

　"우리 반 여자 중에 기류 나오미라는 애가 있더라."

　"그게 어쨌다고?"

　"어, 그러니까…… 걔 좀 겉돌지 않냐?"

　"겉돈다고?"

　"요시코나 다른 여자 애들한테도 미움 받는 것 같던데. 왜
있잖아, 그 우산 사건 때. 그때는 감싸 주었으면서 요즘은 그

렇잖아."

"아아."

노리오가 무슨 말인지 알겠다는 표정을 지었다. 함께 있던 스스무가 끼어들었다.

"요시코는 몰랐던 모양이야. 그러니 그렇게 생각하지."

다카시도 맞장구쳤다.

"맞아, 맞아. 작년에 전학 와서 반이 달랐거든."

노리오가 "야." 하고 스스무와 다카시의 말문을 막았다.

세 사람은 다 아는 이야기 같았지만, 나는 뭐가 뭔지 통 알아들을 수 없었다. 그러나 핵심을 건드린 것만은 분명했다.

"무슨 이야기인지 잘 모르겠는데, 설명해 주지 않을래?"

노리오가 걸음을 멈추고 이야기할까 말까 망설였다.

스스무가 재촉했다.

"상관없잖아, 얘기해도."

"뭐, 괜찮겠지."

노리오는 비밀 이야기라도 하듯 목소리를 낮추었다.

"큰 소리로 말하면 안 되는데, 그 애 아빠는 살인자야."

"진짜였구나."

"진짜라니, 그거 알고 있었어?"

"아, 아니, 그냥 그런 소문을 들은 것 같아서."

스스무가 히죽거리며 옆에서 거들었다.

"노리오, 네가 대놓고 살인자라고 하니까 가즈야가 겁먹었잖아. 제대로 설명해 줘."

노리오가 끄덕이며 말했다.

"나오미네 아빠, 교도소에 있어."

"그럼 살인범?"

소름이 쫙 끼쳤다. 그렇지만 노리오는 "아냐, 아냐." 하고 웃으면서 고개를 저었다.

"그런 게 아니라, 교도관이라고 하던가? 교도소에서 일하는 사람이야."

"엉?"

스스무가 얼빠진 얼굴을 하고 있는 내게 설명해 주었다.

"요시코는 작년 봄에 전학을 왔거든. 그래서 나오미네 아빠에 대해 몰랐을 거야. 여자 애들 중 누군가가 그 사실을 가르쳐 준 것 같아. 그러니 뭐 나오미하고 친하게 지내고 싶어 하지 않아도 어쩔 수 없지."

나는 여전히 무슨 의미인지 파악하지 못했다.

"왜?"

"정말인지 아닌지는 몰라. 어디까지나 소문인데."

스스무가 자신을 변호하는 말을 먼저 한 후 대답했다.

"나오미네 아빠, 사형 집행인이래."

사형 집행인이란 말에서 느껴지는 끔찍함에 솔직히 무서

운 마음이 들었다.

"그거, 정말이야?"

"아마도."

그것이 계기가 되었는지, 세 사람은 당황해하는 나를 무시하고 봇물 터지듯 소곤소곤 이야기하기 시작했다.

"그런데 말이야, 그거 좀 너무하지 않나?"

"자기 아빠가 그렇다고 생각하면 좀 그렇지."

"알아?"

"뭘?"

"사형할 때 말이야, 누르는 단추인지 당기는 레버인지 모르겠는데, 어쨌든 스위치가 두 개 있어서 두 사람이 동시에 누른대."

"어째서?"

"한쪽 스위치는 당첨이고 다른 한쪽은 꽝이래. 그러면 어느 쪽이 사형을 집행했는지 모르잖아."

"그렇구나. 아무리 사형수라 해도 자기 손으로 죽인다면 기분이 안 좋을 거야."

"목을 조르는 건가?"

"전기 의자 아닌가?"

"그건 미국이지."

"그런가?"

"일본은 교수형이라고 들은 적이 있어."

"어느 쪽이 더 괴로울까?"

"그야 당연히 교수형이지. 목을 매면 말이야, 오줌이나 똥을 싼대."

"거짓말."

"더러워."

"그리고 들었냐?"

"뭘, 뭘?"

"담뱃가게 기누 할머니, 요전 날 밤에 봤대."

"뭘?"

"나오미네 아빠가 담배를 사러 왔는데."

"야, 그만 해, 무서워."

"사형시킨 유령이 창백한 얼굴로 나오미 아빠 뒤에 서 있더래."

"악, 무서워!"

소리를 질렀지만, 곧 세 사람 다 깔깔 웃었다.

나는 도저히 웃음을 터뜨리는 무리 속에 낄 기분이 들지 않았다. 속이 안 좋아졌다.

노리오가 내 상태를 눈치 채고 걱정스러운 표정을 지었다.

"어이, 괜찮냐?"

"아, 응. 괜찮아."

"이 이야기 우리한테 들었다는 거 비밀이야. 들키면 선생님한테 엄청 혼나. 말하지 않는다고 약속할 수 있어?"

그럼, 그럼, 하고 고개를 끄덕이는 스스무와 다카시를 보고, 아이들이 나를 시험하고 있다는 것을 깨달았다. 비밀을 공유한 자로서 진정한 의미에서 자신들의 친구가 되는가, 아니면…….

"약속할게. 아무에게도 말하지 않을 거야."

그렇게 대답할 수밖에 없었다.

노리오가 안심한 얼굴로 물었다.

"그런데 가즈야, 왜 나오미에 대해서 궁금한 거야?"

다카시가 참견했다.

"걔 얼굴은 귀엽게 생겼잖아. 그래서 마음이 있는 거야?"

"설마."

나는 이렇게 부정하고는 머리를 벅벅 긁으며 말했다.

"집이 근처야. 그래서 좀 신경이 쓰였을 뿐이야."

세 사람은 의아한 표정을 지었다. 나는 아이들을 번갈아 보다가 말을 잘못했나 싶어 불안해졌다.

잠시 뒤, 스스무가 눈썹을 바싹 모으며 말했다.

"근처라니? 그러고 보니 가즈야, 너희 집 어디야? 설마 나오미와 유키히로네 집 안쪽? 요전까지 빈집이었던?"

"아, 맞아, 거기야. 아직 말하지 않았구나. 어디로 이사 왔는지."

노리오가 확인하듯이 물었다.

"거기 옆집에 양갈보가 사는 데지?"

"양갈보라니, 그게 뭐야?"

"화장 같은 게 엄청 야한 누나."

그게 화장이 진한 여자를 가리키는 말인가? 다른 뜻으로 들은 기억이 나는데.

이렇게 생각하면서도 야스코 씨 얘기라는 걸 안 나는 한 번 더 "응." 하고 대답했다.

세 사람이 서로 얼굴을 보며 "그렇구나, 거기구나." 하고 저마다 신음처럼 내뱉었다.

내가 물었다.

"뭐가 잘못됐니?"

"아니야."

노리오가 고개를 젓자, 다른 두 사람도 고개를 돌렸다.

"됐어, 신경 쓰지 마."

신경 쓰지 말라니 뭘? 묻고 싶은 것은 산더미 같았지만, 괜한 것은 몰라도 된다는 듯한 분위기에 그냥 말을 삼켰다. 조금 전에 비밀 약속을 나누면서 급속하게 가까워졌다고 생각한 세 사람과의 거리가 다시 미묘하게 벌어져 버린 것 같았다.

"슬슬 가 보자."

노리오의 말대로 길을 걸어가면서 화제가 원래 목적이었던 가재잡이로 바뀌었다. 그러나 불편한 마음은 사라지지 않았다.

상점가를 지날 때쯤 나는 "앗!" 하면서 걸음을 멈췄다.

"왜?"

"미안, 집에서 심부름을 시켰는데 까맣게 잊고 있었어."

"그래?"

"응. 미안하지만 가재잡이는 다음에 갈게."

"그렇구나. 심부름이면 어쩔 수 없지."

"응, 그럼 월요일에 보자."

"오케이, 잘 가."

그렇게 도중에 세 사람과 헤어졌다. 그러나 헤어질 무렵 노리오네의 얼굴에는 아쉬움이라기보다 다행이라는 표정이 서려 있었다는 생각을 떨칠 수 없었다.

15

살인자라는 말도 충격적이었지만, 사형 집행인이라는 말은 더 무섭고 음침했다.

상점가를 걸어 집으로 가면서 계속 사형시킬 때 어떤 기분이 들까 하는 생각을 했다.

사형을 선고받을 정도라면 사형수는 대량 살인 같은 죄를 지은 극악무도한 사람일 것이다. 그러니까 우리 사회에 있으면 곤란한 사람이라는 사실은 확실하다. 그런데 죽을 때까지 교도소에 가둬 두면 되지 군이 사형할 필요가 있을까? 사형을 집행하려면 나오미 아버지처럼 실제로 손을 대는 사람이 필요하니, 법률로 용서된다고 해도 사람이 사람을 죽인다는 사실은 마찬가지다. 텔레비전 사극에서 주인공이 악당을 척척 칼로 베어 물리치는 것과는 전혀 다른 실제 이야기라는 사실이 생생한 느낌과 함께 나를 짓눌렀다.

만약 내가 사형 집행인이었다면 어떨까 상상하자, 아랫배 언저리가 근질거렸다.

안 돼, 나는 절대로 사형 집행 스위치를 누를 수 없어.

얼굴을 찌푸리면서 걷고 있는데, 언제나 지나는 담뱃가게 앞에서 발길이 멈췄다. 어두컴컴한 가게 안에서 할머니가 꾸벅꾸벅 졸고 있었다. 노리오네가 말했던 기누 할머니일 것이다.

대낮인데도 유령이 되어 가게 앞에 서 있는 사형수의 얼굴이 또렷이 보이는 것 같아 등줄기가 서늘해졌다.

그 떨림이 사라졌을 즈음, 내가 사형 집행인이라면 하는 상상은 내 아버지가 사형 집행인이라면 하는 상상으로 바뀌었다. 다른 종류의 불안과 불쾌한 기분이 엄습했다.

아무리 다정하게 대해 주어도 내 머리를 쓰다듬는 아버지의 손이 사형 스위치를 누르고 온 손이라면, "하지 마!" 하고 소리치고 싶어질지도 모른다. 실제로 그렇게 뿌리친다면, 아마 아버지는 몹시 슬픈 눈으로 살그머니 손을 뺄 것이다.

어릴 때부터 공상하는 게 내 버릇이었다. 한번 공상하기 시작하면, 밤낮없이 멈추지 않고 생각했다. 담뱃가게 앞을 도망치듯 지나와 고개를 숙이고 걸어가며 계속 생각했다. 아버지가 사형 집행인이라는 이유로 우리 가족이 주위의 차가운 시선을 받고, 사이좋았던 친구도 하나 둘 떠나가고, 마지막에는 세 식구가 어깨를 맞대고 남의 눈을 피해 습기 찬 어두운 지하실에서 몰래 살고 있는 광경까지 떠올라 몹시 슬퍼졌다.

정말로 눈물이 나올 것 같아서 훌쩍 코를 들이마시는 동시에, '아냐, 내가 아니라 나오미가 그래.' 하고 상상을 부정하며 간신히 공상에서 벗어날 수 있었다.

우리 아버지가 사형 집행인이 아니어서 정말 다행이라고, 무릎에서 힘이 빠져나갈 정도로 안심했다. 하지만 그렇게 안도하는 동시에 나오미에 대한 생각이 어제까지와는 달라진 사실을 깨닫고, 이번에는 다른 의미로 싫어졌다.

이웃사촌이니 사이좋게 지내야겠다고 생각했던 나는 어디에도 없었다.

이론으로는 나오미가 나쁜 것도 아니고, 나오미의 아버지가 나쁜 것도 아니라는 사실을 알고 있었다. 하지만 애써 사이좋게 지내지 않아도 된다기보다는 되도록이면 가까이하고 싶지 않다는 쪽으로 마음이 기울었고, 그렇게 생각하는 자신이 혐오스러웠다.

주위의 모든 것이 눈에 잘 들어오지 않았지만, 그래도 언제나처럼 국도를 가로질러 작은 신사 옆을 지나 골목길로 들어섰다. 그러다 문득 정신을 차리고 보니 나오미네 집 앞에 서 있었다.

현관은 열려 있었지만, 나오미가 집에 돌아왔는지는 알 수 없었다.

스스무가 어디까지나 소문이니까 사실인지 아닌지는 모른다고 한 말을 떠올리고 직접 나오미에게 확인해 볼까 하고 현관을 바라보았다.

하지만 자신의 아버지를 '살인자'라고 말하던 나오미의 굳어진 목소리가 되살아나, 더 이상 나오미의 집에 다가갈 수 없었다. 도대체 나오미는 무슨 생각으로 내게 그런 말을 한 걸까…….

나는 나오미에게 묻기를 포기하고, 그렇다면 유키히로에게 물어보자고 생각했다. 유키히로는 나오미의 소꿉친구이니 정확하게 알고 있을 듯했다. 투표 용지 사건은 여기에 비하면 별문제가 아니니 '미안해.' 하고 사과 한마디 하면 끝날 일이다.

어쩌면 나오미가 집 안에서 나를 보고 있을지도 모른다는 생각이 들어 얼른 그 자리를 떠났다. 나는 옆집 앞에 섰다.

지난주 토요일과 일요일, 우리 가족은 교외 주택지에 있는 외가에 놀러 갔다. 학교가 끝난 뒤 집으로 돌아가지 않고 바로 어머니가 일하는 꽃집으로 가, 그곳에서 외삼촌 집으로 갔다. 그렇기 때문에 유키히로와 만날 기회는 처음부터 없었다. 하지만 지금이라면 유키히로도 집에 있을 텐데…….

아직 낮인데도 유키히로네 집 처마 아래에는 포장마차가 없고, 현관도 굳게 닫혀 있었다. 그리고 창에는 커튼이 쳐져 있었다.

이때 나는 누마쿠라 아저씨 표현대로라면, 완벽하게 '풀죽은 얼굴'을 하고 있었을 것이다. 어깨를 축 늘어뜨리고 걷고 있는데, 그때처럼 "가즈, 왜 그래?" 하고 말을 걸어왔다. 이번에 말을 걸어온 사람은 누마쿠라 아저씨가 아니라 야스코씨였다.

걸음을 멈추자, 야스코 씨가 마당에 나와서 빨래를 널고 있던 손을 멈추고 웃으며 말을 걸어왔다.

"애답지가 않네. 복잡한 얼굴을 하고서. 무슨 고민이라도 있니?"

입고 있는 옷은 비교적 평범한 꽃무늬 원피스였지만, 화장은 여전히 화려해서 조금, 아니 많이 이상했다. 문득 '양갈보'라는 말이 떠올라 당혹스러웠다.

"어이, 가즈."

야스코 씨는 멀리 있는 사람을 부르듯이 나를 부르더니, 고개를 갸웃거렸다.

"너, 듣고 있어?"

"아, 예. 죄송합니다."

내가 고개를 꾸벅 하자, 야스코 씨가 불렀다.

"이리 와."

"예?"

"소년의 고민을 들어 주겠다고. 이리 오셔."

야스코 씨가 손짓을 했다.

"저, 고민 같은 거 없는데요."

"무슨 소리, 죽을 것 같은 얼굴을 하고 있는 주제에. 어린 애가 거짓말하면 못써. 자, 잔소리 말고 이리 와."

강인함은 누마쿠라 아저씨 이상일지도 모른다.

나는 포기하고 울타리를 돌아 야스코 씨가 기다리고 있는 정원에 발을 디뎠다. 야스코 씨의 기분을 상하게 하지 말아야겠다는 마음도 있었지만, 사실은 이런저런 고민을 누군가에게 이야기하고 싶었을 것이다.

"실례하겠습니다."

"인사성 바르네."

야스코 씨는 이렇게 말하고는 빨래 건조대에서 걸어와 툇마루에 털썩 걸터앉더니 샌들 신은 다리를 꼬았다. 그러고는 옆에 있던 담뱃갑에서 담배 한 개비 뽑아 빨간 입술로 가져가서는 작은 은색 라이터로 불을 켰다.

후우 하고 가늘고 긴 연기를 토해 내고, 담배를 비스듬히 문 채 "앉아." 하고 옆으로 시선을 보냈다.

"예."

나는 가까이 다가갔다.

"내 무릎에 앉을래? 내가 안아 줄까?"

야스코 씨는 담배를 문 채 히잇 하고 웃었다.

깜짝 놀라 후루루 고개를 젓는 나를 보고 야스코 씨는 아하하 웃었다.

"농담이야. 너 뭘 그렇게 빨개지냐?"

미치겠네, 라고 생각하면서 가방을 내리고 툇마루에 앉았다. 담배와 향수가 섞인, 결코 불쾌하지 않은 냄새가 내 코를 간질였다.

"그래서 뭐야? 왜 그래?"

야스코 씨는 느닷없이 단도직입적으로 물었다. 그렇지만 쉽게 대답할 수 있는 문제가 아니었다.

"저기, 그러니까……."

내가 우물거리자, 야스코 씨가 먼저 물었다.

"유키랑 나오하고는 친해졌니?"

"저, 그게……."

"역시."

야스코 씨는 그렇게 말하고 손에 들고 있던 담배를 재떨이에 비벼 껐다. 그러고는 내 얼굴을 들여다보며 "그런 줄 알았다." 하고 고개를 끄덕였다.

"두 사람하고 순조롭지 않지?"

"실은, 예……."

"자세히 이야기해 봐."

야스코 씨는 누마쿠라 아저씨와 마찬가지로 이렇게 이야기를 시작해 사람을 솔직하게 만드는 특기가 있었다.

"저기, 야스코 씨는……."

"야스코 누나라고 해. 유키랑 나오도 그렇게 부르니까."

"저기, 야스코 누나는 나오미네 아빠 이야기 알고 있어요?"

"알고 있느냐니, 뭘?"

"나오미 아빠가 저기, 사형 집행인이라고 들었는데……."

"누구야, 그런 말 하는 게?"

야스코 누나의 어조가 뾰족해져 반사적으로 움찔했다.

"그건 좀……."

"흠, 어차피 못된 녀석들이겠지."

야스코 누나가 내뱉듯이 말하고는 물었다.

"그래, 뭐라고 말하던?"

"그냥 소문이라면 좋겠지만, 사실이라면 어떻게 할까 하고 아까부터 줄곧 생각했……."

어떻게 설명해야 좋을지 몰라 끝을 얼버무렸다.

나를 물끄러미 바라보던 야스코 누나는 잠시 뒤 사실이라면서 고개를 끄덕이고는 되물었다.

"그게 대체 뭐가 문제지?"

"저기, 문제라기보다는……."

나는 속마음을 모조리 털어놓고 싶었다. 야스코 누나에게는 좀처럼 무슨 소리인지 모를 설명이었을 테지만, 전학 온 뒤 지금까지 있었던 일을 거의 그대로 이야기했다.

이따금 재촉은 했지만, 야스코 누나는 내가 하는 말을 듣고만 있다가 이야기가 일단락되자, 웨이브 진 밝은 색 머리칼을 쓸어 올리며 가볍게 한숨을 쉬었다.

그 뒤, 가만히 뭔가를 생각하는가 싶더니, 갑자기 툇마루에서 일어났다.

"나가자."

"예?"

"지금부터 함께 나갈 거니까 좀 기다려."

"나가다니, 어딜요?"

야스코 누나는 내 질문에는 신경도 쓰지 않고 샌들을 벗고 툇마루에서 방으로 들어갔다. 누나는 내가 있는데도 신경 쓰지 않고 갑자기 원피스를 벗고 옷을 갈아입기 시작했다.

봐서는 안 된다고 생각했지만, 깜짝 놀란 나의 시선은 등을 돌리고 있는 야스코 누나의 허벅지며 속옷에 싸인 엉덩이에 못박여 떨어지지 않았다.

재빨리 판탈롱과 블라우스를 입은 야스코 누나는 현관으로 나오더니, 부러질 듯이 굽이 가느다란 하이힐을 신고 바깥에서 툇마루 쪽으로 돌아왔다.

그러고는 어쩔 줄 몰라 하는 나를 노려보았다.

"다 봤지? 변태."

"그, 그게……."

"또 또, 얼굴 빨개진다."

야스코 누나는 아하하, 하고 아까처럼 웃었다.

"자, 가자."

"저기 가방을 집에 두고 ……."

"됐다니까, 그런 거."

야스코 누나는 툇마루에 놓인 가방을 들더니 자기 방에 휙 던지고는 창문을 닫았다.

"자, 따라와."

그렇게 말하고 내 손을 끌어 툇마루에서 일으켜 세우더니, 그대로 내 팔에 자신의 팔을 감았다.

"가즈, 키가 꽤 크네."

그게 문제가 아니어서 "미안합니다, 이 손……." 하고 팔 짱을 풀려고 했다.

야스코 누나가 장난스럽게 물었다.

"나하고 팔짱 끼는 거 부끄러워?"

그렇다고 하기에는 미안해서 "조금요."라고 대답했다.

"놔줘도 되지만, 도망치지 않을 거지?"

이번에는 그렇다고 솔직하게 말했다.

"좋아, 그럼 놔주지."

"저기, 어디 가는 거예요?"

한 번 더 물어보아도 야스코 누나는 "가 보면 안다니까."

라고 할 뿐, 판탈롱 자락을 펄럭이며 걷기 시작했다.

누나는 울타리 밖으로 나왔을 즈음에야 멈춰 서서 내 쪽을 돌아봤다.

"뭐 하는 거야, 도망치지 않는다고 약속했지?"

대체 어디로 데려갈 생각일까? 속으로 고개를 갸웃거리면서 재촉하는 대로 야스코 누나를 쫓아갔다.

16

나와 야스코 누나는 큰길로 나가서 O구의 정류소에서 시영 전철을 탔다.

야스코 누나가 두 사람분의 승차권을 샀다. 당연한 듯이 내 몫까지 돈을 내 준 야스코 누나에게 미안하다고 생각하면서도 감사했다. 용돈 받는 날까지는 아직 며칠 남아 있어 바지 주머니에는 10엔짜리 몇 개만 들어 있었다.

무엇보다 뜻하지 않게 시영 전철을 타게 되어 무척 기뻤다. 대부분의 남자 아이들이 그렇듯이 나도 어릴 때부터 탈 것을 좋아했다. 당시 센다이 시에는 시영 전철, 즉 노면 전차(도로 위에 부설된 레일을 따라 움직이는 전동차 : 옮긴이)가 있어 버스와 함께 시민의 발이 되어 주었다. 그렇지만 기껏 센다이로 이사를 왔는데 좀처럼 탈 기회가 오지 않아 애를 태우던 참이었다.

손가락으로 꼽을 정도이긴 하지만, 전에도 시영 전철을 탄 적은 있었다. 물론 T읍 같은 시골에 노면 전차가 있을 리는 없고, 센다이에 있는 외삼촌의 집, 즉 어머니의 친정에 놀러 갔을 때의 일이다.

이야기가 빗나가지만, 어머니 남동생인 이 외삼촌은 어린 눈으로 봐도 참으로 신기한 사람으로, 시골에서는 절대로 볼 수 없는 타입의 어른이었다.

직업이 무엇인지는 잘 모른다. 겉보기에는 꽤 세련되고 화려했다. 색이 화려하고 무늬가 큰 셔츠를 입는 일이 많았고, 외출할 때는 대체로 선글라스를 끼었다. 말투도 웃는 법도 대화 내용도 독특하거나 호쾌하다고 할 수 있는, 말하자면 호걸 타입이었다.

물론 외모와 말투만 그런 게 아니었다. 말하는 건 훌륭하지만 행동은 그렇지 않은 어른이 상당히 많다. 하지만 외삼촌은 말과 행동이 일치했다.

외삼촌 집은 교외의 단지에 있었다. '아사히가오카'라는 단지였다. 왜 그런지 모르겠지만 센다이는 수도권에서 말하는 단지, 즉 중·고층 집합 주택이 즐비한 곳뿐만 아니라, 단독 주택이 늘어선 주택지도 단지라고 불러서 설명하기 복잡하다. 아사히가오카는 후자로, 당시에는 교외형 신흥 주택지로서 상당히 인기 있는 단지였다. 외삼촌 집이 자기 집이었는지 임대였는지 그 당시 나는 알 수 없었지만, 지극히 평범한 단독 주택처럼 보였다. 그렇지만 현관에서 한 걸음 들어가면 놀랄 일투성이였다.

응접실에 화려한 가죽 소파가 있었다. 시골에서는, 아니

도시에 산다 해도 그 시절에 소파는 부의 상징이었다. 소파야말로 부의 키워드였다. 3C라고 부르는 신기술 제품 3종, 더 자세히 말하면 컬러 텔레비전, 쿨러(cooler, 냉장고), 카(car, 자동차)가 있는 생활이 동경의 대상이었던 시대였지만, 그래도 소파는 가구가 아니라 어디까지나 기호품으로 취급되던 시절이었다.

그 소파가 떡하니 놓여 있는 응접실에는 당연한 듯이 양주가 즐비한 사이드 보드가 있었다. 또 벽에는 근사한 뿔이 달린 사슴 머리 박제가 튀어나와 있고, 장롱처럼 거대한 금고까지 자리 잡고 있었다. 내 기억이 틀리지 않았다면 갑옷과 투구도 있었던 것 같다.

이뿐만이 아니었다. 드디어 자가용이 보급되기 시작해 샐러리맨 대부분은 '스바루 3600', '퍼브리카' 또는 '서니' 같은 소형차를 탔고, 여기서 좀 더 욕심을 내 '블루버드' 같은 중형차의 핸들을 잡고 만족스러워했다. 그러나 외삼촌이 타는 차는 국산 최고급 차인 짙은 갈색 세드릭으로 그것도 시트가 가죽이었다.

이런 에피소드는 얼마든지 있다. 어느 해인가 설날에 가족과 함께 외삼촌네 놀러 갔을 때는 좋은 것을 보여 주겠다면서 진짜 일본도를 꺼내 오기도 하고, 금괴를 만져 보게 하기도 했다.

한참 뒤에야 안 사실이지만 외삼촌은 평범한 직업, 그러니까 샐러리맨으로 일한 경험은 젊을 때 단 한 번뿐이었다. 그 뒤로는 부동산업을 시작으로 사채놀이, 채무 해결사, 토지 투기를 했고, 때로는 빚을 안고 야반도주도 했다. 아슬아슬하게 야쿠자까지는 되지 않았지만, 해결사며 브로커까지 하면서 일반적인 상식에 비추어 보면 상당히 위험한 일을 하며 살았던 것 같다.

어쨌든 외삼촌은 전형적인 문학 청년인 아버지와는 머리끝부터 발끝까지 정반대여서, 마음속으로 은근히 동경했다. 친척들은 대책 없어 했지만, 그런 걸 모르는 아이의 눈에는 무척 신사적이고 멋있게 비쳤다.

외삼촌은 그런 나를 끔찍이 사랑해 주었다. 한 해에 한두 번밖에 만날 기회가 없었지만, 집에 놀러 가면 꼭 동물원이나 유원지 혹은 백화점 같은, 시골 아이에게는 꿈의 장소에 데려가 주었다. 비프스테이크도 외삼촌과 함께 간 센다이 시내의 한 호텔 레스토랑에서 처음으로 먹어 보았다.

그럴 때면 세드릭을 타고 갈 때가 많았지만, 내가 시영 전철을 타고 싶다고 하자, 귀찮아하지 않고 시영 전철을 태워 주었다.

본론에서 많이 벗어났지만, 굳이 이런 이야기를 꺼내는 이유는 내 인격 형성에 외삼촌이 큰 영향을 미쳤다는 걸 이제야 깨달았기 때문이다.

자, 다시 야스코 누나와 내 이야기로 돌아가자.

전차는 토요일 낮이기도 하여 약간 붐볐다. 그래도 자리에 앉지 못할 정도는 아니었다.

야스코 누나는 빈자리에 가서 앉아 다리를 꼬더니, 차량 앞쪽으로 눈짓을 했다.

"괜찮아, 가즈. 내릴 때 부를게."

야스코 누나에게 텔레파시 능력이 있나 하고 깜짝 놀랐다. 실제로는 표정을 보고 내 마음을 읽은 것이겠지만. 나는 시키는 대로 기꺼이 특등석, 그러니까 운전석 옆까지 가서 손잡이를 잡고 앞에서 다가오는 거리 풍경을 구경하기 시작했다. 아니, 정확하게는 풍경을 보는 것은 아주 가끔이었다. 내 시선은 운전사의 동작 하나하나에 고정되어 있었다.

참으로 어린이다운 행동이 아닐 수 없다. 그런데 실은 어른이 된 뒤에도 나는 가끔 버스에 타면 차 안이 별로 붐비지 않는 한 운전석 뒤에 붙어 서서 운전사의 손발의 움직임을 눈이 빠지게 쳐다본다. 그리고 '앗, 지금 더블 클러치를 밟았다.', '앗, 이렇게 낮은 회전으로, 그것도 2속 기어로 달리는구나.' 하고 일일이 감탄하고 있으니, 그야말로 세 살 버릇 여든까지 가는 모양이다.

나를 특등석에 태운 시영 전철은 시내 중심부를 향해 궤도

위를 우아하게 달렸다. 실제로는 우아하기는커녕 차 안은 소음으로 시끄러웠고, 차체는 몹시 흔들렸으며, 예고도 없이 경적을 울려 깜짝깜짝 놀라는 등, 유유자적해 보이는 겉모습과는 달리 몹시 거칠었다. 그렇지만 포석이 깔린 궤도 위로 우왕좌왕하는 승용차를 좌우로 밀쳐 내며 당당히 나아가는 모습은 역시 우아했다.

센다이 역 앞에서 승객이 반 이상 내리고 타고, 또 몇 곳의 정류장에서 손님이 오르내린 뒤 오른쪽 차창으로 공원이 보이기 시작할 즈음, 뒤에서 누가 어깨를 탁 쳤다. 어느새 야스코 누나가 옆에 와 있었다.

"다음에 내린다. 만족했어?"

누나는 바로 내 코앞, 얼굴이 닿을 정도로 가까이에서 윙크를 했다.

"아, 예."

허둥지둥 고개를 끄덕이며 창밖으로 시선을 보냈다. 허둥댔다기보다 당황스러워 움찔했다. 장난이나 농담이 아니라 진지하게 윙크하는 사람을 텔레비전 브라운관 밖에서 본 것은 처음이었다. 그런데도 야스코 누나의 윙크는 몹시 자연스러워서 〈키 헌터〉(1968~1973년에 일본에서 방영된 인기 드라마: 옮긴이)에 출연한 지바 신이치나 노기와 요코처럼 멋있어 보였다.

나와 야스코 누나는 고토다이 거리에 있는 '시청 앞' 정류장에서 내렸다. 센다이 시내를 남북으로 달리는 중심 거리와 도니반초 거리로 이어지는 큰 거리가 보이는 지점이었다. 그 당시 이 두 거리는 지금처럼 느슨한 곡선을 그리며 만나지 않고, 공원 남쪽에서 서로 엇갈린 네거리로 되어 있었다.

"건너자."

야스코 누나는 나를 재촉하며, 시청 반대쪽에 울창한 히말라야삼나무로 둘러싸인 고토다이 공원을 가리켰다.

"나가자."와 "따라와."라는 말만 듣고서 어디 가는지도 모른 채 따라왔더니, 겨우 공원에서 산책하자고? 나는 고개를 갸웃거리면서 횡단보도를 건넜다.

야스코 누나와 어깨를 나란히 하고 공원 북쪽으로 걸어가다가 나는 무엇인가를 보고 걸음을 멈췄다.

"왜?"

야스코 누나도 멈춰 섰다.

"저, 저건……."

내 시선이 머무르는 곳을 보더니 누나가 물었다.

"뭐 잘못됐어?"

시선의 끝, 공원 북쪽에는 아직 낮인데도 도로를 따라 몇 개의 포장마차가 서 있었다. 그 가운데 하나가 유키히로네 아버지의 라면 포장마차였다. 물론 그 사실도 청바지 차림을 한 유키히로가 있었기 때문에 알았다.

"아뇨, 잘못된 건 아니지만, 그런데……."

"그런데 뭐?"

"어째서 나오미가 있지?"

놀라서 높임말을 쓰는 것도 잊었다.

"어째서라니? 포장마차 일을 도와주고 있잖아. 딱 보면 몰라?"

야스코 누나가 '그게 뭐 어때서?'라는 얼굴로 대답했다.

"어, 저기 그게 아니라, 어째서 나오미가 유키히로와 함께 포장마차 일을 돕는지……."

"아, 그거."

야스코 누나의 입에서 의외의 말이 나왔다.

"두 사람 서로 사촌 사이야. 가즈는 아직 몰랐어?"

"예? 그랬어요?"

"그래. 나오네 엄마의 언니가 유키의 엄마였어."

"저기, '였어'라는 말은……."

"유키네 엄마, 5년 전에 병으로 세상을 떠났는데, 그것도 몰랐어?"

"아, 예. 몰랐습니다……."

"하여간에. 그러고도 친구냐."

"아뇨, 친구라고 하긴 했지만, 아까 이야기했듯이 그리 순조롭지 못해서 친구라고 말하기는 좀 그렇다고 할까, 그러니까……."

내가 더듬거리자, 야스코 누나가 알고 있다는 표정으로 말했다.

"그래서 이렇게 가즈를 데려왔잖아. 두 사람하고 사이좋게 지내라고."

야스코 누나의 호의는 기뻤지만, 학교에서 보여 준 유키히로의 태도나 어제 나오미의 굳은 표정과 목소리를 생각하면…….

야스코 누나는 주저하는 나를 전혀 아랑곳하지 않고 앞장서서 갔다. 누나는 몇 걸음 더 걷다 돌아보더니 씨익 웃으며 손짓을 했다.

"꾸물거리지 말고 와. 간식으로 라면 사 줄 테니까."

옛날이나 지금이나 라면의 유혹을 이길 수 있는 어린이는 아무도 없을 것이다.

17

유키히로는 야스코 누나 뒤에 숨듯이 하여 다가간 나를 발견하고는 '어?' 하는 표정을 짓더니 곧이어 '미치겠네!' 하는 얼굴이 되었다. 나오미는 노골적으로 싫어하며 '왜 데려왔어?' 하는 소리까지 들릴 듯한 비난 어린 표정으로 야스코 누나를 노려보았다. 아저씨, 즉 유키히로의 아버지만이 상황을 정확하게 파악하지 못했는지 어른의 여유인지, 야스코 누나와 나를 웃는 얼굴로 환영해 주었다.

시간대가 어중간한 탓인지 다섯 명만 앉으면 만원인 포장마차에 손님은 한 사람뿐이었다. 양복 차림을 한 그 남자는 나와 야스코 누나가 의자에 앉는 것과 동시에 "잘 먹었습니다." 하고 일어섰다.

"안녕하세요? 어때요, 장사는?"

야스코 누나가 인사하자, 유키히로의 아버지가 싱글벙글 웃으며 대답했다.

"그냥저냥 하네요. 그래도 이 녀석들이 도와주어서 도움이 많이 돼요."

나오미가 뽀로통한 표정으로 포장마차를 돌아 나오더니,

야스코 누나의 블라우스 자락을 잡아당겼다.

나오미는 나를 흘끗 째려보더니, 이번에는 소리 내어 야스코 누나를 원망했다.

"왜 여기 데려왔어요!"

뒤이어 탁 소리가 났다.

"아얏, 야스코 언니, 갑자기 뭐 하는 거예요?"

탁 소리는 야스코 누나가 나오미의 머리를 손바닥으로 치는 소리였다.

"바보! 손님한테 누가 그렇게 실례되는 말을 하래."

나오미를 노려보던 야스코 누나가 유키히로의 아버지에게 아까 내게 한 것처럼 윙크를 하며 말했다.

"라면 두 그릇, 한 그릇은 차슈(돼지고기 구이 : 옮긴이) 한 점 더 서비스해 주세요."

"옙, 감사합니다."

아저씨가 라면을 만들기 시작했다.

포장마차를 사이에 두고 유키히로, 왼쪽에 나오미, 오른쪽에는 나. 야스코 누나는 그렇게 어색한 분위기에서 서로의 낯빛을 살피는 세 사람에게 둘러싸인 꼴이 되었다. 누나는 몹시 언짢은 투로 말했다.

"이봐, 너희들. 어린애들 주제에 그런 모습은 귀엽지 않아. 적당히 좀 해라."

여전히 볼멘 얼굴을 하고 나오미가 항의했다.

"그렇지만 야스코 언니가……."

그때 유키히로가 끼어들었다.

"난 말이야, 가즈야와 이야기해도 별로 상관없었는데, 얘가 시끄럽게 굴어서."

유키히로의 시선을 좇아가 보니, '얘'는 나오미였다.

"뭐야, 그럼 내가 나쁘다는 거야?"

나오미가 입을 삐죽거렸다.

"난 가즈야는 좋은 아이라고 생각해."

"그런 건 처음뿐이라니까. 그러다 분명……."

거기서 "아하." 하고 야스코 누나가 나오미를 가로막았다.

"그래서 가즈에게 아빠가 살인자라고 말했니? 어이없네, 정말."

"그렇지만……."

도무지 무슨 이야기인지 알아듣지 못하는 사람은 나뿐인 듯했다. 유키히로의 아버지는 상관하지 않겠다는 건지, 혹은 다 알지만 입을 다물겠다는 건지, 삶은 면을 라면 그릇에 담고 묵묵히 고명을 올리고 있었다.

내가 야스코 누나를 불렀다.

"저기요, 세 사람이 무슨 이야기를 하는지 정말 모르겠는데요."

야스코 누나가 나오미를 보고 있던 시선을 내게 돌리고 입을 열려는 순간, 두 사람 앞에 라면 그릇이 놓였다.

"자, 나왔습니다."

김이 모락모락 나는 그릇을 들여다보고 뒤로 나자빠질 뻔했다. 야스코 누나 것과 비교하면 그릇이 훨씬 클 뿐만 아니라, 면이 보이지 않을 정도로 큰 차슈가 가득 얹혀 있었다. 아무리 차슈 라면이라 해도 이렇게까지 차슈가 많이 얹혀 있는 라면은 본 적이 없었다.

"고기는 내가 대접하는 거다. 마음껏 먹어."

유키히로의 아버지가 빙그레 웃었다.

"고맙습니다, 잘 먹겠습니다."

"좋겠네, 가즈."

야스코 누나가 내 옆구리를 쿡 찌르고는 나무젓가락을 쪼개면서 말했다.

"일단 먹자. 골치 아픈 이야기는 그다음에 하자."

나오미와 유키히로에게도 다짐했다.

"너희들도 그걸로 됐지?"

나오미가 떨떠름한 얼굴로 고개를 끄덕였다.

'유키히로는?' 하고 시선을 보내자, 나오미와는 달리 이렇게 된 것을 환영한다는 얼굴로 나를 향해 고개를 끄덕였다.

나는 유키히로의 표정을 보고, 유키히로가 학교에서 나를 피한 이유는 특별한 사정 때문이라는 사실을 알았다. 그러자 마음이 놓였다. 순간, 배 속의 벌레가 우글거렸다. 야스코 누나의 말대로 여기서는 식욕을 부추기는 냄새에 몸을 맡기는 것이 우선이었다.

"잘 먹겠습니다."

나는 나무젓가락을 들고 차슈를 한 점 집어 후우후우 식히고는 한입 가득 베어 물었다. 돌아보면 라면을 먹을 때 가장 먼저 차슈를 먹은 경험은 그 전에도 그 후에도 이때뿐이었던 것 같다.

18

유키히로의 아버지가 끓여 준 라면을 다 먹자, 야스코 누나는 "따라와." 하고 손짓했다. 나와 유키히로, 나오미 세 사람은 누나가 시키는 대로 따라가 히말라야삼나무 사이로 쏟아지는 햇볕 아래 잔디 위에 둘러앉았다.

야스코 누나가 아무것도 깔지 않고 판탈롱 차림 그대로 가부좌를 틀고 앉았다. 누나는 "자." 하고 말을 꺼내면서 위엄 있게 헛기침을 했다.

"그럼 슬슬 시작할까."

야스코 누나는 나로서는 도저히 상상도 할 수 없는 사실을 마치 야외 수업을 하는 선생님처럼 차분한 어조로 이야기하기 시작했다. 물론 유키히로와 나오미는 태어날 때부터 알던 이야기였으니, 사실 야스코 누나의 학생은 나 한 사람뿐인 셈이었다.

야스코 누나가 주로 내게 시선을 보내면서 이야기했다.

"O구는 옛날 센다이 성하에 올라갈 때 입구 역할을 하던 곳이야. 상인 마을로 아주 번성했지."

"그거라면 아빠한테 요전에 들어서 알고 있어요."

"그렇지만 말이야, 바깥 사람들이 모르는 사실이 여러 가지 있어."

야스코 누나는 의미 있는 표정을 지으며 말을 이었다.

"실은 O구 외곽인 둑 근처에 에도 시대부터 전쟁이 일어나기 전까지 예인이 살았어. '에다'와 '히닌'이라고 불리던 천민들도."

왜 에도 시대 얘기까지 거슬러 올라가는지 알 수 없었다. 내가 이해할 수 없는 이야기였다. 그러나 잠자코 귀를 기울일 수밖에 없었다.

"옛날에는 그런 곳을 '에다 마을'이라고 부르며 차별 대우를 했지."

나는 갑작스러운 이야기이기도 하고, 의문도 생겨 고개를 갸웃거렸다.

"그렇지만 신분 제도는 메이지 시대에 접어든 뒤부터 없어졌잖아요?"

학교에서 배운 내용을 되뇌며 반박하자, 야스코 누나는 조용히 고개를 저었다.

"제도상으로는 확실히 그래. 신분제는 없어졌고, 신분 차이로 차별받는 일도 겉으로는 없어졌어. 하지만 사람의 마음은 그렇게 간단히 바뀌는 게 아니야. 노골적으로는 차별하지 않아도, 색안경 낀 눈으로 보아 온 건 사실이야. 유키와 나오, 그리고 나도 그렇지만 선조가 예전 에다 마을 출신이야."

나는 '혹시' 하고 생각했다.

노리오네의 미묘한 태도. 우리 가족이 이사 온 집이 유키히로와 나오미의 집과 같은 곳에 있다는 사실을 알자, 갑자기 어금니에 뭔가가 낀 듯한 말투로 바뀌었다. 그 이유가 지금의……

그런 생각을 하고 있는데, 야스코 누나가 이야기를 이어 갔다.

"어쨌든 우리 선조들은 메이지 시대가 된 뒤에도 광대로 떠돌아다니거나 데키야(축제일에 거리에서 물건을 파는 장사꾼 : 옮긴이)가 되어 길에서 물건을 팔기도 하고 죽세공도 하면서 나름 서로 도우며 살아왔어. 물론 들어오는 사람도 있고 나가는 사람도 있고, 어디론가 훌쩍 떠난 사람도 꽤 있었지. 하지만 자기가 태어나서 자란 곳은 그렇게 쉽게 버릴 수 없나 봐."

누나는 진지한 얼굴로 열심히 듣고 있는 유키히로를 보며 설명했다.

"유키네 아빠도 젊을 때는 데키야로 일했지만, 일찌감치 손을 떼고 라면 포장마차를 했지. 자기 포장마차를 갖는다는 건 정말 대단한 일이야."

야스코 누나는 이번에는 부드러운 눈으로 나오미를 바라

보며 말했다.

"그리고 이쪽 나오의 선조는 에도 시대에 성 아랫마을로 들어오는 사람을 단속하는 관리였어. 그렇지만 그것뿐만이 아니라, 처형자가 나올 때는 망나니 역할까지 맡아야 했지. 결국 그런 까마득한 옛날이야기 때문에 주위에서 아주 훌륭한 공무원인 나오 아빠를 삐딱하게 보는 거야. 나 원 참, 웃기지도 않아서."

야스코 누나의 눈에 분개의 빛이 뚜렷했다.

야스코 누나의 이야기를 듣긴 했지만 내용 중 반은 머리에 들어가지 않았다는 말이 맞을 것이다. 이야기의 본질을 모두 이해하지 못했을 거라고 생각한다. 그러니 복잡미묘한 얼굴을 하고 있었을 게 분명하다. 하지만 야스코 누나는 내가 그런 반응을 보이리라고 예상한 듯했다.

"우선 이야기할 수 있는 건 전부 할게."

누나는 이렇게 말한 뒤 누마쿠라 아저씨 이야기로 화제를 돌렸다.

"그래 봬도 대단한 인물이야."

아저씨에 대해서는 먼저 이렇게 입을 뗐다.

"누마쿠라 아저씨는 실은 센다이 출신이 아냐. 간사이 지방의 어떤 마을 출신이지. 아저씨가 어릴 때 살던 마을이 없어졌대."

"저기, 없어졌다는 건 무슨 뜻이에요?"

내 질문에 야스코 누나가 마치 직접 보고 온 듯이 대답했다.

"하필 아저씨네 마을 근처에 황실 소유지라고 할 수 있는, 아주 옛날 천황 묘가 있었다나 봐. 그리고 그 마을은 옛날부터 차별받아 오던 곳이었대. 신성한 장소를 내려다보는 곳에 천한 사람이 사는 마을이 있다는 게 불경스럽다는 이유로 이런저런 압력을 받았다나 봐. 그래서 결국 마을 사람 모두 쫓겨나 다른 곳으로 이주하게 되었는데, 이주한 곳은 사람이 살 수 없는 지독한 곳이었대. 이주는 했지만 그곳이 마음에 들지 않아 나간 사람도 많았다는구나. 누마쿠라 아저씨도 그중 한 사람으로, 유키네 아빠와 마찬가지로 젊을 때는 노점상을 하면서 전국을 떠돌아다니다 마지막에는 우리가 사는 곳으로 와서 정착한 거야. 아마 가즈는 상상도 못하겠지만 말이야. 누마쿠라 아저씨가 살던 간사이 지방에서는 이곳과는 비교가 안 될 정도로 심한 차별을 받았대. 언젠가 아저씨가 거기에 비하면 센다이 사람들은 모두 착해서 천국 같다고 말한 적이 있어."

그 대목에서 야스코 누나는 먼 산을 보는 눈으로 작게 한숨을 쉬었다. 마음을 가다듬듯 누구에게랄 것도 없이 고개를 끄덕이고는 말을 이었다.

"그런데 누마쿠라 아저씨가 센다이에 온 지 얼마 안 돼서 또 살던 곳에서 쫓겨나게 되었어."

내가 물었다.

"언제 이야기인가요?"

"전쟁 전이야. 당시에는 에다 마을이라고 불리지도 않았고, 누마쿠라 아저씨가 살던 간사이 지방처럼 특별한 차별을 받는 일도 없었나 봐. 하지만 평범한 시민이 보면 에다 마을이 아주 수상한 노점상들이 모여 살고 있는 곳이기는 마찬가지였겠지. 그래서 또 경관을 해친다느니 교육 환경상 좋지 않다느니 하는 이야기가 나와서 시에서 철거 명령을 내렸어. 너무 심하지?"

나는 그렇다고 대답할 수밖에 없었다.

"그때 누마쿠라 아저씨가 대활약을 한 거야."

야스코 누나의 눈동자가 빛나기 시작했다.

누나가 떨리는 목소리로 말했다.

"당시 누마쿠라 아저씨는 그 지역의 야쿠자 우두머리에게 총애를 받고 있었어. 그 우두머리와 의형제를 맺은 사이였으니까."

나는 속으로 고개를 끄덕였다. 우선 누마쿠라 아저씨의 새끼손가락에 대한 수수께끼는 이걸로 풀렸다.

"뭐, 그 우두머리란 방패가 있었던 것은 확실하지만, 누마쿠라 아저씨가 중심이 되어 노점상들이 모두 일치단결해서

관청으로 뛰어들었어. 그래서 시와 담판을 지어 시내에 장소를 확보하고, 거기서 장사할 수 있도록 매듭을 지었지. 그래서 지금도 우리 동료들 사이에서 누마쿠라 아저씨는 전설적인 영웅이란다."

어떠냐? 하고 말하듯 가슴을 펴는 야스코 누나에게 조심스럽게 물어보았다.

"저기, 거기까지는 잘 알았습니다만, 어째서 누마쿠라 아저씨는 그쪽으로 옮기지 않았어요? 그리고 야스코 누나와 유키히로네도."

야스코 누나는 아주 잘 물어보았다는 듯이 손가락을 딱 울렸다.

"그것이 바로 누마쿠라 아저씨의 장점이야. 이것으로 자신의 역할은 다 했다고 선언하고, 우두머리의 눈앞에서 스스로 손가락을 잘라 야쿠자 세계에서 손을 씻었어. 이곳에 남고 싶다는 유키와 나오의 아빠, 그리고 우리와 죽을 때까지 여기서 살겠다고. 그래서 어린 시절에 배운 기술을 써서 나막신을 만들거나 죽세공을 하면서 지금 이렇게 함께 사는 거야. 어때? 대단하지? 그렇게 통이 큰 사람은 좀처럼 없을걸. 대단한 사람이야, 정말로."

나는 야스코 누나가 계속해서 들려준 이야기로, 나란히 붙어 있는 다섯 가구도 누마쿠라 아저씨가 샀다는 사실을 알았다. 누마쿠라 아저씨가 평범한 세상으로 돌아가는 것을 기념해 우두머리가 기분좋게 내준 돈으로 산 것이었다.

야스코 누나의 야외 수업 덕에 센다이로 이사 온 뒤부터 줄곧 따라다니던 답답함이 가시는 것 같았다.

하지만······.

"야스코 누나."

"왜?"

"왜 제게 이런 이야기를······."

"하느냐고?"

"예."

야스코 누나는 핸드백에서 담배를 꺼내 불을 붙이려다가 주위를 둘러보았다.

"잔디 위에서 피우면 곤란하려나."

누나는 입에 물었던 담배를 도로 핸드백에 넣고 진지한 표정으로 내 눈을 들여다보았다.

"거기에 이사 온 이상 가즈도 이웃사촌이니까. 이 녀석들과······."

그러고는 유키히로와 나오미에게 흘끗 시선을 보냈다.

"사이좋게 지내길 바라기 때문이지. 거기 살다 보면 언젠가 어디서든 이 이야기를 소문으로 듣게 될 거야. 소문이란 있는 일과 없는 일이 뒤섞여서 사실 그대로 전달되지 않지.

그렇다면 처음부터 가즈가 사실을 알아두는 편이 낫다고 생각했어."

야스코 누나는 말을 끊고 유키히로와 나오미의 이마를 각각 콕콕 찌르며 말했다.

"그런데 이 녀석들은 어찌나 멍청한지, 대책이 없는 녀석들이라니까."

야스코 누나의 이야기를 정리해 보면 다음과 같다.

대놓고 왕따를 시키는 일은 없다 해도 역시 학교에서 두 사람의 입장은 미묘하다. 말하자면 아무래도 학급에서 겉도는 존재다. 거기에 낯선 곳에서 전학생이 왔다. 사정을 전혀 모르는 나라면 친해질 수 있을 것 같아서, 유키히로는 함께 놀자는 내 청을 받아들여 캐치볼을 했다. 하지만 그걸 보고 있던 나오미가 유키히로를 말렸다. 나오미 생각은 이랬다. 설령 처음에는 친해진다 해도, 사정을 알게 되면 떨어져 나갈 테니 괜한 상처를 받게 된다. 그러니 애초부터 친하게 지내지 않는 편이 좋다……

결국 그런 것이었다. 사안의 중요성이나 복잡한 정도를 생각하면 투표 용지 사건 따위는 유치원 꼬마들의 소꿉놀이만큼이나 시시하다는 생각이 들었다. 아니, 아주 짧은 시간에 갑자기 어른이 된 것처럼 느껴져, 알 수 없는 피로감이 무거운 돌이 되어 양어깨에 내려앉는 기분이었다.

야스코 누나는 잔디에서 일어서서 판탈롱 엉덩이 부분을 툭툭 털고는 우리 세 사람을 내려다보았다.

"이렇게 해서 할 이야기는 전부 했다. 내 역할은 이걸로 끝이야."

발길을 돌리려는 야스코 누나에게 나오미가 이 자리에 남길 바라는 얼굴로 물었다.

"어디 가요?"

"쇼핑. 모처럼 여기까지 왔으니 미쓰코시 백화점에라도 들러야지."

"야스코 언니……"

"그렇게 한심한 얼굴 하지 말라니까. 앞으로 어떻게 할지는 너희들이 생각하기 나름이야. 이제 어린애가 아니니까 너희들 머리로 생각해."

누나는 그 말을 남기고 핸드백에서 아까 넣은 담배를 꺼내더니, 불을 붙이지도 않은 채 입에 물고 덴샤 거리 쪽으로 성큼성큼 걸어갔다.

그 뒷모습을 보는데, 어떤 생각이 내 머릿속을 스치고 지나갔다. 야스코 누나는 우리들에게 이것저것 많은 이야기를 해 주었으면서도 정작 자신의 이야기는 어느 하나도 풀어놓지 않았다.

유키히로와 나오미는 야스코 누나에 대해 자세히 알고 있

을 게 틀림없었다. 하지만 그걸 물을 수 있을 만큼 두 사람과
가까워진 것은 아니었다.

19

그날 저녁, 유키히로랑 나오미는 포장마차 돕는 일이 남아 있었다. 나는 아이들과 헤어져 혼자 돌아와, 몹시 혼란스러운 머리를 감싸 안고 히로세 강을 바라보았다.

고토다이 공원에서 나오고 보니 돈이 부족해서 걸어올 수밖에 없었지만, 덴샤 거리를 따라오면 되기 때문에 길을 잃을 걱정은 없었다. 시영 전철로는 눈 깜짝할 사이였던 거리를 한 시간 남짓 걸었다. 그러나 생각할 일이 너무 많아서 전혀 힘든 줄 몰랐다. 아니, 그만큼 시간이 지나도 혼란스러운 감정은 전혀 수습되지 않았다.

나는 집으로 돌아와, 토요일이어서 반나절만 일하고 돌아온 어머니에게 "다녀왔습니다." 하고 인사하고는 바로 밖으로 나왔다. 그리고 T읍에 살던 시절 고민이 있을 때 기타가미 강에서 그랬던 것처럼 히로세 강둑의 풀숲으로 갔다.

이런저런 생각에 잠겨 있는 동안 어느새 땅거미가 지기 시작했다. 토요일 저녁은 원래 지금처럼 집 밖에 나와 멍청히 있어서는 안 되는 시간대였다. 작년 봄부터 시작한 〈거인의 별〉(1960년대 대표적인 만화 영화로, 동명 만화를 원작으로 한

작품 : 옮긴이) 방송 시간과 겹치기 때문이었다. 지난주까지 이야기는 호시 휴마가 거인 구단에 입단할 수 있을까 없을까 하는 갈림길까지 전개되어 있었다. 호시 휴마가 던져서는 안 되는 마구를 던졌는데 그 뒤 어떻게 되었을지, 텔레비전 앞에 붙어 있어야 할 중요한 때에 그것도 잊고 멍하니 강을 바라보고 있었으니, 내가 얼마나 혼란스러웠는지 알 만하다. 게다가 야스코 누나 집에 가방을 던져 두고 왔다는 사실조차 까맣게 잊고 있었다.

석양의 붉은빛이 드리워지기 시작한 한적한 풍경 속에서, 지금은 사라져 버린 이곳에 살던 사람들, 먼 옛날에는 에다와 히닌이라고 불리며 멸시받았던 사람들을 모든 상상력을 동원하여 그려 보았다. 앞으로 유키히로와 나오미의 관계가 어떻게 될지도 생각했다.

야스코 누나에게는 거짓말이나 가식이 아니라 진심으로 감사했다. 나중에 유키히로와 나오미의 이야기를 밑도 끝도 없는 소문으로 듣는 것보다 훨씬 낫다고 생각했다. 덕분에 우리 사이를 가로막고 있던 벽의 정체가 무엇인지는 확실해졌다.

그렇지만 야스코 누나가 가 버린 뒤, 우리 사이에는 또 어색한 침묵이 흘렀다. 무슨 말을 어떻게 꺼내야 좋을지 세 사람 모두 망설이느라 제대로 말문을 열지 못했다.

야스코 누나는 너희들의 머리로 생각하라고 말한 뒤 내게 공을 넘겼다. 그러나 나는 그 공이 야구공인지 축구공인지 제대로 판단하지 못했다. 공 종류를 모르니 캐치볼을 해야 좋을지, 패스 놀이를 해야 좋을지 판단이 서지 않았다. 내가 축구공이라 생각해도 유키히로에게는 야구공일지도 모르고, 나오미에게는 농구공이나 배구공일 수도 있다.

이건 축구공이야, 알았지? 확인하고 패스를 시작하면 끝 날 이야기지만, 그걸 제대로 해내지 못해 안타까워하고만 있었다. 그러자 유키히로가 "큰일 났네." 하고 혀를 차며 일어섰다.

"이제 그만 일하러 가 봐야 돼."

혼잣말처럼 중얼거리고는, 뒤따라 일어선 내게 미안한 얼굴로 말했다.

"일단 다음 이야기는 나중에 하자."

"아, 응. 나중에……"

그렇게 대답할 수밖에 없었다.

말없이 일어선 나오미는 한마디도 하지 않고 이미 포장마차 쪽으로 걸어가고 있었다.

히로세 강둑에 앉아 헤어질 무렵에 나는 어색한 대화를 떠올리며, 야스코 누나에게 받은 공을 두 사람 누구에게도 패스하지 못한 것을 후회, 아니 깊이 반성했다.

그제야 공의 종류에 신경 쓰지 말고 일단 던지는 게 좋았을 거라는 생각이 들었다. 그랬더라면 유키히로가 공의 종류를 분별해 주었을지도 모르는데…….

실은 왜 그때 망설였는지 알고 있었다. 그렇기 때문에 자신이 더 싫어졌다.

아무래도 노리오 일행이 마음에 걸렸다. 어른들 같으면 양쪽 모두와 요령 있게 사귈 수 있을지 모른다. 그렇지만 어린이 세계에서는 좀처럼 그러기가 쉽지 않다. 이 부분이 어떤 의미에서는 순수하고, 어떤 의미에서는 잔혹한 점이라고 생각한다.

내 입장은 후미에(에도 시대에 기독교도인지 아닌지를 식별하기 위하여 밟게 했던 그리스도·마리아 상 등을 새긴 널쪽: 옮긴이)를 앞에 둔, 정체를 숨긴 기독교도와 같았다.

유키히로와 나오미는 '어느 쪽이든 좋아.'라고 말할 것이다. 그러나 노리오나 스스무는 밟을지 말지 확실히 하라고 다그칠 게 분명했다.

거기까지 생각했을 때, 내 진짜 마음을 알아차렸다.

유키히로와 나오미.

내게는 이 두 사람이 소중하다. 왜 그렇게 생각했는지는 도저히 말로 표현할 수 없지만, 그것이 옳은 선택이라고 느꼈다.

나는 무겁고 답답했던 가슴이 조금 시원해진 것 같아 어두 컴컴해진 둑에서 일어섰다.

내일 내가 먼저 유키히로와 나오미를 만나러 가자.

그렇게 마음먹고 강에서 등을 돌렸는데, 하마터면 비명을 지를 뻔했다.

조금 떨어진 곳에 유키히로가 서 있는 게 아닌가.

"놀랐냐?"

"아, 응."

"미안. 용서해라."

유키히로는 캐치볼을 할 때처럼 밝은 목소리로 말하고는 손에 든 것을 들어 보였다.

"가방, 야스코 누나네 집에 두고 갔지?"

"앗."

"누나가 가져다주라고 해서 집에 갔더니 없잖아. 직접 전해 주려고 널 찾았어."

"미안해."

가방을 받다 문득 생각이 나서 물어보았다.

"포장마차 일 돕지 않아도 돼?"

"토요일은 낮에만 잠깐 도와. 5시 전에 돌아와도 돼."

"그렇구나."

내가 끄덕이자 뭔가 생각난 듯 유키히로가 말했다.

"안 봐도 돼?"

"뭘?"

"뭐라니, 〈거인의 별〉이지."

"아참……."

"혹시 잊어버렸냐?"

"지금 몇 시야?"

"6시 30분 지났어. 벌써 끝났지."

"으악!"

발을 동동 구르는 내게 유키히로가 웃으며 말했다.

"가르쳐 줄까? 오늘 내용?"

응응, 하고 내가 힘차게 끄덕이자 유키히로가 말했다.

"그럼 조건이 있어."

"조건이란 게 뭔데?"

"내일 우리랑 시내에 놀러 가지 않을래?"

"어? 우리라니, 또 누구?"

"당연히 나오미지."

"나오미도 그렇게 말했어?"

"나오미가 꺼낸 말이야."

"거짓말."

내가 눈을 동그랗게 뜨자, 더 놀라운 대답이 돌아왔다.

"도이치 시장에 있는 우표 센터에 가고 싶대. 나는 우표 같

은 건 별로 취미 없지만 말이야. 가즈야가 자기 소개할 때 우
표 수집이 취미라고 말했다면서 데리고 가자고 나오미가 말
하던걸. 그랬냐?"

하마터면 왈칵 눈물이 쏟아질 뻔했다.

"어때? 함께 갈 수 있을 것 같아?"

다시 물어보는 유키히로에게 "물론이지!" 하고 대답했다.

〈거인의 별〉 내용 듣기를 잊어버릴 만큼, 그때까지 느낀
우울함이 거짓말처럼 싹 가시고 가슴이 마구 뛰고 있었다.

20

그날 밤 나는 너무 들떠서 좀처럼 잠을 이루지 못했다.

물론 가장 큰 이유로는 유키히로뿐만 아니라 나오미도 내게 같이 놀자고 했기 때문이다. 전학 온 뒤 마음속에 계속 남아 있던 찜찜함이 "내일 우리랑 시내에 놀러 가지 않을래?" 하는 유키히로의 말 한마디로 안약을 넣은 것처럼 말끔히 사라졌다. 그때까지 고민이 컸던 만큼 그 반동도 컸다. 벅찬 기대감에 가슴이 떨려 좀처럼 잠이 오지 않았다.

그리고 또 하나, 친구 관계 외에 다른 것이 나를 들뜨게 했다. 바로 나오미가 가고 싶다고 말한 우표 센터였다.

자기 소개할 때, "내는 우표 수집과 프라모델 조립이 취미입니다." 하고 말한 뒤 몹시 부끄러워했지만, 어디까지나 '내는'이라는 시골뜨기 말을 했다는 사실이 부끄러웠을 뿐이고, 당시 우표 수집은 어른부터 어린아이까지 나이를 따지지 않고 좋아하던 극히 일반적인 취미 가운데 하나였다.

어쩌면 인류가 수렵 채취 생활을 하던 시절에 생긴 유전자가 아직 살아 숨 쉬고 있어서일지도 모르지만, 아이는 물건 모으기를 아주 좋아하는 생물이다. 요즘 아이들이 애니메이션 캐릭터 카드나 건담 계통의 피규어에 몰두하듯이, 남자 아이라면 딱지나 구슬, 여자 아이라면 공깃돌이나 색깔 있는 고무줄 모으는 걸 좋아했다. 그런 수집물이 빈 과자 상자에 조금씩 모이면 굉장히 즐거웠고 실(seal) 종류, 이를테면 비닐로 된 입체 실은 남자 아이나 여자 아이에게 굉장히 인기가 있었다.

이와 마찬가지로 좀 더 고급스러운 수집 취미라고 하면 우표를 빼놓을 수 없었다. 실제로 당시 우표 수집 유행은 지금은 상상하지도 못할 만큼 전국 방방곡곡에 몰아닥쳐, 나도 초등학교 2학년 무렵부터 우표를 끼워 넣는 포켓이 달린 우표 책, 이른바 스크랩북에 조금씩 우표를 모았다.

처음 한동안은 기념 우표 발매일을 기다렸다가 우체국에 가는 것으로 만족했지만, 이내 그것으로는 성에 차지 않게 되었다. 이제는 발행되지 않는 기념 우표, 보기에도 멋있고 액면가보다 비싼 값으로 매매되는 우표를 어떻게 해서든 갖고 싶어 했다. 하지만 T읍 같은 시골에는 우표상 자체가 없었다. 그래서 시골 아이들이 유일하게 의지가 되어 준 것이 통신 판매였다.

그 무렵 만화 잡지에는 반드시 우표 통신 판매 광고가 실려 있었고, 관제엽서에 '카탈로그 요청'이라고 써서 보내면 컬러로 인쇄된 우표 카탈로그가 날아왔다. 원하는 우표 값에

해당하는 일반 우표로 대금을 대신하거나, 조금 비싼 우표는 우편 소액환을 이용하여 신청 용지와 함께 보냈다. 그러면 한참 뒤 원하는 우표가 우송되어 왔다. 지금의 인터넷 쇼핑과 비교하면 절차가 조금 수고스럽기는 했다. 그렇지만 주문한 우표가 올 때까지 느끼는 두근거림과 우편함에서 우표를 발견했을 때의 떨림은 엄청난 즐거움이었다. 그러니 무엇이든 스피드가 최고는 아닌 듯하다.

그런데 실제로는 카탈로그를 보면서 한숨을 쉬는 일이 가끔 있었다. 카탈로그에는 아무리 생각해도 초등학생 용돈으로는 넘볼 수 없는 우표가 가득했다. 나 같은 초보자에게 특히 인기가 있던, 아니, 모두가 탐내던 우표가 있었다. 우표 취미 주간 초기에 발행된, 히시가와 모로노부의 '뒤돌아보는 미인'과 안도 히로시게의 '달에 기러기'였다. 하지만 액면가가 5엔 혹은 8엔 하는 우표의 거래가가 수천 엔이나 되니 아무리 애를 써도 손에 넣을 수 없었다.

그리하여 통신 판매 초창기에는 같은 우표 취미 주간에 나온 것이라도, 나온 지 얼마 되지 않아 발매 매수가 많은 '조노마이'나 '센히메', 혹은 겐지모노가타리의 '기생목'처럼 초등학생도 살 수 있는 우표를 중심으로 수집했다.

그러나 그것도 잠깐, 고액 우표에 눈이 가고 만다. 초등학생인 내가 죽을 각오를 하고 손에 넣은 것은 일본의 3대 절경을 담은 '일본 삼경' 시리즈였다. 용돈이 모일 때마다 '마쓰시마', '아마노하시다테', 그리고 마지막으로 '미야지마'를 사서 우표 책에 나란히 꽂았을 때는 정말로 날아갈 것만 같았다.

하지만 어른이나 아이나 점점 더 좋은 것을 갖고 싶은 것이 수집하는 사람의 심리다. '뒤돌아보는 미인'과 '달에 기러기'는 너무 비싸니 제외하고, 특히 내가 좋아해 꼭 갖고 싶었던 것은 안도 히로시게와 가쓰시카 호쿠사이의 풍속화를 실은 국제 교통 주간 기념 우표였다.

하지만 내 주머니 사정으로는 커다란 물결 너머에 후지 산이 보이는 가쓰시카 호쿠사이의 '가나가와의 파도'까지가 한계였다. 가장 좋아했던, 그러니까 침을 질질 흘릴 만큼 탐났던 우표는 설국의 정경이 흑백으로 그려진 안도 히로시게의 '간바라'였다. 그러나 이 우표 가격은 자릿수부터 달랐다.

그런데 실은 센다이에 전학 오기 전, 4학년 말쯤에 드디어 '간바라'를 손에 넣었다. 다만, 거기에는 사연이 좀 있어서 내 우표 책에 들어 있는 것은 유감스럽게 2급품이었다. 찢어지지는 않았지만, 우표 뒷면이 더러워진 하자품이었다. 그래도 내게는 굉장히 고가였다. 그 우표 한 장을 사기 위해 앞뒤생각하지 않고 세뱃돈을 전부 투자했을 정도다.

이런 성격이나 취향은 지금까지도 달라지지 않았다. 몇 년

전 오랜만에 기타를 치고 싶어 우연히 들른 악기점에서, 학생 시절에 동경했지만 비싸서 사지 못한 깁슨 레스폴의 스탠더드 모델을 구입했다. 거기까지는 좋았는데, 불행히도 30여 년 만에 수집 버릇이 꿈틀거리기 시작했다. 결국 밴드를 하는 것도 아니고, 연주 솜씨가 대단하지도 않은 주제에, 같은 레스폴이라도 나뭇결이 아름다운 커스텀 모델을 두 대 더 추가했다.

아니, 실은 악기점 앞을 지날 때마다 충동구매를 해 버릴 듯한 자신이 무서워서 미치겠다. 더욱이 한번 이렇게 되어 버리면 레스폴에만 꽂혀서 다른 모델에는 눈이 가지 않는다. 흥미 없는 사람에게는 다 똑같아 보이지만 메이플재로 나뭇결을 내는 법과 현의 소리를 전달하는 픽업에 따라 완전히 달라 보인다. 실제로 사 봐야 거의 장식품이나 다름없다는 사실은 불 보듯 뻔하지만, 갖고 싶은 마음은 어쩔 수 없다. 장식해 둔 기타를 보고 있는 것만으로 기분이 좋다.

옆에서 보기에는 바보나 환자처럼 여겨지겠지만, 수집벽이 있는 사람들은 대충 이렇다.

그런 사람은 설령 손에 넣지 못하더라도 실물을 볼 수 있다면 더없이 행복해한다. 그래서 나오미와 유키히로가 가자고 한 우표 센터에 기대가 컸다. 아마 우표 센터에 가면 '돌아보는 미인'과 '달에 기러기'를 실물로 볼 수 있겠지. 그렇게 생각하니 좀처럼 잠이 오지 않았다. 아무리 눈을 꼭 감아도, 몇 마리의 양을 헤아려도 소용없었다.

센다이로 전학 오기 직전에 잘하면 그 우표들을 직접 볼 뻔했다. 그런데 그 기회를 놓친 안타까움이 나를 더 들뜨게 했는지도 모른다.

T읍 같은 시골에도 부자는 있었다. 동급생 중에 마을에서 유일한 기모노 가게 아들이 있었다. 그 아이는 그런 부자, 즉 응접실에 소파가 떡하니 놓인 집의 대를 이을 아들이었다. 그 아이의 취미도 당연히 우표 수집이었지만, 나하고는 자금이 달랐다. 그 애가 '뒤돌아보는 미인'을 시작으로 고가의 우표를 많이 갖고 있는 사실은 모르는 사람이 없었다. 그래서 그 애는 내가 전학을 가게 되자 사이좋은 친구에게도 보여주지 않았던 '뒤돌아보는 미인'을 몰래 보여 주기로 했다.

기뻐서 어쩔 줄 몰라 하며 그 애 집에 놀러 간 나는 수집 책을 보고 뒤로 벌렁 나자빠졌다. 첫 장부터 국제 펜팔 주간의 기념 우표가 좌르륵 꽂혀 있는 게 아닌가! 더욱이 안도 히로시게의 '게이시'부터 시작하여 가쓰시카 호쿠사이의 '후지미가하라'까지 발행된 우표가 한 장도 빠짐없이, 뿐만 아니라 최근 것은 시트째 수집 책에 꽂혀 있었다. 그 정도였으니 우표 취미 주간 시리즈도 마찬가지였다. 나는 도저히 손을 댈 수 없는 우타마로의 '유리관을 부는 아가씨'나 샤라쿠의 '이치가와 에비조' 등이 당연한 듯이 줄지어 꽂혀 있었다. 내 것과는 전혀 수준이 다른 수집품을 보면서 한숨만 내쉴 따름이었다.

그리고 드디어 '뒤돌아보는 미인'이 꽂힌 페이지가 나왔는데, 나는 또다시 뒤로 나자빠질 뻔했다. 그 애의 수집 책에는 '뒤돌아보는 미인'보다도 고가로 판매되는 '달에 기러기'까지 있었기 때문이다. 그것도 둘 다 아직 잘라 내지 않은 다섯 장 시트째로. 그 대단함에 놀라움을 넘어 기가 질려서 머리가 빙글빙글 돌았다.

하지만 그다음이 좋지 않았다. 아니, 몹시 안타까웠다. 우표를 싸고 있는 반투명 파라핀지를 벗겨서 보여 주지는 않던 것이다.

그 애가 심술을 부린 건 아니었다. 부탁했으면 파라핀지를 떼고 보여 주었을 것이다. 하지만 얼마나 고가인지 아는 데다, 남에게 보인 적이 없는 컬렉션을 보여 주는데, "벗겨서 보여 줄래?"라는 말은 도저히 할 수 없었다.

그래서 더욱 실물을 보고 싶어 하던 나에게 우표 센터에 가자고 한 말은 어떤 놀이에 끼워 주는 것보다도 기쁜 일이었다.

21

다음 날, 나는 잠이 부족한 상태였지만 아침을 먹은 뒤 거의 뛰다시피 해서 유키히로와 만나기로 약속한 9시 정각에 나오미네 집 현관으로 갔다.

나는 큰 소리로 불렀다.

"있니?"

먼저 와 있던 유키히로가 나와서 손짓을 했다.

"어서 와."

"실례."

신발을 벗고 방으로 들어갔다. 우리 집과 같은 구조이지만, 가구 배치 때문에 전혀 달라 보이는 거실에서 나오미가 탁자 앞에 앉아 기다리고 있었다. 나를 올려다보며 입술만으로 "안녕."인지 "어."인지 우물우물 중얼거리더니 어색한지 주스 컵을 입으로 가져갔다.

"다른 가족은?"

내가 묻자, 유키히로가 나오미 대신 맹장지(빛을 막으려고 안팎에 두꺼운 종이를 겹바른 장지 : 옮긴이)로 칸막이를 한 작은방 쪽으로 눈짓을 했다.

"아저씨는 야간 근무여서. 그리고 이모는 동생 수업 참관하러 가셨어."

"수업 참관이라니?"

H 초등학교에서 그런 행사가 열린다는 이야기는 듣지 못해 고개를 갸웃거리자, 나오미가 대답했다.

"유치원."

"아, 그렇구나."

나오미의 동생은 초등학교 저학년인 줄 알았더니, 아직 유치원생인 모양이었다.

유키히로가 밀어 준 방석에 앉자, 나오미가 물었다.

"주스 마실래?"

"아, 응."

"멜론? 아니면 오렌지?"

"아무 거나."

나오미는 내 대답에 쌀쌀맞게 끄덕이더니, 부엌으로 갔다. 어제오늘 사이에 벌어진 일이어서 아무래도 서로 어색함이 남아 있었다.

잠시 뒤, 나오미는 컵을 손에 들고 돌아와 "자." 하고 내 앞에 내밀었다. 자신이 마시는 주스와 똑같이, 오렌지색 가루를 탄 주스였다.

"고마워."

나는 컵을 받아 들고 입으로 가져갔다.

주스에는 얼음이 두 조각 떠 있었다. 두 조각뿐이어도 얼음까지 넣어 주었다는 사실에 괜히 기뻤다.

"다 마시면 바로 나갈까?"

유키히로의 물음에 컵을 손에 든 채 그러자고 했다.

나오미가 내 방석 옆을 가리켰다.

"그거 가즈야 군의 수집 책이야?"

나오미가 처음으로 내 이름을 불러 주었다고 생각하면서 대답했다.

"맞아. 볼래?"

응, 하고 고개를 끄덕인 나오미는 "잠깐만." 하고 일어서서 맹장지를 열고 작은방으로 들어가더니, 자신의 수집 책을 손에 들고 돌아왔다.

"내 것도 보여 줄게."

"응."

아마 이 순간이 나오미와 나 사이에 있던 보이지 않는 벽이 무너진 계기가 되었을 것이다. 처음에는 어색하게 대화를 나누었지만, 취미가 같은 사람끼리 서로의 수집 책을 보여 주는 사이에 저절로 마음이 열렸다.

나오미의 수집 책에는 비싼 우표가 없었다. 하지만 최근 나온 연하 우표를 시트째로 모아 놓았거나, 꽃 시리즈와 새

시리즈 기념 우표를 매수대로 전부 모아 놓는 등 여자 아이다운 꼼꼼함이 돋보였다.

"대단하다! 이것도 갖고 있네."

나오미가 히로시게의 '간바라'를 가리키며 눈을 동그랗게 뜨더니 한숨을 쉬었다.

"좋겠다. 나도 갖고 싶은데 비싸서."

"그렇지만 이거 2급품이야. 뒷면이 지저분해."

"그러니? 그렇지만 겉은 멀쩡한걸. 역시 대단해."

"나오미도 니혼바시를 갖고 있네."

내가 말한 '니혼바시'는 역시 국제 펜팔 주간 기념 우표로, 히로시게가 노을 진 니혼바시의 정경을 그린 유명한 풍속화가 담겨 있었다.

"그건 2급품 아니지?"

나오미가 기다렸다는 듯이 자랑스럽게 말했다.

"응. 아니야."

"어느 쪽이 좋은지 아리송하네."

"정말 고민되네."

두 사람 사이에는 그것만으로 의미가 통했지만, 유키히로는 '그런 게 뭐가 좋냐?' 하는 어이없는 얼굴로 나와 나오미의 대화를 듣고 있었다.

그렇게 서로의 수집품을 비평하는 동안, 내 수집 책의 마지막 부분에서 나오미의 손이 멈췄다.

놀란 표정으로 얼굴을 가까이 가져가더니 우표 한 장을 들여다보았다.

나오미가 중얼거렸다.

"이건……."

"알아봤니?"

"응."

나오미는 고개를 들며 갸웃거렸다.

"어느 쪽이야?"

그 우표는 액면가가 3엔인 보통 우표로, 포경선에 탄 포수가 그려져 있었다. 문제는 발행 연도가 언제인가에 따라 평가액이 크게 달라지는 우표라는 점이었다. 만약 평가가 높은 우표라면 '뒤돌아보는 미인'까지는 아니더라도 2급품인 '간바라'의 다섯 배 정도 되는 가치가 있어 내 수집품 중에서는 최고의 우표가 될 수도 있었다.

"어느 쪽인지 모르겠어. 나오미는 알겠니?"

"글쎄……. 직접 본 건 나도 처음이어서."

나오미가 다시 고개를 갸웃거렸다.

"그래서 우표 센터에서 감정받으려고 가져왔어."

"그렇구나. 그런데 가즈야 군, 이 우표 어떻게 손에 넣었어?"

"실은 말이야……."

나는 흥미진진해하는 나오미와 할 수 없이 들어 준다는 표정을 짓고 있는 유키히로에게 사정을 설명했다.

22

우표 수집을 막 시작할 무렵에는 아무래도 기념 우표에 눈이 가지만, 수집품이 어느 정도 충실해지면 이미 발행이 끝난 보통 우표에도 흥미가 생기기 시작한다.

하루는 문득 생각이 나서, 집에 옛날 우표가 있는지 어머니에게 물어본 적이 있었다.

당연한 듯이 있다고 대답하는 어머니의 말에 내 가슴은 마구 고동쳤다. 전쟁 이전이나 직후에 몇 장 발행되지 않은 보통 우표 중에서도 종류에 따라서는 '뒤돌아보는 미인'은 어림도 없을 정도의 가격이 붙는다는 사실을 알고 있었기 때문이다. 카탈로그에서 얻은 지식이었다.

하지만 어머니가 "자, 이거." 하고 장롱에서 꺼낸 봉투 다발을 보고 조금 실망했다. 우표는 확실히 오래되었지만, 소인이 찍히면 대부분 평가액이 터무니없이 낮아지기 때문이다.

그래도 개중에는 사용했어도 가치가 떨어지지 않는 우표가 있어, 마음을 가다듬고 카탈로그와 비교하면서 한 장, 한 장 봉투에서 우표를 뗐다. 원래는 우표를 뗄 때는 전용 약품을 사용하지만, 그런 것이 있다는 사실을 몰랐던 나는 미지근한

물에 담가 두었다가 벗겨 내는 상당히 거친 방법을 썼다.

실제로 우표 종류를 확인해 보니, 역시나 큰 성과를 기대하기 힘들었다. 낳지도 않은 달걀 값을 계산하는 건 아니지만, 아주 싸지는 않더라도 하나같이 사용했던 거라 평가액이 별로 나오지 않는 우표뿐이었다.

그러다가 한 통의 편지 속에서 편지와 함께 사용하지 않은 우표가 한 장 나와서 깜짝 놀랐다. 대체 어떻게? 어머니에게 물어보아도 "글쎄." 하고 고개를 갸웃거릴 뿐이었다. 결국 보내는 사람이 반신용으로 넣었거나, 어머니가 답장을 쓰려고 우표를 함께 넣어 두었다가 잊어버렸으리라고 결론을 내렸다. 문제는 그 우표였다.

그 우표는 산업 도안 종류의 보통 우표 중 하나였다. 예를 들면 농부나 광부, 인쇄소나 방적 공장에서 일하는 여공, 혹은 산림 일을 하는 사람이 단색으로 인쇄되어 있다. 봉투에서 나온 우표는 액면가가 3엔짜리로, 포경선 포수를 모티브로 했다.

그런데 처음 발행된 우표는 사용하지 않았더라도 평가액이 수백 엔 정도인 데 비해, 2년 뒤에 발행된 같은 도안의 우표는 어째서인지 평가액이 열 배나 되었다.

뜻밖의 보물을 발견한 나는 몹시 흥분했다. '와, 어떡하지, 어떡하지?' 하며 콩닥콩닥 뛰는 가슴을 누르고 실물과 카탈로그를 비교해 보았다. 그러나 우표에 구멍이 뚫릴 정도로 바라보아도, 몇 년에 발행된 우표인지 도무지 판단할 수가 없었다. 색조의 차이로 판별할 수 있는 우표도 있지만, 테두리 있는 파란 톤인 그 우표는 카탈로그상으로는 색으로 발행 연도를 가늠할 수 없었다.

난감해하며 '으음' 하고 고개를 갸웃거리는 동안, 좋은 생각이 떠올랐다. 함께 들어 있는 편지지를 펴서 편지를 보낸 날짜를 확인해 보자 내 마음이 한껏 부풀었다. 발행 연도가 뒤쪽, 그러니까 열 배나 고액인 우표일 가능성이 있었기 때문이다. 하지만 새로 산 우표인지, 사용하지 않고 둔 것인지까지는 알 수가 없어서, 확실한 단서는 되지 못했다.

결국 아무리 들여다봐도 우표 수집 초보자인 나로서는 판정할 수 없었다. 그래도 가능성은 있는지라 잠자코 있지 못하고, "어쩌면 이거 엄청난 우표일지도 몰라." 하고 어머니에게 가르쳐 주었다.

그러자 어머니는 웃음을 지었다.

"어머나, 그러니? 할머니가 가즈야에게 준 선물일지도 모르겠네. 소중히 다루렴."

어머니가 말한 '할머니'는 어머니의 어머니, 즉 외할머니이다. 그 편지는 어머니가 결혼한 뒤에 할머니가 보낸 편지 가운데 한 통이었다. 내가 어릴 때도 전화가 있는 가정이 드물었으니, 어머니가 젊었을 때는 같은 시내에 살아도 편지를 주고받는 일이 보통이었을 것이다. 어머니는 그런 할머니의 편지를 소중하게 보관해 두었다.

당연하지만 어린이에게는 아버지 쪽과 어머니 쪽 두 사람의 할머니가 있다.

나는 우아한 외할머니를 정말 좋아했다. 좋아했다라고 과거형으로 쓰는 이유는 우리 가족이 센다이에서 T읍으로 이사 온 지 2년 뒤, 그러니까 내가 네 살 무렵에 교통사고로 돌아가셨기 때문이다. 어른이 된 지금, 아무리 애써도 당시 할머니의 얼굴이 떠오르지 않는다. 그렇지만 내가 센다이의 할머니를 몹시 좋아했던 기억만은 그리운 냄새와 살결과 함께 언제까지고 바래지 않고 산뜻한 색채로 남아 있다.

그러고 보니 한번은 이런 일이 있었다. 할머니가 돌아가시기 반년 정도 전이었다고 생각한다. 무슨 볼일이 있었는지 모르지만, 드물게 센다이 할머니가 외삼촌 부부와 함께 우리 집에 와서 머문 적이 있었다. 그날은 아버지도 쉬는 날이어서 가족 모두 즐거운 한때를 보내고 있었다.

아마 점심때가 가까워졌을 즈음이었을 것이다. 초밥을 배달시킬까, 장어를 먹으러 갈까 의논하는 중에 손님이 왔다. 손님은 옆 마을에서 고모네 부부와 함께 살고 있는 할머니, 즉 친할머니였다.

어머니가 "어머나, 어머님." 하는 소리를 듣고서 나는 현관으로 달려갔다. 어째서 그런 행동을 했는지 지금도 수수께끼지만, 나는 친할머니를 환영하러 달려 나간 게 아니었다.

나는 신발을 벗고 있는 친할머니에게 "들어가면 안 돼!" 하고 울음 섞인 목소리로 소리쳤다. 아니, 울음 섞인 목소리가 아니라 "올라가지 마!" 하고 친할머니를 현관 밖으로 밀어내면서 눈물을 뚝뚝 흘리며 심하게 흐느꼈다.

당황한 듯하기도 하고 가슴이 아픈 듯하기도 한 표정을 짓고 있는 친할머니의 얼굴이 현관에 내리쬐던 초여름 햇살과 함께 지금도 기억 깊숙이 남아 있다.

당시 친할머니를 따르지 않았던 것은 아니다. T읍에서 살게 된 뒤로는 아버지의 본가가 옆 마을이었기 때문에 친할머니를 자주 만났다. 용돈을 모아 할머니가 좋아하는 '신세이'라는 오렌지색 갑에 든 담배를 다섯 갑인가 사서 낡은 포장지에 직접 포장해 생신 날 선물한 기억도 있다.

당시를 돌아보니, 어린 내게는 불쑥 등장한 친할머니가, 내가 몹시 좋아하는 센다이 할머니와 보낸 평화롭고 따뜻한 한때를 파괴하는 존재로 느껴졌던 것 같다. 혹은 다른 이유가 있어 친할머니를 미워했을지도 모르지만······.

인간의 기억이란 참으로 신기하다. 어른이 되어 까맣게 잊고 있던 기억이 의식을 모아 찾는 동안에 "이런 일도 있었지." 하고 깜짝 상자처럼 갑자기 튀어나와 당황할 때가 있다. 사실 이렇게 두 할머니를 그리는 동안에, 어린 내가 마음속에 봉인했던 기억, 절대 유쾌하지 않은 고통을 동반한 기억이 잇따라 쏟아진다. 하지만 그런 기억은 사실을 바탕으로 내 마음이 엉터리로 만들어 낸 가짜일지도 모르니, 굳이 여기서 언급할 필요는 없다.

다시 우표 이야기로 돌아가자.

결국 사용하지 않은 우표는 한 장밖에 발견하지 못했지만 나는 충분히 만족했다. 할머니의 선물일지도 모르겠네, 하는 어머니의 말이 따뜻하게 내 마음에 스며들었다. 우표를 떼어 내느라 어질러 놓은 봉투를 노란 고무줄로 다시 묶다가 돌아보니, 어머니도 아득한 시선으로 추억에 잠겨 있었다. 아마 나와 마찬가지로 당신의 어머니를 떠올리며 감상에 젖어 있었으리라.

하여간 그렇게 해서 수집 책에 들어오게 된 우표의 가치를 우표 센터에서 감정해 줄 것이다. 어떤 결과가 나오든 내게는 중요한 수집품 중 한 장인 것은 확실하다. 그러나 솔직한 심정으로는 가능하면 가격이 비싸기를 바랐다. 비싼 우표를 가지고 있다는 만족감보다 만나고 싶어도 만날 수 없게 된 센다이 할머니에 대한 추억이 한층 빛을 더하게 되기를 바랐기 때문에.

23

유키히로랑 나오미와 함께 내가 태어나서 처음으로 간 우표상의 이름은 '아오바 우표 센터'였다.

그 우표상은 '도이치 시장'이라는 간판이 달린 다목적 빌딩에 있었다. 조젠지 거리와 도니반초 거리의 모퉁이에 있는 미쓰코시 백화점 남쪽이었다.

나오미가 타 준 주스를 다 마신 다음, 어머니에게 부탁해 미리 받은 다음 달 치 용돈을 지갑에 넣었다. 우리 세 사람은 어제 내가 야스코 누나와 탔던 시영 전철 안에서 이리저리 흔들리다 어제처럼 시청 앞 정류장에서 내렸다.

"이쪽이야."

차도를 가로지르자, 나오미가 앞장선 채 곁눈질도 하지 않고 성큼성큼 걸어갔다.

나는 조금 뒤처져서 유키히로와 어깨를 나란히 하고 걸었다. 도니반초 거리에서 뒷골목으로 들어가던 유키히로가 내게 물었다.

"이 부근에 와 본 적 있냐?"

"아니."

나는 주위를 두리번거리면서 작은 소리로 대답했다.

서쪽으로 한 블록 떨어진 거리는 센다이 제일의 쇼핑가인 도이치반초 거리로, 가족끼리 센다이에 놀러 왔을 때 몇 번가 보았다. 지금은 아무도 사용하지 않지만, 긴자의 '긴브라'('브라브라'는 일본어로 '할 일 없이 어슬렁어슬렁'이라는 뜻. 긴자 거리를 어슬렁어슬렁 걷는 사람들을 일컬어 '긴브라'라고 한 것임 : 옮긴이)를 본떠 '반브라'라고 부르며 쇼핑객과 윈도쇼핑으로 흥청거리는 밝은 거리다.

거기에 비해 '아오바 우표 센터' 건물이 있는 뒷골목은 겨우 한 길 차이일 뿐인데, 도회지 풍경에 익숙하지 않은 내게는 전혀 다른 세계 같았다. 몹시 음산해 보이면서 낯선 세계를 탐험하는 듯한 기분이 들었다.

"여기."

나는 나오미가 멈춰 서서 가리킨 건물을 보고 깜짝 놀랐다.

목적지는 2층짜리 건물이었다. 2층에 나란히 있는 창 아래에는 '도' '이' '치' '시' '장'이라고 빨간 글씨로 쓴 큰 간판이 걸려 있었다. 건물 자체는 콘크리트로 지은 듯이 보이지만, 구조가 몹시 수상했다.

거리로 난 1층에는 정육점, 양복점, 골동품 가게 등이 있었다. 그런데 건물 바로 앞에서 안쪽을 향해 어두컴컴한 복도 두 개가 평행으로 뻗어 있었다. 아니, 복도라기보다는 통로나 뒷골목이라고 하는 편이 맞을 것이다. 사람이 간신히 스쳐 지나갈 정도인 통로 양쪽에 더욱 수상한 간판이 걸린 가게가 처마를 나란히 하고 있었다. 가게 대부분이 식당, 그것도 바나 술집, 말하자면 초등학생이 발을 들여놓을 수 없는 가게들로 추잡한 모습을 드러내고 있어 더욱 수상해 보였다.

"정말로 여기야?"

주뼛거리며 묻자 나오미가 태연히 고개를 끄덕였다.

"응, 여기 2층."

불 꺼진 간판과 붉은 등이 즐비하고, 쓰레기가 흩어져 있지는 않았지만 어쨌든 위생적으로는 보이지 않는 통로 끝으로 시선을 보냈다. 그러면서 나는 "정말이야?" 하고 밖으로 소리 내지 않고 중얼거렸다.

센다이 출신인 유키히로와 나오미에게는 아무렇지도 않은 풍경일지도 모른다. 하지만 시골 출신인 내가 밤에 여는 음식점이 줄줄이 늘어선 뒷골목에 발을 들여놓기란 상당히 용기가 필요한 행동이었다. 낮이어서 불이 꺼져 있긴 했지만, '야요이 바'니 '히로미 스낵'이니 하는 간판이 특히 음침해 보였다.

그러고 보니 시골 마을이지만 T읍에도 바가 한 군데 있었다. 그 이름도 이상한 '현기증 바'.

그 가게는 학교로 가는 길 한 모퉁이에 있었는데, 저학년 때까지는 장난 같은 가게 이름이 무서워서 견딜 수 없었다. 나는 어린 시절 그 가게 앞을 지날 때마다 언제나 빠른 걸음으로 지나쳤다. 그곳에 들어간 사람은 반드시 현기증을 일으켜 머리가 이상해지리라는 불안에 휩싸였기 때문이다.

물론 그런 망상을 품을 나이는 졸업했다. 하지만 지금 나오미가 들어가려고 하는 통로는 그보다 몇 배나 음침해서 솔직히 무서웠다.

이렇게 겁먹고 있는 동안에도 나오미는 당당한 모습으로 통로 안쪽으로 걸어갔다.

"왜 그래? 안 와?"

건물 반대쪽까지 통로가 뚫려 있는 탓에 역광을 받아 그림자로 비치는 나오미가 조바심이 나는 듯이 내게 말했다.

"가자."

유키히로가 어깨를 치자, 겁먹고 있는 것을 눈치 채지 않도록 조심하면서 도이치 시장에 발을 들여놓았다.

"이 위야."

나오미가 좁은 콘크리트 계단을 가리켰다.

두 사람 뒤를 따라 서늘한 계단을 올라가자, 벽에 '아오바 우표 센터' 간판이 붙어 있었다.

그 간판도 음침했다. 가게 이름 아래 '이쪽이야' 하는 의미로 표시를 해 두었는데, 그냥 화살표로 그리면 될 것을 검지를 내민 사람의 손이 🐟 이런 식으로, 그것도 빨간색으로 그려져 있었다.

무서운 걸 봤어! 하는 심정으로 계단을 다 올라가자, 1층보다 더 어두컴컴한 복도가 눈에 들어왔다.

공장처럼 벽과 천장에 그대로 드러난 배관이 구불구불 기어 다니고 있었다.

2층에는 점포뿐만 아니라 일반 가정집도 있는 듯했다. 복도 곳곳에는 우산꽂이가 있고, 자전거나 어린이용 세발자전거가 아무렇게나 방치되어 있었다. 이런 어두컴컴한 곳에서 제대로 자라지도 않을 것 같은 화분도 줄지어 있고, 빨래도 널려 있었다. 심지어 세탁기가 통로를 반쯤 점령하고 있는 등 기묘한 생활의 냄새가 떠돌았다. 1층과는 또 다른 혼돈의 세계였다.

그 한 모퉁이, 우리가 올라온 계단 바로 옆에 '아오바 우표 센터'가 있었다.

가게는 내 상상과는 전혀 달랐다. 멋대로 한 내 상상으로는 우표 센터는 백화점처럼 밝고 넓은 가게에 진열장이 나란히 있고, 마치 보석 가게처럼 번쩍거리는 세계였다. 계단을 올라오기 시작했을 때 이미 그 상상은 지워 버렸지만, 아무리 그래도 이렇게 작은 가게일 줄은 생각지도 못했다.

유리문으로 보이는 가게 안은 형광등이 켜져 있어도, 천장이 낮은 탓인지 어딘지 모르게 어둡고 답답한 느낌이 들었다. 가게는 폭이 3미터 정도, 안길이가 4미터 조금 더 되었다. 손님이 대여섯 명쯤 들어가면 꽉 찰 듯이 답답했다. 점원은 넥타이 없이 흰 와이셔츠를 입고 있는, 마흔 살 정도의 아저씨 한 사람뿐. 건물과 가게 못지않게 음침해 보이는 사람이었다. 시간이 이른 탓인지 손님은 우리 말고는 없었다.

아저씨는 나오미와 얼굴을 익힌 사이인 모양이었다. 우리가 쫄래쫄래 가게 안으로 들어가자, 아저씨가 "어서 오너라." 하고 상냥한 미소까지는 아니지만, 입가를 약간 벌렸다.

기대가 깨졌다고나 할까, 어떤 의미에서 전혀 예상치 못한 풍경이긴 했지만, 나는 가게에 들어가자마자 바로 이성을 잃어버렸다.

중앙에 놓인 유리 진열장뿐만 아니라 가게 벽 한쪽에도 검은 대지가 줄지어 있고, 정신이 아득해질 것 같은 매수의 우표가 가격표와 함께 홍수처럼 밀려왔다. 물론 '뒤돌아보는 미인'도 '달에 기러기'도 있었고, 오래된 전쟁 이전의 기념우표나 외국의 진기한 우표까지, 전 세계 모든 우표가 모여 있는 것 같았다.

나도 모르게 한숨을 내쉬면서 시간 가는 걸 잊고 우표에 빠져 들어 있자, 나오미가 옆으로 다가와 내 팔꿈치를 자신의 팔꿈치로 쿡쿡 찌르며 말했다.

"보여 줘 봐."

나오미가 내가 안고 있는 손가방을 향해 눈짓했다. 실과 시간에 만든 천 가방에는 수집 책이 들어 있었다.

"어, 응." 하고 대답했지만, 아저씨를 흘끗 보기만 했을 뿐 좀처럼 용건을 말할 수 없었다. 너무나 많은 우표 숫자에 압도되어 기가 죽었다. 수집 책을 꺼내는 것이 부끄러워졌다.

"다음에 보여 주는 게 좋겠어."

내가 소리 죽여 말하자, 나오미가 뭐야 하고 뺨을 불룩거리며 내 허락을 얻지도 않고 진열장 너머로 말을 건넸다.

"아저씨한테 보여 주고 싶은 우표가 있어요."

"응? 뭔데?"

아저씨가 우표 연감을 넘기고 있던 손을 멈추고 자리에서 일어나 우리 쪽으로 몸을 돌렸다.

"얼른 꺼내."

나오미가 재촉하는 바람에 할 수 없이 손가방에서 수집 책을 꺼냈다.

"우표 감정이냐?"

아저씨는 내가 아니라 나오미를 향해 눈썹을 치켜세웠다.

"예. 오래된 보통 우표인데, 어쩌면 꽤 가치가 있을지도 모르겠어요."

유리 진열장 너머에서 아저씨가 오호, 하면서 나오미 앞에서 내 앞으로 자리를 이동했다.

"한번 보자."

"아, 예."

나는 수집 책을 건네지 않고, 포경 우표를 넣어 둔 페이지를 펼쳐서는 벌벌 떨면서 내밀었다.

"이건데요……."

내가 손가락으로 가리키자 아저씨는 핀셋으로 살짝 우표를 뽑으며 말했다.

"아, 이거구나. 보존 상태는 나쁘지 않으니, 음, 평가액은 300엔쯤 되려나."

아저씨는 형광등에 비춰 보며 점검하거나, 확대경으로 자세히 관찰하지도 않고 도로 수집 책에 꽂아 놓았다.

"아, 저기."

"왜?"

좀 더 자세히 봐 주세요, 하는 말을 삼키고 물었다.

"300엔이에요?"

"그래. 은문(종이를 빛에 비추어 보았을 때 보이는 무늬나 글자 : 옮긴이)이 없다면 값이 더 높아지지만 말이다. 이 우표는 완전한 상태라 해도 400엔이 최고야."

"예에……."

내가 신음하듯 대답하자, 함께 들여다보고 있던 유키히로가 '할 수 없지.' 하는 몸짓을 했다.

그때 중학생으로 보이는 남자 네 명이 한꺼번에 우르르 들어와서 순간 가게 안이 비좁아졌다.

그 뒤, 나는 아직 수집하지 못한 '후지 산정 레이더' 우표를, 나오미는 '바다 동물' 시리즈인 '왕새우'를 구입했다. 아저씨가 각자의 수집 책에 핀셋으로 넣어 주자, 우리는 인사를 하고 우표 센터에서 나왔다.

계단을 내려가 밝은 길로 나왔을 때, 나오미가 위로하듯 말했다.

"서운하지?"

"응……."

그러자 우표 수집가의 심리를 이해하지 못하는 유키히로가 기운차게 내 등을 쳤다.

"뭐 그렇지만 원래 3엔짜리 우표가 300엔이라잖아. 100배야. 그것만으로도 대단하지, 안 그래?"

기대했던 만큼 값이 나가지 않아 속상했지만, 두 사람이 나를 배려해 주어 정말 기뻤다.

누가 말을 꺼내지도 않았는데 어쩌다 보니 모두 공원 쪽으로 되돌아가려 하고 있었다. 유키히로가 갑자기 오른쪽으로 돌았다.

"맞다. 모처럼 나왔으니 모형 가게에도 가 보자."

물론 오케이였다. 프라모델도 내 취미였으니.

나오미도 "좋아." 하고 *끄덕*였다.

유키히로와 마찬가지로 우리는 오른쪽으로 돌아 미쓰코시 백화점 뒷길을 빠져나갔다. 그리고 바로 도이치 시장 일대와는 별세계로 보이는 상점가로 나왔다.

길 하나 차이로 이렇게 다른 세계가 펼쳐진다는 것이 신기해서 견딜 수 없었다. 그러나 나쁜 느낌은 아니었다. 아니, 두 사람과 함께 행동하는 동안 이미 익숙해졌는지도 모른다. 말로는 표현할 수 없었지만 화려함과 추잡함이 함께 존재하는 것이 도시가 가진 매력 중 하나라는 사실을 깨닫기 시작한 것 같다.

예전 같으면 이렇게 많은 사람들 속에서 금세 촌뜨기가 되었을 텐데, "저기, 저기." 하면서 모형 가게로 뛰어가는 유키히로를 조금 전보다 훨씬 여유 있는 걸음으로 나오미와 함께 쫓아가고 있었다.

24

이 일요일은 센다이에 이사 온 뒤로 가장 즐겁게 보낸 하루였다.

T읍에 살던 시절 집 밖에 있는 놀이터라면, 강둑이나 신사의 경내, 논 한가운데를 흐르는 용수로, 혹은 자전거로 조금 더 간 곳에 있는 강 건너편의 숲이나 풍요로운 자연이 펼쳐진 야산이 중심이었다. 나름대로 즐겁고 자극적이었지만, 어떤 의미에서 단지 그것뿐이라고 말할 수 있었다. 가서는 안 되는 장소라든가, 아이가 보면 곤란한 곳이라든가, 가는 자체가 못된 짓인 듯이 느껴지는 장소는 거의 없었다.

그런 한적한 놀이터밖에 몰랐던 내게 센다이라는 도시의 중심부는 자극으로 가득한 정글이었다. 어쨌든 새로운 발견의 연속이었다.

유키히로가 나처럼 프라모델을 좋아한다는 점은 의외였다. '아오바 우표 센터'와 비슷할 만큼 좁은 가게에 천장까지 쌓아 올린 상자를 멍하니 바라보고 있자니, 내 시선을 눈치챈 유키히로가 물었다.

"그거 갖고 싶냐?"

"응, 가능하면."

나는 지갑 사정을 생각하면서 고개를 끄덕였다.

내가 보고 있었던 것은 아폴로 우주선, 새턴 5형 로켓 상자였다.

마침 그 무렵은 우주 붐, 즉 아폴로 붐이 일기 시작한 시기였다. 전해 연말에 아폴로 8호가 달 주위의 궤도를 돌았고, 봄에는 9호가 지구 궤도상이긴 했지만 사령선과 착륙선의 도킹 실험에 성공했다. 곧 발사될 10호는 궤도상에서 도킹 실험을 할 예정이었고, 여름에 쏘아 올릴 예정인 아폴로 11호도 드디어 인류가 달 표면에 착륙할 터였다.

"그렇지만 돈이 부족하니, 용돈을 모아서 다음 달에나 사야지……."

내가 무척이나 갖고 싶은 듯이 중얼거리자, 유키히로가 말렸다.

"관둬, 관둬."

"왜?"

"달 착륙에 성공하면 프라모델 회사에서도 사령선과 착륙선 키트를 발매할 테니까 그때까지 기다리는 편이 좋아."

"그 얘기, 정말이야?"

"틀림없어."

나는 자랑스럽게 가슴을 펴고 있는 유키히로를 감탄하는

눈길로 바라보았다. 아폴로 키트가 발매된다면 서둘러 살 필요가 전혀 없다. 아니, 반드시 그때까지 기다려야 한다. 그러나 그렇게까지 상세한 정보를 알고 있다니, 보통이 아니었다. 동시에 나오미하고는 우표 수집, 유키히로하고는 프라모델이라는 공통된 취미가 있어서 다행이란 생각이 절실히 들었다.

프라모델 정보 이외에도 유키히로는 시내에서 든든한 의지가 되는 존재였다. 우리는 모형 가게를 들여다본 뒤에 맞은편의 미쓰코시 백화점으로 가서 장난감 매장을 탐색했다. 점심을 먹고 뒷골목 탐험을 더 했는데, 유키히로는 모든 골목을 훤히 꿰고 있는 듯 전혀 헤매지 않고 안내해 주었다.

도이치반초 상점가에서 한 골목 옆으로 빠지자, 주위에는 도이치 시장 일대와 같은 골목이 많이 있었다. 낮이어서 그다지 무섭지는 않았지만, 보이는 것 모두 음침해서 계속 가슴이 두근두근했다.

도이치반초 상점가에서 도이치 시장 반대쪽인 고쿠분초 거리로 빠지는 골목을 탐험할 때였다. 나는 큰 충격을 받았다. 고쿠분초 거리는 지금은 도호쿠 지방 최고의 식당가지만 전후 부흥기에는 오피스가로 알려졌고, 이 무렵에는 낮의 거리에서 밤의 거리로 변해 가고 있었다.

셋이 어깨를 나란히 하고 걷다가 나는 오른쪽에 우뚝 선

건물을 보고 깜짝 놀랐다. 주위 풍경과는 어울리지 않는 간판에, 예쁜 누나들이 속옷 차림으로 웃고 있는 사진이 포스터처럼 더덕더덕 붙어 있는 게 아닌가.

영화관도 아닐 텐데, 뭐지? 고개를 갸웃거리며 무심결에 멈춰 서자, 유키히로가 팔꿈치로 내 옆구리를 찔렀다.

"그렇게 말똥말똥 쳐다보지 마."

유키히로는 내 손을 잡고 건물 반대쪽 처마 밑으로 잡아당겼다.

"뭐야, 저거?"

내가 또 돌아보면서 묻자, 유키히로가 속삭였다.

"스트립 극장이지, 뭐야."

"스트립이라니, 그 스트립?"

유키히로가 히죽히죽 웃으면서 말했다.

"또 뭐가 있겠어."

나오미가 얼굴을 찌푸렸다.

"변태."

"실은 나, 저기 몇 번 들어가 봤어."

나는 유키히로의 말에 문자 그대로 경악했다. 유키히로는 뭐라고 대답해야 할지 몰라 하는 내게 장난스럽게 웃으며 말했다.

"뭘 그 정도 가지고 그래. 야스코 누나한테 배달을 갔을 뿐이야."

사실을 밝힌 건 좋지만…….

"그런데 지금 야스코 누나라고 했니?"

"그랬어."

"어째서?"

유키히로가 스트립 극장에 시선을 보내며 말했다.

"어째서라니. 저기가 야스코 누나가 일하는 곳이야."

"거짓말."

"몰랐냐?"

"전혀."

"봐, 오른쪽에서 두 번째 포스터."

"앗!"

아까는 미처 알아보지 못했는데, 분명히 야스코 누나가 포스터 속에 있었다. 검은 속옷을 입은 야스코 누나가 요염하게 몸을 비틀고, 양손을 머리 위로 올린 자세로. 이름이 사쿠라기 루이로 적혀 있었다.

내 머릿속에 어제 본 야스코 누나의 예쁜 엉덩이가 되살아나, 또 얼굴이 화끈 달아올랐다.

나오미가 다시 나를 노려보았다.

"변태."

"그, 그렇지만……."

그러나 나오미는 경멸하지는 않는 듯 내게 말했다.

"야스코 언니, 예쁘지? 언니는 '나이가 나이니까 슬슬 은퇴해야 하려나.'라고 말하지만, 지금도 인기가 엄청 많아. 그렇지?"

나오미는 유키히로에게 확인하듯 말했다.

유키히로도 그 말에 동의하며 나오미와 마찬가지로 자랑스럽게 대답했다.

"그런 것 같더라. 야스코 누나가 나올 때는 언제나 손님이 꽉 차는 것 같아."

갑작스러운 일 때문에 너무나 큰 충격을 받아서 기운이 다 빠졌다. 그래도 아이들의 대화를 들으며 두 사람 다 야스코 누나를 존경한다고 할까, 응원한다고 할까, 어쨌든 야스코 누나를 몹시 좋아한다는 걸 느낄 수 있었다.

이런 식으로 여기저기 스릴 넘치는 탐험을 하는 동안 눈 깜짝할 사이에 시간이 흘러서 슬슬 돌아가야 할 때가 되었다. 우리 셋은 출발점인 고토다이 공원으로 돌아가서 빈 벤치에 앉았다.

즐거운 하루가 끝나 가고 있다는 쓸쓸함을 맛보면서 앉아 있다가, 두 사람에게 "잠깐 여기서 기다려." 하고는 벤치에서 일어났다.

나란히 줄지어 있는 포장마차 중 한 곳으로 달려가 방금

구운 따끈따끈한 왕풀빵 세 개를 봉지에 넣어 달라고 해서 벤치로 뛰어왔다.

"이거, 오늘 불러 주어서 고맙다는 의미로."

유키히로와 나오미에게 왕풀빵을 한 개씩 나누어 주고는 벤치에 앉았다.

"땡큐."

"고마워."

나오미를 가운데 두고 셋이서 나란히 왕풀빵을 먹었다. 조금 뒤 유키히로가 입을 우물거리면서 나를 불렀다.

"저기, 가즈야."

"응?"

"조금 전에 나오미랑 이야기했는데……"

유키히로는 말을 끊더니, 왕풀빵을 손에 든 채 머뭇거리다가 다시 말을 이었다.

"아무래도 학교에서는 우리하고 이야기하지 않는 편이 좋을 것 같아."

"왜?"

나오미가 말했다.

"이미 알고 있지? 학교에서 우리하고 사이좋게 지내다가 가즈야 군이 반에서 왕따를 당하거나 괴롭힘을 당하면 미안하잖아. 그러니까 학교에서는 서로 모르는 척하자. 그 편이 좋을 거야."

"그럴 수 없어. 겨우 이렇게……."

"그러니까 어디까지나 학교에서만 그러자는 말이지."

유키히로가 항의하는 나를 가로막았다.

"애들이 없는 데서라면 상관없으니까. 또 이렇게 놀자고. 알았지? 그렇게 해 줘."

"그렇지만 그러면 부자연스럽고……."

"오늘은 즐거웠어. 나도 유키히로가 말한 대로 가즈야 군은 좋은 녀석이라고 생각했어."

좋은 녀석이라니. 나오미는 남자 아이 어투로 말하고 나서 웃더니, 놀랄 정도로 어른스러운 표정으로 나를 바라보았다.

"그러니까 우리 세 사람의 관계를 소중히 하고 싶어. 그러려면 지금 말한 대로 하는 것이 제일이야. 알았지? 그러니까 그렇게 하겠다고 약속해."

결국 한참 생각한 끝에 대답했다.

"알았어, 약속할게."

그것 말고는 두 사람의 생각을 받아들일 방법을 찾을 수 없었다.

"잘했어, 고맙다."

나오미가 마음이 놓인다는 표정을 지으며 왕풀빵을 입으로 가져갔다. 그 옆에서는 유키히로가 "맛있다, 이거." 하면서 왕풀빵을 억지로 입 안에 쑤셔 넣었다.

　나도 두 사람과 마찬가지로 왕풀빵을 먹으면서 '오늘이 끝나지 않으면 좋을 텐데…….' 하고 생각했다.

　오렌지색으로 물들기 시작한 하늘 아래에서, 나는 몹시 애가 타는 심정이었다.

25

새로운 일주일이 시작된 월요일, 언제나 똑같은 시간에 어머니가 깨워서 일어났다가 조금 실망했다.

비냐……

커튼 밖으로 처마에서 떨어지는 빗소리가 들려왔다.

반쯤 열린 문 너머에 거실 형광등이 켜져 있었다. 하지만 아침 햇살이 드리워지지 않은 식탁은 어딘지 모르게 나른하고, 집 자체가 낡은 탓인지도 모르지만 색채가 부족한 느낌이 들었다.

잠옷 차림으로 양치질을 하고 나서 부엌 창으로 밖을 내다보았다. 비가 그리 많이 오는 건 아니지만, 어제와는 완전 딴판으로 흐린 하늘이 묵직하게 가라앉아 있었다.

끊임없이 뚝뚝 떨어지는 빗방울은 하늘색과 섞여 기분을 우울하게 했다. 비 냄새와 차분하게 가라앉은 풍경은 어른이 된 지금에야 나름대로 즐길 수 있게 되었지만, 초등학생 남자 아이에게 비는 밖에서 뛰어노는 데 방해가 되는 환영할 수 없는 불청객이었다.

나는 옷을 갈아입고 식탁에 앉았다. 색채가 없는 거실에서

묘하게 도드라져 보이는 달걀 프라이의 노른자를 젓가락으로 쿡 찌르면서, 신문을 보고 있는 아버지에게 물어보았다.

"에다 마을에 대해서 아세요?"

센다이에 이사 와서 아버지가 학원을 경영하기 시작한 뒤로, 제대로 대화를 나눈 적이 별로 없었다.

내가 학교에서 돌아올 즈음이면 아버지는 이미 학원에 나갔고, 아버지가 일을 마치고 돌아오면 자정이 가까운 시각이라 나는 잠자리에 들어 있었다. 일요일도 마찬가지였다. 아니, 일요일이야말로 돈을 벌어야 하는 날이었다. 아버지는 평일 낮에는 태평스럽게 쉴 수 있어 그다지 힘들게 느끼지 않았겠지만, 우리 집에서는 아버지 없는 가정 같은 생활이 시작되었다.

한편으로는 감시의 눈에서 벗어날 수 있어서 차라리 편하고 좋았다. 하지만 이런 미묘한 질문에 대한 답을 듣고 싶을 때는 조금 곤란했다.

아침 식탁에는 별로 어울리지 않는 화제였지만, 토요일에 야스코 누나에게서 들은 에다 마을 이야기가 아무래도 마음에 걸렸다. 그래서 부족하나마 고등학교 교단에 섰던 아버지에게 확인도 할 겸 학교 가기 전에 물어보기로 한 것이다.

신문에서 시선을 든 아버지가 확인하듯 내게 되물었다.

"에다 마을? 그거 어디에서 들었냐?"

"저기, 사회 시간에 선생님이 잠깐 말씀하셨어요."

거짓말할 필요는 없을지도 모르지만, 야스코 누나에 대해서는 별로 언급하고 싶지 않아서 대충 얼버무렸다.

"차별당하던 신분의 사람들이 에도 시대까지 살았던 마을을 말하는 건데, 그게 왜?"

기본적으로 야스코 누나의 수업과 같았다.

"왜 차별을 받았어요?"

"어려운 질문이네."

아버지는 조금 귀찮은 듯 중얼거리더니, 이렇게 덧붙였다.

"한마디로 얘기할 순 없어. 역사적으로 여러 가지로 복잡해서."

"예를 들면?"

"글쎄, 예를 들면 동물 가죽으로 물건을 만들려면 살아 있는 동물의 가죽을 벗겨야 하잖아?"

"예."

"옛날 사람은 그런 일을 불길하게 여겼던 것 같아. 그래서 특정 사람들에게 그 일을 맡겼지. 그뿐만이 아니라 그런 일에 종사하는 사람들 자체를 부정하다고 여겨 차별했어. 그리고 어느 곳 이외에 다른 곳에서는 살지 못하도록 장소를 지정해서 살게 했지."

"센다이에도 있어요?"

"글쎄다. 뭐, 큰 성하 마을이니 있기는 했겠지."

"있었다면 언제까지 있었을까요?"

"그건 나도 잘 몰라."

"지금은요?"

"그야 지금은 없지. 지역에 따라서는 부락으로 남은 곳도 있지만."

"예?"

나는 의미를 몰라 고개를 갸웃거렸다.

전학 오기 전에 살던 T읍에도 부락은 많이 있었다. 주민이 살고 있는 작은 마을을 부락이라고 불렀다. 예를 들어 초등학교 운동회의 하이라이트는 어린이부터 어른까지 줄별로 나누어 참가하는 '부락 대항 계주'였다.

내가 그 이야기를 하자, 아버지가 말했다.

"부락에는 두 가지 의미가 있으니, 나중에 사전에서 찾아보렴. 여기서는 마을의 지구를 보통 부락이라고 부르지만 말이야. 지역에 따라서는 다른 의미로 사용될 때도 있어. 차별받은 사람들이 살고 있는 지구는 정확하게는 '피차별 부락'이라고 부른단다. 차별받고 있는 부락이란 의미로."

"그럼 아직 차별받는 사람들이 있다는 뜻이에요?"

"유감스럽지만, 그렇구나."

"왜요?"

"그건 아빠가 잘 대답할 수 없는걸."

아버지는 상당히 곤란한 표정을 지었다.

"그건 이상하다고 해야 하나, 좋지 않은 거죠?"

"그렇지. 아빠도 그렇게 생각해."

"그렇지만 센다이에는 이제 없겠죠?"

"그건 확실해. 센다이에는 없어."

"그렇죠?"

"가즈야."

"예?"

"왜 갑자기 그런 걸 물어보니?"

아버지는 손에 들고 있던 신문을 다다미 위에 내려놓고 의아한 표정을 지었다.

"특별한 이유는 없지만, 수업 중에 잠시 딴 짓 하다 선생님 말씀을 놓쳐서요……."

아버지는 "그러니?" 하고 말하며 읽던 신문에 다시 손을 뻗었다.

물어보고 싶은 것이 많았지만, 아버지의 말투로 보아 이 이야기를 탐탁지 않게 여기는 분위기여서, 그 이상의 질문은 삼가기로 했다.

지식은 조금 늘어났지만, 안타까운 마음은 여전히 남아 있었다.

벽시계를 올려다보고 시간을 확인하고는 얼른 아침밥을 먹었다. 나는 "다녀오겠습니다." 하고 인사하고 우산을 들고 밖으로 나왔다.

유키히로와 나오미의 집 한가운데 멈춰 서서 두 사람은 벌써 학교에 갔는지 보려고 잠시 엿보았다. 그러나 비가 와서인지 두 집 다 현관을 닫아 놓아서, 학교에 갔는지 알 수 없었다.

간신히 벽을 허물고 함께 놀 수 있을 만큼 친해진 두 사람과 함께 학교에 가고 싶었다. 하지만 어제저녁, 고토다이 공원에서 왕풀빵을 먹으면서 나눈 대화를 떠올리고는 혼자 큰길로 걸어갔다.

비는 거리의 냄새를 강하게 만든다. 공기가 건조할 때는 별로 느껴지지 않는 냄새. 예를 들면 막 녹기 시작한 작은 생물의 시체 냄새가 수분을 얻어 기뻐하는 초목의 신록과 섞인다. 그러면 결코 불쾌하지 않은 혼돈스러운 냄새가 되어 발밑의 물웅덩이에서 스멀스멀 올라온다.

비 자체는 싫지만, 경우에 따라 미묘하게 변화하는 냄새만은 왠지 좋았다. 악취라고까지는 할 수 없는 미미한 변화라서, 친구들과 이야기하며 걷다 보면 전혀 느껴지지 않는다.

배기가스처럼 인공적인 냄새와는 다른, 센다이라는 도시가 옛날부터 풍기는 냄새, 거리 자체가 생물로 느껴지는 냄새를 오늘 아침 처음으로 맡은 것 같았다.

나에게는 새로운 발견이었다. 그렇지만 이 냄새를 느끼지 못하더라도 함께 학교에 갈 수 있는 친구가 있는 편이 훨씬 나았다. 비 오는 월요일 아침 혼자 학교를 가면서 느낀 솔직한 감정이었다.

26

아버지와 이야기를 나누는 바람에 평소보다 늦게 학교에 도착했다. 지각은 겨우 면했지만, 교실에 도착해 교과서를 가방에서 꺼내어 책상 속에 넣자마자 수업 시작종이 울렸다.

담임선생님이 오기를 기다리던 중 신경이 쓰여 유키히로와 나오미 자리를 돌아보았다.

대각선으로 뒤쪽에 있는 유키히로와는 눈길이라도 마주쳤지만, 한 줄을 사이에 두고 대각선 왼쪽에 앉아 있는 나오미는 내 쪽으로는 전혀 시선을 보내지 않았다.

이런 미묘하다기보다는 부자연스러운 상태는 두 사람과 한 약속이어서 어쩔 수 없었다. 그렇지만 그 뒤로도 쭉 계속되었다.

유키히로 쪽은 그나마 나았다. 물론 가까이 가서 말을 나누는 일은 없었지만, 쉬는 시간에 시선이 마주칠 때마다 다른 아이들이 눈치 채지 못하도록 살짝 미소를 짓거나 가볍게 턱을 당기거나, 혹은 눈초리를 긁적이는 시늉을 하는 등 넌지시 신호를 보냈다.

마치 비밀을 공유하는 스파이끼리 암호를 보내는 기분이

들었다. 앞으로 같은 반에 있는 동안 줄곧 그렇게 해야 하는
지 하는 의문까지는 아직 생각이 미치지 않았고, 그저 아주
스릴 있고 재미있다고 느낀 정도였다.

하지만 나오미 쪽은 많이 곤혹스러웠다. 유키히로처럼 눈
을 맞춰 주는 것쯤은 괜찮을 텐데, 완벽하게 무시했다. 쉬는
시간이 끝나고 자리에 가서 앉을 때 일부러 나오미 옆을 지
나오기도 했지만, 전혀 모르는 척했다. 이 반에 이와부치 가
즈야라는 아이가 존재하지도 않는 듯한 태도로, 어제의 나오
미와는 완전히 딴사람이 되어 있었다. 물론 연기겠지만, 정
말 대단했다.

그런 탓에 괜히 더 신경이 쓰여서 4교시 국어 시간에는 분
명 교과서를 속으로 읽고 있었는데, 문득 정신을 차리고 보
니 대각선으로 앞에 앉은 나오미의 옆얼굴을 주시하면서 '이
쪽을 봐, 이쪽을 보라고!' 하고 열심히 텔레파시를 보내고 있
었다. 물론 내게는 텔레파시 능력이 없었는데도.

그렇게 안타까워하다 보니, 유키히로의 경우와는 반대로
점점 불안해지기 시작했다.

어제는 서로의 수집 책을 보여 줄 정도로 나오미와 친해졌
다. 그뿐만 아니라 돌아오는 길에 고토다이 공원에서 "나도
가즈야 군은 좋은 녀석이라고 생각했어."라거나 "우리 세 사
람의 관계를 소중히 하고 싶어." 하면서 조금은 애절하게, 그

러나 아주 따뜻한 말을 건네주었다. 하지만 정작 그쪽이 연기고, 사실은 나를 좋아하지 않는 게 아닐까 하는 불안에 시달렸다.

나오미가 어제와는 전혀 다른 모습을 보여 준 탓이었다. 나오미가 전혀 돌아봐 주지 않는다는 사실에 실망해 가슴이 아파 왔다.

그와 동시에 도이치 시장의 통로 안쪽에서 손짓하던 나오미의 모습과 스트립 극장 앞에서 "변태." 하고 뾰로통해지던 얼굴, 내 수집 책에 있는 '간바라'를 보고 눈을 동그랗게 뜨던 표정, 더 거슬러 올라가서 "우리 아빠, 살인자야." 하고 말할 때의 매서운 눈초리까지 하나하나 떠올랐다가는 사라져, 괴롭다기보다 심장 언저리가 쓰라렸다.

내가 3학년 정도였다면 "선생님……." 하고 손을 들어 보건실로 보내 달라고 했을지도 모른다. 그러나 5학년쯤 되면 왜 몸이 이상해졌는지 알아차릴 수 있다.

아마 유키히로와 히로세 강가에서 캐치볼을 할 때, 노란 카디건 입은 나오미를 본 순간부터 시작됐을 것이다.

나는 나오미를 좋아하게 된 거라고 체념했다. 체념이라고 하면 이상한 표현이지만, 내 마음에 더 이상 거짓말을 할 수는 없었다.

그래서 나오미의 마음을 읽을 수 없다는 사실이 더욱 안타까워졌다.

'나오미도 분명 나를……' 하고 생각할 만큼 넉살 좋은 성격이라면 좋았을 텐데, 그렇게까지는 자신감이 없었던 탓에 수업은 완전히 뒷전이 되고 말았다. 갑자기 선생님이 내 이름을 불렀을 때도 제대로 대답하지 못해 비웃음을 사기도 하고, 점심시간에 내가 가장 좋아하는 야키소바가 나와도 목에 넘어가지 않아 반 가까이 남기는 등, 완벽하리만치 상사병을 앓는 짝사랑 소년 그 자체였다.

27

날씨가 좋았더라면 점심을 먹고서 운동장으로 뛰어나가 피구나 야구, 혹은 철봉이나 돌차기를 해 마음껏 몸을 움직였을 거다. 그러면 내 상사병도 조금 가라앉았을 텐데, 비가 오니 밖에 나가지도 못하고, 타는 가슴을 안은 채 얌전하게 교실에서 보내야 했다.

그러나 힘이 넘쳐나는 다른 남자 아이들은 대부분 교실에서 복도로, 또 복도에서 교실로 뛰어다니며 숨바꼭질을 하거나 연락 칠판이 있는 교실 뒤쪽에서 말타기를 하는 등 시끄러웠다.

그 속에 낄 마음이 들지 않아, 자리에 앉아서 5교시 수학 예습이 아니라 까맣게 잊고 있던 숙제를 했다.

여자 아이 중에는 남자 아이들 사이에 섞여 말타기를 하는 힘센 아이도 있었다. 그렇지만 대부분은 마음 맞는 아이들끼리 책상을 둘러싸고 공기를 하거나, 너무 조용하다 싶으면 분신사바에 빠져 있거나 하면서 나름대로 즐겁게 비 오는 점심시간을 보내고 있었다.

그 속에서 나오미는 언제나처럼 겉돌았다. 노골적으로 왕따를 당하거나 괴롭힘을 당하지는 않았지만, 여느 때처럼 자리에 앉아 도서관에서 빌려 온 책을 읽고 있었다.

나는 여전히 나오미가 신경 쓰였다. 교과서와 공책을 펼쳐 놓았지만, 숙제는 도무지 진전이 없었다.

전혀 집중하지 못하는 자신에게 짜증이 나서 '유키히로는?' 하고 얼굴을 들어 주위를 둘러보았지만, 유키히로의 모습은 어디에도 없었다. 그러고 보니 날마다는 아니지만, 유키히로는 점심시간에 어딘가로 사라지는 일이 많았다.

매번 어디에 가는지 다음에 물어봐야겠다고 생각하며 다시 연필을 드는데, 교실 앞쪽에 모여 있던 노리오 무리의 시선이 느껴졌다.

노리오와 스스무, 그리고 다카시 3인조였다. 평소 같으면 앞장서서 교실 안을 뛰어다닐 텐데, 오늘은 웬일인지 비밀 모임이라도 하는 듯한 분위기로 창턱에 기대서서 뭔가 먹고 있었다.

눈이 마주친 이상 무시할 수는 없어, 숙제 하다 지겨워진 척 기지개를 켜며 자리에서 일어나 노리오 무리에 가까이 다가갔다.

"토요일은 같이 못 놀아서 미안해. 가재는 잡았어?"

내가 말을 걸자, 각자 뭐, 그냥, 그럭저럭 하고 대답했다.

"무슨 이야기 하고 있었어?"

내 물음에 노리오가 어깨를 으쓱했다.

"별로."

토요일 헤어질 무렵에 느꼈던 서먹함이 아직 남아 있는 것 같았다.

"방해됐니?"

내가 묻자, 세 사람은 입을 모아 "아아니." 하고 고개를 저었다.

스스무가 말을 꺼냈다.

"그런데 말이야."

"뭐?"

"일요일에 뭐 했냐?"

"특별히 한 거 없는데. 방 정리하고, 엄마 일 돕고, 텔레비전 보면서 뒹굴거린 정도."

"그것뿐이야? 아무 데도 안 갔어?"

"아무 데도 안 갔는데."

"흠, 그래?"

"왜?"

내가 고개를 갸웃거리자 서로 얼굴을 마주 보더니, 노리오가 대표로 말했다.

"다음 일요일에 우리하고 놀지 않을래?"

"뭐 하고?"

"뭐 하긴, 뭐든 좋잖아. 날씨가 좋아야겠지만."

나는 잠시 사이를 두고서 애매하게 대답했다. 유키히로네와 놀 수 있는 유일한 날이기 때문이었다.

"괜찮을 것 같긴 한데, 아직 몰라. 가족과 외삼촌 집에 갈지도 모르고."

"그러냐? 어떡할까, 오늘은?"

스스무가 화제를 바꿔서 내심 안도했다.

"비가 그칠 것 같지도 않고 말이야."

고개를 비틀어 어깨 너머로 밖을 내다보던 스스무의 말에, "옳지!" 하고 다카시가 제안했다.

"구민 회관에 들르지 않을래? 탁구대 빌릴 수 있는데."

"그것도 나쁘지 않네."

노리오가 대답하며 내게 얼굴을 돌렸다.

"가즈야도 탁구하러 갈래?"

좋아, 하고 대답할 뻔하다가, 수업이 끝난 뒤에 전문 위원회 회의가 있다는 걸 떠올렸다.

"미안, 위원회 회의가 있어서 오늘은 못 어울리겠다."

"아, 그래?"

"미안."

그렇게 대답했을 때, 오후 수업 예비 종이 울렸다.

"그럼 일요일, 생각해 둬."

노리오의 말에 "알았어." 하고 대답하고 내 자리로 돌아가려는 순간, 깜짝 놀라 움찔했다.

그렇게 민감하도록 철저히 나를 피하던 나오미가 책에서 고개를 들어 나를 보고 있었다. 물론 나와 눈이 마주치자 당황하며 다시 책으로 시선을 떨구었지만, 그 순간 아주 희미하게나마 또렷이 알아차릴 수 있을 만큼 웃음을 지었다.

그것만으로도 조금 전까지 마음속에 자욱하게 깔려 있던 안개가 사라지고 날아갈 것 같은 기분이 드니, 내 병이 상당히 중증인 게 분명했다.

28

내가 소속된 전문 위원회는 신문 위원회였다.

학급 임원을 선출한 다음 날 각 위원회 위원 선출 회의가 열렸다. 처음에는 도서 위원에 입후보할까 생각했지만, 다른 아이가 입후보해서 양보했다.

그 대신 아무도 하고 싶어 하지 않는 신문 위원에 입후보했는데, 지금 생각하니 무리를 해서라도 나오미가 속한 도서 위원회에 입후보할 걸 그랬다. 후회스러울 따름이다. 같은 위원회라면, 학교에서 나오미와 자연스럽게 이야기할 수 있을 텐데.

그런 사정이 아니라면, 신문 위원회 자체는 좋았다. T읍 초등학교에서도 4학년 때부터 시작하는 전문 위원회 활동에서 신문 위원회를 선택했다.

아마 소설가 지망이었던 아버지의 영향을 받았을 것이다. 어찌 보면 독특한 부류에 들지도 모르겠지만, 이미 그 무렵부터 글 쓰는 것을 좋아했다.

철이 들 무렵부터 그림책을 시작으로 아동 도서부터 백과사전까지 책은 원 없이 볼 수 있었다. 넉넉한 형편은 아니었지만 아버지는 아이의 손이 닿는 곳에 언제나 책이 있는 환경을 만들었다.

또 초등학교에 들어간 뒤부터는 마을에 단 한 곳밖에 없는 책방의 외상 장부를 자유롭게 사용하도록 허락해 주었다. 즉, 매달 받는 용돈과는 별도로 마음대로 책을 살 수 있었다.

그렇다고 해서 책을 좋아하는 사람으로 자랐는지는 또 다른 문제다. 하지만 나는 야산으로 뛰어다니는 것만큼이나 책을 좋아하는 소년이 되었고, 어느 날 보니 이렇게 소설을 쓰며 생활하고 있으니 아버지의 전철을 그대로 밟은 것 같다.

청년기에는 아버지에게 반발해서 절대로 아버지 같은 어른이 되지 않겠다고 맹세했는데, 이런 결과를 낳고 말았다. '당했다!' 하는 마음도 없지는 않지만, 솔직히 말하면 감사하는 마음이 크다.

어쨌거나 이날 열린 제2회 신문 위원회 회의에서는 담당 선생님의 지도 아래 한 학기에 한 번 발행하는 학교 신문 기사에 대해 이것저것 검토했다.

제1회 신문 위원회에서 나는 부위원장으로 뽑혔다. H 초등학교에서는 6학년이 위원장을, 5학년이 부위원장을 맡게 되어 있어서이기도 했지만, 갓 전학 온 내가 부위원장이 된 까닭은 자기 소개를 할 때 전 학교에서도 신문 위원회였다고 말해 버린 탓이었다.

그러나 위원장인 6학년이 진행을 맡아서 그다지 부담을 느끼지는 않았다. 이날 위원회 회의는 예정대로 5시 정각에 끝났다.

인사를 한 뒤, 나는 다음 회의까지 결정해야 하는 5학년 담당 기사에 대해 생각하면서 혼자 복도를 걸었다.

6학년은 수학여행이 코앞에 닥쳤기 때문에 문제가 없었지만, 1학기 중에는 이렇다 할 큰 행사가 없는 5학년은 좀 난감했다.

진짜 신문 기자처럼 큰 사건을 다루지는 않을 테고, 교내의 사건을 찾아 취재해야 하나, 그렇지 않으면……

나는 이런저런 생각을 하며 신발장에서 신발을 갈아 신고는 우산꽂이 앞에서 고개를 갸웃거렸다.

아침에 쓰고 온 우산이 보이지 않았다. 실수로 다른 반 우산꽂이에 꽂았나 하고 여기저기 찾아보았지만, 역시 없었다.

밖에는 아직 비가 오고 있고, 아이들은 대부분 집으로 돌아가 우산꽂이에 남아 있는 우산은 별로 없었다. 모든 학년의 우산꽂이를 다 확인하는 데 그리 많은 시간이 걸리지 않았다.

손잡이 부분에 이름표가 있었지만, 아무런 특징 없는 평범한 검은색 우산이어서 누군가 실수로 내 우산을 쓰고 간 게 분명했다.

평범한 우산이라고 해도, 지금처럼 싸구려 비닐우산이 보급된 시대는 아니었다. 자전거조차 예사로 가져가 버리는 사람이 많은 요즘 같은 시대라면, 남아 있는 우산 중 하나를 골라서 별 죄책감 없이 쓰고 갈지도 모르겠다. 그러나 우리가 어린 시절에는 한낱 우산 하나라도 나름대로 고가여서 소중히 다루어야 했다. 에이, 그냥 아무것이나 한 개 가져갈까 하는 생각은 하지도 않았다.

그러나 아직 비가 많이 내리고 있었다. 빗발도 아침보다 굵어졌다. 우산 없이 집에 도착했을 무렵에는 팬티까지 푹 젖을 게 틀림없었다.

이럴 때 막 집에 가려던 나오미가 나를 발견하고, "왜 그래?" 하고 말을 걸어왔다가 사정 이야기를 듣고, "그럼 할 수 없네. 같이 쓰고 가자." 이렇게 나오는 것은 어디까지나 텔레비전 드라마의 세계, 아니, 내 망상 속에서나 일어날 수 있는 일이다. 그런 행복한 이야기는 현실에 존재하지 않았다.

나는 할 수 없이 발걸음을 돌려 다시 실내화를 신고 교무실에 가서 선생님에게 사정을 이야기하고 우산을 빌리기로 했다.

빌린 우산은 학교에 비치된 종이우산이었다. 수는 많지 않았지만 아직 종이우산을 사용했다. 누구 한 사람의 소유물이 아니라 지역 주민의 공유물로 사용되었을 것이다.

실제로 쓰고 밖에 나와 보니 꽤 운치 있었다. 천으로 된 우산보다 무거운 것이 흠이긴 했지만, 기분은 나쁘지 않았다.

어쨌든 우산을 때리는 빗소리가 좋았다. 천으로 만든 우산이라면 운치고 뭐고 있을 리 없을 텐데, 종이우산을 쓰면 머리 위에서 한 방울 한 방울 빗방울이 또렷이 느껴질 정도로 통통 튀는 소리가 나서 비가 부르는 노래를 듣고 있는 듯한 기분이 들었다.

거기에다 점심시간에 잠깐 눈이 마주쳤을 때 본 나오미의 웃는 얼굴이 편안한 빗소리와 포개져, 알 수 없는 행복감에 휩싸였다.

냉정하게 생각하면 상사병이 가져다주는 다행증(감정이 병적으로 복받쳐 만족감이나 기쁨을 느끼며 어린아이처럼 행동하는 증상 : 옮긴이)과 다를 바 없어도 비를 싫어하는 내 발걸음은 가벼웠다.

한 가지 마음에 걸리는 게 있다면 내일 아침, 날이 개도 이 종이우산을 들고 학교에 가야 하는구나 하는 걱정뿐. 다음 날이 되면 내 우산은 돌아올 거라고 아무 의심 없이 믿고 있었다.

29

우산은 예상과 달리 바로 그날 돌아왔다.

어머니가 나보다 조금 늦게 돌아와 저녁 준비를 하고 있을 때였다. 현관에서 나를 부르는 소리가 났다.

유키히로의 목소리란 걸 바로 알아차리고, 텔레비전 앞을 떠나 문을 열었다.

유키히로가 댓돌 너머 열린 현관문 밖에서 우산을 쓰고 있었다. 서로 "여어." 하고 인사한 뒤에도 유키히로가 현관 안으로 들어오지 않아서 내가 댓돌로 내려섰다.

"포장마차는?"

내가 묻자 유키히로는 손에 든 우산을 살짝 들어 보였다.

"이렇게 비가 와서 오늘은 휴업."

"아, 그렇구나. 그런데 무슨 일이야?"

"아주머니는 계시니?"

"저녁 준비하고 있는데."

그러자 유키히로는 밖에서 이야기하고 싶다는 신호로 가볍게 턱을 움직이며 눈짓을 했다.

"잠깐 괜찮아?"

"좋아."

신고 있던 슬리퍼를 운동화로 바꿔 신고, 종이우산을 들고 밖으로 나갔다.

내가 펼친 종이우산을 보고, 유키히로가 물었다.

"그건 웬 거야?"

"학교에서 빌려 왔어. 위원회 회의가 끝나고 돌아가려고 보니까, 누군가 실수로 내 우산을 가져갔는지 없더라고."

"그것 말인데, 찾았어."

"어?"

"나오미가 주웠어."

유키히로는 그렇게 말하고, 큰길 가로등을 향해 골목길을 걷기 시작했다.

어떻게 된 거지? 고개를 갸웃거리며 유키히로를 따라가자 나오미가 자기 집 앞 가로등 아래에서 우산을 든 채 우리를 기다리고 있었다.

나오미에 대한 마음을 깨달은 지금, 확실히 몹시 수줍다거나 주눅이 드는 기분이 들었다. 남들 눈을 의식하지 않고 나오미를 만날 수 있다는 사실은 몇 배로 기뻤다.

"안녕."

일단 인사를 하자, 나오미는 "응." 하고 말하고 나서 한쪽 손에 들고 있던 접는 우산을 내게 건넸다.

"이거 가즈야 군 거지?"

분명히 내 우산이었다. 손잡이 부분에 이와부치 가즈야라고 쓴 이름표가 셀로판테이프로 붙어 있었다.

그러나 우산 손잡이가 한가운데쯤에서 팍 꺾여 비참한 꼴이 되어 있었다.

"이거……."

말을 잃은 내게 나오미가 말했다.

"상점가 시궁창에 버려져 있었어."

유키히로가 우산 아래에서 내뱉듯이 말했다.

"진짜 못된 짓을 하네."

"누가 한 짓일까……."

나는 멍하니 중얼거릴 수밖에 없었다.

잠시 침묵이 흐른 뒤, 나오미가 내게 말을 걸어왔다.

"가즈야 군, 오늘 점심시간에 노리오 무리하고 무슨 이야기 했어?"

"무슨 이야기라니? 음, 별 이야기 안 했어. 이번 일요일에 같이 놀러 가자던데."

"그것 말고는?"

그다음에 뭐더라? 나는 기억을 더듬었다.

"그러고 보니 어제 뭐 했냐고 꽤 끈질기게 물었어. 적당히 얼버무렸지만."

그러자 유키히로와 나오미가 "역시." 하고 서로 얼굴을 마주 보며 끄덕였다.

"역시라니, 노리오네가 범인이란 말?"

"그래. 분명 어제 셋 중 누군가가 우리가 함께 있는 걸 본 거야. 그래서 아마 거기에 대해 심술을 부린 거라고 생각해. 틀림없어."

나오미의 추리를 부정할 수는 없었다.

그러나…….

그때 유키히로가 내가 생각한 것과 같은 말을 했다.

"나도 그 녀석들이 범인이라고 생각해. 하지만 그 녀석들이라는 확실한 증거는 없어."

나오미가 물었다.

"선생님한테 말해 볼래?"

"증거가 없는데?"

"노리오 무리에 대해서는 일단 말하지 말고 말이야."

어떡하지? 곤혹스러워하던 나는 잠시 뒤 고개를 저었다.

"역시 관둘래."

"왜?"

"이 일만으로 끝난다면 문제를 크게 만들지 않는 편이 좋을 거라고 생각해."

유키히로가 또 물었다.

"이것으로 끝나지 않는다면?"

"그때는 다시 생각해 볼게."

찬성한다는 말은 하지 않았지만, 두 사람의 침묵을 동의의 표시로 받아들이기로 했다.

조금 뒤 나오미가 걱정스러운 듯이 물었다.

"가족들이 뭐라고 안 그래?"

"괜찮아, 적당한 핑계를 생각할 테니까."

안심시키듯 대답하자, 나오미가 작은 소리로 말했다.

"미안해."

"미안하다니, 뭐가?"

나오미가 꺼져 들어가는 목소리로 말했다.

"우리 때문에 이렇게 돼서."

"두 사람 때문이 아냐. 나쁜 건 범인이지. 그보다 우산을 찾아 주어서 고마워."

나오미는 그래도 미안한 얼굴로 "응." 하고 고개를 끄덕여 주었다.

물론 소중하게 사용하던 우산이 망가졌다는 분노와 노리오네의 심술일지도 모른다는 불안을 느끼기는 했다. 그러나 이때 마음속에서는 나오미가 나를 걱정해 주고 있다는 사실을 안 기쁨이 그 감정을 압도했다.

30

어린이의 세계는 어른의 세계와는 격절되어 있다고 생각한다. 격절이라는 단어가 낯설게 느껴진다면, 단절 혹은 독립이라는 말로 바꿔도 된다. 어쨌든 양립할 수 없다는 건 확실하다.

어린이에게 어른의 세계가 현실이 아닌 추상으로서, 또 결정적인 기호로서 자리 잡기 시작한 때는 아마도 내가 태어났을 무렵, 그러니까 전쟁이 끝나고 12년쯤 지난 뒤부터일 것이다.

패전이 가져다준 굴욕과 굳게 믿어 온 것이 실은 허상이었음을 깨닫고 난 뒤의 수치심에서 벗어나고 싶어 하는, 일종의 도피 행위였을지도 모르겠다. 국민 대다수가 샐러리맨, 좀 더 정확히 말하자면 미국식 화이트칼라가 되기를 꿈꾸고, 샐러리맨이 아닌 사람이 샐러리맨을 선망과 질투의 눈으로 바라보기 시작한 시대였기 때문이다.

예를 들어 "우리 아버지는 샐러리맨입니다."라고 했다 치자. 당시로서는 세련된 '샐러리맨'이라는 말 한 덩어리로 묶임으로써, 어른의 세계는 그 실체를 잃고 말았다. 실제로 회

사라는 곳에서 무엇을 하는지 알 수 없어도 아버지는 한 달에 한 번 집에 월급봉투를 날라다 주는 펠리컨 같은 존재로 기호화되고, 하루하루 어린이의 생생한 생활권에서 분리되고 배제되었다.

가정의 존재도 샐러리맨을 중심으로 바뀌기 시작했다. 어머니가 "아버지는 회사에서 열심히 애쓰고 있단다."라고 말해도, 무엇을 어떻게 애쓰는지 아이에게는 전혀 현실성 없는 이야기로 다가왔다. 한편으로는 좋지 않은 일에 대한 변명으로도 들렸다.

간단히 말하면, 많은 어른이 아이들은 모르는 비밀을 갖게 되었다. 아이는 비밀을 밝힐 생각이 없는 상대를 믿지 않는다. 요컨대 어른은 자신들의 비밀을 밝혀서는 안 되는 존재가 되어 버렸다. 바로 여기서 결정적으로 어른과 어린이의 세계가 분리되었다.

물론 그 전에도 아이들은 자기들 세계의 비밀을 많이 가지고 있었다. 그러나 비밀을 가지면서도 어차피 어른들에게 들킬 게 뻔하다는 일종의 포기와 안도가 전제되었다. 그래서 언젠가 들킬 것이라는 전제하에 나쁜 짓을 했다. 그러나 어른과 아이의 세계가 결정적으로 분리되고 격절됨으로써, 어른은 쉽게 아이의 비밀을 알아차리지 못하게 되었다.

그래서 제대로 둘러대기만 하면 어른을 속일 수 있다는 사실을 깨달은 최초의 세대가 우리 세대이며, 동시에 어른은 믿을 수 없다는 사실을 안 최초의 세대이기도 하다. 아마도……

이런 이유로 나는 비 오는 월요일, 우산이 부러진 사건에 대해 어른들에게, 그러니까 아버지에게도 어머니에게도 선생님에게도, 나름대로 추측한 사건의 진상에 대해 전혀 이야기하지 않았다. 그냥 학교에서 나오다 굴러서 우산이 내 몸에 깔리는 바람에 부러졌다고 설명했고, 어머니도 그 변명을 믿었던 것 같다.

그러나 어떤 일에든 예외가 있다. 어른이지만 어른이 아닌 어른, 즉 아이와 같은 세계에 살고 있는 어른인 야스코 누나에게만은 이 사건에 대해 솔직하게 이야기하기로 했다.

왜냐하면 노리오네가 정해 준 기한이 다가왔기 때문이었다. 그 뒤로 우산 사건 이외에는 특별히 눈에 띄는 사건이 일어나지 않았다. 하루, 또 하루가 지나고 일주일이 다 지나가 드디어 금요일이 되었다. 일요일에 노리오네와 함께 놀러 갈지 말지, 내일은 확실히 대답해야 했다.

유키히로와 나오미와 나는 우산 사건 이후 더욱 신중해졌다. 낮말은 새가 듣고 밤말은 쥐가 듣는 정도까지는 아니겠지만, 노리오네가 학교에서 우리 세 사람의 모습을 지켜보고 있으리라는 생각은 떨칠 수 없었다. 실제로 "유키히로네 아버지, 옛날에는 길거리에서 물건을 팔았다는 사실 아냐?" 하고 묻거나, "저 계집애는 만날 책만 읽어. 분위기가 어둡다니까." 하고 나오미를 노려보는 등, 내 속내를 떠보는 거라고밖에 생각할 수 없는 말로 허를 찌르기도 했다.

그때마다 "글쎄." 혹은 "그러게." 정도로 적당히 맞장구를 쳐서 얼버무렸지만, 그것도 지치기 시작했다.

31

 금요일에는 오후에 선생님들의 연수가 있어서 오전 중에 학교 수업을 마쳤다.

 평소와 마찬가지로 노리오네와 어깨를 나란히 하고 교문을 빠져나왔다.

 "어디서 놀까?"

 아이들이 의논을 했다.

 "나는 엄마가 일하는 곳에 들러야 해."

 내가 이렇게 둘러대자 노리오가 물었다.

 "일요일엔 괜찮지?"

 "아마 괜찮을 거야."

 나는 손을 흔들고 노리오네와 헤어졌다.

 그 뒤가 좀 곤란했다. 혹시 노리오네가 내 뒤를 밟을지도 모른다는 생각이 들어, 나는 상점가를 빠져나와 큰길로 나왔다. 그러고는 집으로 가는 길과는 반대 방향인 어머니가 일하는 꽃집이 있는 J구를 향해 걷기 시작했다. 나는 노면 전차로 두 정거장 거리를 걸은 후에야 뒤를 돌아보면서 냅다 뛰어서 도로를 가로질러, 남들 눈에 띄지 않는 뒷골목으로 되돌아왔다.

유키히로 집 앞에 포장마차가 없었다. 아마 유키히로는 오전 수업이 끝나자마자 학교에서 바로 아버지 일을 도우러 갔을 것이다. 나오미도 유키히로와 함께 갔는지는 모른다. 하지만 야스코 누나가 아직 집에 있다는 건 알 수 있었다. 휴대용 전축으로 음악을 듣고 있는 소리가 들렸기 때문이다. 시끄러운 외국 음악을 좋아하는 듯, 야스코 누나 집에서는 이따금 격렬한 리듬과 영어 노래가 함께 흘러나왔다.

야스코 누나 집 앞에 멈춰 서서 울타리 너머로 목을 쭉 뽑아 보았다.

햇살이 따사로워서인지 툇마루에 앉아 담배를 피우고 있는 것은 그렇다 치고, 검은 속치마 바람으로 샌들 걸친 다리를 꼬고 있는 모습은 참으로 난감했다. 어쨌든 내 바람대로 야스코 누나는 집에 있었다.

누나는 울타리 너머에서 목을 내밀고 있는 내게 평소와 다름없이 웃어 보였다.

"오, 소년, 잘 있었어? 조퇴라도 했니?"

"오늘은 오전 수업만 했어요."

"뭐야, 그럼 나쁜 녀석들이 괴롭혀서 도망쳐 왔어?"

누나는 마치 보고 있기라도 한 것처럼 말하며 눈썹을 찡그렸다.

"저······."

"뭐?"

"좀 묻고 싶은 것이라고 해야 하나, 상담할 게 있는데요."

"좋아, 지금 한가하니까. 그리로 들어와."

누나의 손짓에 나는 툇마루 쪽으로 발길을 돌려 되도록 야스코 누나의 가슴팍과 허벅지로 시선이 가지 않도록 하면서 물어보았다.

"춥지 않으세요?"

"전혀."

저기, 그런 의미가 아닌데······.

혼자 속으로 중얼거렸지만, 태연한 야스코 누나에게는 무슨 말을 해도 소용없다고 포기했다. 그리고 처음 여기에서 이야기를 했을 때와 마찬가지로 누나의 왼쪽 옆에 걸터앉으며 등에서 가방을 내렸다.

"뭐 마실래?"

야스코 누나가 옆에 있는 재떨이에 담배를 비벼 끄면서 물었다.

"아, 신경 쓰지 마시고."

야스코 누나가 풋, 하고 웃음을 터뜨렸다.

"신경 쓰지 마시고라니, 그런 어른 같은 말을 하면 하찮은 어른이 된다."

그 말이 무슨 의미인지 잘 알 수 없었다.

"인스턴트커피 괜찮니? 마침 커피를 마시고 싶었는데."

누나가 고개를 갸웃거렸다.

"예, 커피로 좋습니다."

"커피로 좋아?"

"커피가 좋습니다."

나는 황급히 말을 고쳤다.

"좋아."

누나는 내 머리를 거칠게 쓰다듬더니, 일어서서 연주가 끝나 바늘 소리가 덜그럭덜그럭 나는 휴대용 전축을 끄고는 부엌으로 들어갔다.

잠시 뒤 누나는 쟁반에 커피 잔을 두 개 받쳐서 돌아왔다.

"가즈 것에는 설탕과 크림을 듬뿍 넣었어."

그러고는 블랙커피 잔을 들었다.

누나가 속치마 위에 얇은 카디건을 걸치고 와 조금 안도하며 야스코 누나가 끓여 준 커피를 한 모금 마셔 보았다.

설탕을 너무 많이 넣은 것 같았지만, 맛있는 표정을 지어 보였다.

"너무 달지 않니?"

"아, 아, 좀……."

"미안, 손이 미끄러져서 설탕을 쏟았어. 용서해 줘."

그러면서 재미있다는 듯이 깔깔 웃었다.

나는 이런 야스코 누나가 좋았다. 그렇게 말할 만큼 오래 알고 지낸 건 아니지만, 유키히로나 나오미가 왜 야스코 누나를 좋아하는지 알 것 같았다.

"그래, 뭐야? 상담이라니? 그런데 시시한 이야기는 질색이다."

이렇게 단도직입적인 면도 야스코 누나의 장점이라고 생각한다. '너희들 마음 잘 안단다.' 하는 자세를 취하는 어른일수록 믿을 수 없다.

"실은……."

내가 입을 열려고 하자, 야스코 누나가 가로막았다.

"잠깐, 기다려. 그 전에 묻고 싶은 게 있어. 가즈 너, 내가 무슨 일 하는지 알아 버렸지?"

"아, 저기."

"그저께 라면 배달 시켰을 때 유키가 와서 그랬어. 지난 일요일에 내 포스터 보고 침을 질질 흘렸다며?"

"치, 침을 흘리지는 않았습니다."

야스코 누나가 세차게 고개를 가로젓는 내 이마를 검지로 콕 찔렀다.

"네가 본 대로 손님에게 알몸을 보여 주는 것이 내 직업이야. 어때? 징그럽고 경멸스러웠지?"

"경멸 같은 것 하지 않습니다."

"어째서?"

그 물음에 나는 "어……." 하고 생각에 잠겼다.

스트립 극장을 실제로 보기 전부터 이 세상에 그런 것이 있다는 사실은 알고 있었다. 그리고 사람들 앞에서 알몸을 보여 주고 돈을 벌다니, 정말 징그러운 일이라고 속으로 눈썹을 찌푸린 것도 사실이다. 하지만 그 징그러움과 현실의 야스코 누나는 전혀 연결되지 않았다.

뭘까? 고개를 갸웃거리다가 말했다.

"아마……."

"아마, 뭐?"

"아마 야스코 누나니까……."

이건 대답이 되지 않는다고 생각하면서도 다른 말이 나오지 않았다.

"내가 아니었더라면?"

누나가 추궁하자, 더욱 난감해졌다.

야스코 누나가 그런 나를 흥미진진한 표정으로 바라보면서 말했다.

"거기서 일하는 무용수들은 모두 착한 아이들이야. 뭐, 개중에는 나처럼 이제 곧 아줌마가 될 무용수도 있지만 말이야. 그러나 모두 살기 위해 안간힘을 쓰지."

"예……."

그 대목에서 야스코 누나는 루주 바른 입술로 빙긋이 웃으며 말했다.

"그렇지만 괜찮아, 징그럽다고 생각해도. 징그럽지 않으면 장사가 안 되는걸."

죄송합니다.

야스코 누나는 곤혹스러운 얼굴을 하고 있는 내가 재미있는 모양이었다.

"그래, 가즈는 내 알몸을 보고 싶니?"

허걱, 당치 않은 말을 해서 하마터면 커피를 뿜을 뻔했다.

얼굴이 빨개지고 눈을 희번덕거리는 내게 누나는 "좋아, 보여 줄게."라고 말했다. 그러고는 요염한 눈을 하고 재떨이에 담배를 끄더니 왼쪽 어깨에서 속치마 끈과 카디건을 함께 아래로 내렸다.

솔직히 말해 기절할 뻔했다.

야스코 누나는 깔깔 소리 내어 웃으며 윙크했다.

"가즈가 어른이 되어 직접 돈을 벌게 된 뒤에. 그때까지 내가 무용수 일을 계속할 수 있을지는 모르겠지만."

속치마와 카디건을 원래대로 입으면서 좀 쓸쓸한 표정을 지었다.

어째서인지 모르겠지만, 나는 엉겁결에 엄청나게 엉뚱한

말을 해 버렸다.

"직접 번 돈으로 야스코 누나를 보러 갈 테니, 그때까지 거기에서 일해 주십시오."

눈을 동그랗게 뜬 야스코 누나가 나를 한참 바라보다가 다정한 눈빛으로 말했다.

"가즈, 넌 참 착한 아이구나."

누나는 정말로 기쁜 듯이 양손을 펼쳐 나를 꼭 안아서 내 얼굴을 자신의 가슴골로 밀어붙였다가 놓아 주었다.

잠깐이나마 야스코 누나의 가슴에 묻혀 그 감촉과 향수 냄새에 정신없어 했다.

"그래, 소년. 슬슬 너의 고민을 들어 줄 테니 이야기해 보려무나."

내 앞에는 완전히 진지한 얼굴로 돌아온 야스코 누나가 "자, 어서." 하고 고개를 갸웃거리고 있었다.

32

다음 날, 나는 결심을 굳혔다.

어제 오후, 검은 속치마에 카디건을 걸친 야스코 누나가 해 준 말이 나를 그렇게 만들었다.

우산 사건이며 일요일에 노리오네가 놀러 가자고 해서 곤란하다는 것까지 포함해 한바탕 설명을 마치고 나자, 묵묵히 내 이야기에 귀를 기울이고 있던 야스코 누나는 조금 거리를 두는 듯한 어조로 말했다.

"애들 문제에 어른이 나서는 게 아니어서……. 어떤 게 정의인지 가즈가 스스로 생각할 수밖에 없겠네."

정의라는 말을 들어 보기는 했지만, 최근에는 거의 쓰지 않는 단어여서 입에 올리는 것만으로도 몸 여기저기가 간지러워졌다. 넉살 좋게 대놓고 "정의!"라고 말하는 것은 어느 나라의 좀 어설픈 대통령이나 쓰는 표현일 뿐, 애초에 정의라는 게 존재하는지조차 의심스럽다. 설령 존재한다고 해도 정의가 원래 상대적이라고 한다면, "예, 그렇고말고요." 하고 수긍할 수밖에 없다.

그러나 정의는 저기 길가 어딘가에 흙투성이가 되어 떨어져 있어서 모르는 척 밟고 지나가는 게 쿨할지도 모르지만, 용기 내어 주워 들어 보면 어느 시대에나 누구나가 "그렇지, 그게 정의지." 하고 이해할 수 있는 거라고 생각한다. 아니, 그렇게 생각하고 싶다.

당시에 정의라는 말은 울트라세븐(1967년 일본에서 만든 울트라맨 시리즈 중 가장 인기 높았던 캐릭터 : 옮긴이)이나 황금 방망이, 드라마나 애니메이션 세계 밖에서는 입에 올리기가 좀 낯간지러운 말이긴 했다. 하지만 간단히 웃어넘기거나 무시할 수는 없을 정도로 아직 정의의 존재를 믿던 시대였다. 그랬던 것 같다.

그래서 야스코 누나가 당연한 듯이 입에 올린 '정의'라는 말에 나는 몹시 감동했다. 백 마디의 설교보다 단 한마디의 말로 가슴을 울릴 수 있다는 사실을 처음으로 알게 된 게 이때였을지도 모른다.

만약 야스코 누나가 학교 선생님이라면 정말 훌륭한 선생님이 되었을 것이다.

그런 이유로 토요일 수업이 끝나자, 노리오 3인조와 함께 교문을 나서면서 그들에게 말했다.

"미안하지만, 내일 같이 못 놀게 됐어."

3인조는 당연히 "왜?" 하고 물었다.

숨을 한 번 들이마신 후 단호하게 말했다.

"내일은 유키히로하고 나오미하고 같이 놀 거야."

노리오, 스스무, 다카시 셋이 허를 찔린 얼굴로 나를 쳐다보았다. 그런 다음, 서로 얼굴을 마주 보더니 노리오가 물었다.

"지금 뭐라고 그랬냐?"

"일요일에는 유키히로하고 나오미하고 같이 놀 거라고. 실은 지난 일요일에도 그 두 사람하고 놀았어. 지금까지 말하지 않아서 미안하지만."

"흐음."

노리오가 의미심장하게 고개를 끄덕이며 두 사람에게 눈짓을 했다. 잠시 뒤에 노리오가 대표로 말했다.

"잠깐 저기까지 얼굴 좀 빌려 주시지."

노리오는 불량배 흉내를 내듯이 불량배스러운 말투로 말하며 턱을 치켜들었다.

도망치고 싶어서 미칠 것 같았다. 그러나 '정의'라는 말을 떠올리고 '여유롭게 보여야 할 텐데.' 하고 생각하면서 되물었다.

"저기까지라니, 어디?"

"어디든 상관없잖아."

노리오가 손짓을 하자, "아, 알았어."라는 대답이 돌아왔다. 검지를 세워서 까딱 움직이는 것뿐이어서 손짓이라고 할 수는 없었지만 말이다.

정신을 차리고 보니 어느새 내 등 뒤에는 스스무와 다카시가 서 있었다. 쉽게 도망칠 수 없었다.

　"따라와."

　노리오의 말에 체념하고 세 사람 사이에 끼다시피 해서 걸어갔다.

　따라간 곳은 이럴 때 빤한 장소라고 할 수 있는 체육관 뒤였다. 콘크리트 담과 체육관 벽 사이에 1미터 남짓한 틈이 나 있는데, 풀이 무성하고 민달팽이나 지렁이가 다닐 만큼 축축한 데다 사람들 눈에 잘 띄지 않는 장소였다.

　콘크리트 벽을 등진 나. 좌우에는 스스무와 다카시. 정면에는 노리오. 장기에서 외통수에 몰린 것과 같은 상황이라서, 이렇게 되면 아무리 발버둥 쳐도 달아날 수 없다.

　아까 틈을 봐서 달아나는 게 좋았을 뻔했다고 후회하고 있는데 노리오가 가방을 발아래 내려놓으면서 다시 확인했다.

　"그러니까 너는 우리 몰래 그 녀석들과 행동을 같이했다는 거냐?"

　"이웃에 사니 당연하다고 생각하는데."

　오오! 말하면서도 자신에게 박수를 보냈다. 노리오를 상대로 이렇게까지 강하게 되받아칠 수 있다니, 지금까지 생각도 해 보지 못했다.

　"흐음."

다시 노리오가 눈을 가늘게 떴다.

이런 상황에서 지켜야 할 세 사람 사이의 규칙이리라. 말하는 것은 모두 노리오가 맡고, 나머지 두 사람은 잠자코 있는다.

그것이 오히려 무서웠다. 엄청나게 무서웠다. 지금까지 몇 명이나 당했는지 모르겠다. 만약 한 번이라도 이런 일을 당했다면 그 뒤에는 누구라도 절대 이 세 사람을 거역하지 못했을 게 분명하다.

노리오가 몹시 냉정한 목소리로 말했다.

"그러니까 너는 우리 그룹에서는 빠지겠다는 거구나."

노리오는 '너'라는 호칭을 강조하며 말했다.

"그런 말, 하, 하지 않았어."

하마터면 '하지 않았습니다.' 하고 말할 뻔했다. 나는 또 '정의!' 그리고 '용기!'를 부르짖으며 스스로 용기를 북돋아 주었다.

"그러니까, 그 녀석들과 놀겠다는 게 그 말이지 않냐고. 전학생인 너를 우리 그룹에 끼워 준 은혜를 까맣게 잊고서 말이지. 몹쓸 놈이네, 너."

이런 식으로 은혜란 말을 팔려고 하다니 무서움 반, 울컥하는 기분 반이었다.

'그만 용서해 줘.'라고 말하고 싶은 쪽으로 기울던 저울을 되돌리며 말했다.

"그거, 이상하지 않아?"

이 반격이 예상 밖이었던지 순간 노리오는 당황하는 눈빛을 하더니 이내 매서운 눈초리로 돌아왔다.

"뭐가 이상하다는 거야? 들어 줄 테니까 다 말해 봐."

아이들은 서슬이 퍼레졌다.

"한쪽하고 사귀면 다른 쪽하고 사귀지 못하는 거, 이상하다고 생각해. 나는 양쪽 모두와 사이좋게 지내고 싶어."

"아무래도 안 되겠는데."

노리오의 말과 동시에 좌우에 있는 두 사람도 "아무것도 모르는군." 하고 말하듯 혀를 찼다.

"어째서?"

노리오가 내뱉었다.

"그 두 사람은 에다 마을 놈들이라고. 그런데 어떻게 사이좋게 지내?"

"노리오."

"뭐야?"

"노리오는 에다 마을이 뭔지 알고 있니?"

"알아. 양갈보나 야쿠자가 사는 곳이지."

이런 대화가 위축되어 가던 나를 흥분시켰다.

"그런 의미가 아니야. 게다가 야스코 씨는 양갈보가 아니라고."

아항, 하는 얼굴로 노리오가 히죽거렸다.

"너, 모르는구나."

"뭘?"

"너희 옆집에 사는 그 누나, 옛날에는 미군을 상대하는 양갈보였다고. 아냐? 양갈보란 건 남자를 상대로 야한 짓을 해서 돈을 버는 직업이란 말이야."

나는 갑작스러운 말에 충격을 받아 당황하며 물었다.

"그, 그거, 누구에게 들은 얘기야?"

"엄마들이 늘 하는 말이야. 원래 에다 마을 여자니까 양갈보질이나 스트립을 해도 어쩔 수 없다고."

아마 사람들 마음속에서 차별의 유전자가 이런 식으로 증식해 갈 것이다.

어린이의 세계는 어른의 세계와 분리되고 독립되어 있다고 하지만, 어른 사회의 거울 같은 부분도 있다. 무심하게 떠드는 어른들의 뒷담화가 실체도 없고 보이지도 않는 유전자가 되어 아이들 마음에 파고들어 은밀히 증식해 간다.

매춘부라는 직업에 대해 명확하게 설명하기에는 아직 어린 나이였지만, 어렴풋한 이미지는 그릴 수 있었다. 그래서 나는 노리오의 말에 충격을 받았다.

아주 짧은 시간이었지만, 나는 엄청난 갈등에 휩싸였던 것 같다.

다리가 후들거리기 시작했다. 이제 될 대로 되라 하는 기분이 들었다.

하지만 야스코 누나의 웃는 얼굴이 내 마음을 찔렀다. 그래서 의기양양한 표정을 짓고 있는 노리오에게 말했다.

"사실을 잘 알지도 못하고 남에 대해서 나쁘게 말하는 건 가장 나쁜 일이라고 생각해."

나는 숙이고 있던 고개를 들고 단호하게 말을 계속했다.

"유키히로와 나오미도 마찬가지야. 옛날에 어쨌다느니, 사는 곳이 어떻다느니, 그런 건 아무 상관도 없는 이야기잖아? 그런데도 왕따를 시키고 차별을 하고, 그건 정말 웃긴 일이야. 유키히로나 나오미의 마음을 조금이라도 생각해 본 적 있어?"

절대로 반론할 수 없는 논리라고 생각했지만, 노리오가 거짓말을 했다.

"우리가 언제 그 두 사람을 차별했다는 거야? 그 녀석들이 우리를 무시하는 거 아냐."

"아냐. 너희들이 그러니까 그러는 것뿐이야."

나는 엉겁결에 눈을 감았다. 노리오의 주먹이 내 얼굴을 향해 날아왔기 때문이다.

왼쪽 귀 옆에서 퍽 하는 무거운 소리가 났다. 조심스레 눈을 뜨자, 노리오의 주먹이 콘크리트 벽을 때리고 있었다.

노리오는 그 손을 천천히 거둬들이면서 말했다.

"뭐야? 그러면 그 녀석들이 반에서 겉도는 건 우리가 나쁘기 때문이라는 거냐?"

"너희들도 반 친구들도 모두 나쁘다고 생각해."

"아하, 너만 착한 아이가 되고 싶은 거로구나?"

"그런 문제가 아니라, 이유도 없이 차별하는 것은 좋지 않다는 말을 하는 것뿐이야."

나는 다시 몸을 움츠렸다. 노리오의 주먹이 이번에는 벽이 아니라 얼굴을 향해 날아오는 걸 알아차렸기 때문이다.

그러나 아까와는 달리 눈을 감지 않았다. 세 사람을 상대로 아니, 설령 노리오 한 사람이라도 싸움을 하면 이길 수 없다는 것은 알고 있었다. 하지만 울면서 사과하는 짓만은 절대로 하지 않겠다고 맹세했다.

날아오는 줄 알았던 노리오의 주먹은 실제로는 얼굴까지 닿지 않았다.

벽을 쳐서 빨갛게 피가 밴 주먹을 내게 과시하려고 자기 손바닥에 몇 번 퍽퍽 쳤다. 그러고는 "흥!" 하고 코웃음 치며 어깨를 으쓱거리는 시늉을 했다.

"좋아."

그러고는 나를 내려다보는 눈으로, 그렇지만 내 키가 더 큰 탓에 턱을 휙 쳐들고 눈길을 던지며 말했다.

"멋대로 해. 나중에 울어도 모르니까."

이럴 때 으레 하는 협박조의 말을 내뱉은 뒤, 스스무와 다카시에게 가자는 눈짓을 했다. 그리고 가방을 주워 들고는 두 사람을 데리고 교정 쪽으로 걸어갔다.

그 뒷모습을 보고 "노리오!" 하고 불렀다.

"뭐야?"

세 사람이 일제히 돌아보았다.

"내 우산 망가뜨린 거 너희들이지?"

"몰라, 그딴 거."

역시 이런 경우에 하는 당연한 대답을 남기고, 3인조는 내 앞에서 유유히 사라졌다.

노리오 무리의 모습이 보이지 않게 되었을 때야, 하악 하고 깊은 숨을 토해 냈다. 그제야 무릎이 달달 떨려 왔다. 아울러 지금까지는 의식 밖에 있어서 귀에 들어오지 않던 아이들 소리와 공 차는 소리가 운동장에서 시끌시끌 들려와 귓속에서 맴돌았다.

어쨌든 손찌검을 당하지 않고 끝난 것만은 확실했다. 조금은 안도했다.

내게 정의라는 말을 가르쳐 준 야스코 누나의 얼굴을 떠올리면서 마음속으로 중얼거려 보았다.

'잘했죠, 야스코 누나…….'

상상 속에서 야스코 누나가 떨떠름한 표정을 지었다.

'그런 녀석들, 네가 때려 주면 좋았을 텐데.'

'그렇죠? 그렇지만…….'

그런 변명을 하는 동안, 떨리던 무릎이 간신히 원래대로 돌아왔다.

나는 아직도 불안한 발걸음으로 교문을 향했다. 상점가를 지나고 정신을 차리고 보니 집 방향이 아니라 고토다이 공원을 향해 덴샤 거리를 걷고 있었다. 포장마차 일을 돕고 있을 유키히로와 나오미를 한시라도 빨리 만나고 싶었다.

고토다이 공원은 아득히 멀게 느껴졌다. 그래도 계속 걷는 동안 눈앞에 울창한 히말라야삼나무가 보이기 시작했다. 공원에 들어서자 늘 있던 그 장소에 유키히로 아버지의 포장마차가 있고, 유키히로와 나오미가 일을 돕는 모습도 보였다.

유키히로와 나오미가 동시에 포장마차에 다가가는 나를 발견했다.

각자 라면 그릇과 행주를 들고 있던 유키히로와 나오미는 처음에는 놀란 표정을 짓더니, 이내 둘 다 나란히 웃는 얼굴로 변했다. 그러다 "어?" 하고 당황했다.

갑자기 눈시울이 뜨거워지며 내 눈에서 눈물이 뚝뚝 떨어지기 시작했다.

내가 이렇게 울보였던가 부끄러워하면서도 걱정스럽게 달려오는 두 사람을 보고 한없는 안도감을 느꼈다. 그와 동시에 유키히로와 나오미를 배신하지 않기를 잘했다는, 조금은 자랑스러운 기분이 들었다.

33

변화는 서서히 나타났다.

한 주가 시작된 월요일, 지난주까지는 "여어!" 하면서 내가 이야기에 끼어들 틈을 내주던 노리오 무리는 내 쪽을 흘끗 쳐다보기만 할 뿐, 아무 말도 건네지 않았다. 아니, 완전히 나를 무시했다.

토요일에 고토다이 공원에서 내 이야기를 들은 유키히로는 얼굴이 굳어졌다.

"그거 위험하잖아."

나오미도 마찬가지로 걱정스러운 얼굴을 했다.

"정말로 그래도 괜찮아?"

나는 울음을 그친 뒤이긴 했지만, "괜찮아."와 "문제없어."와 "걱정하지 마."를 반쯤은 오기로 되풀이했다.

그래서 구체적으로 무슨 일이 일어날지는 모르지만, 거기에 맞설 각오를 하고 학교에 갔기 때문에, 노리오 3인조가 나를 무시하자 '어, 그것뿐이야?' 하고 조금 어이없게 느꼈을 정도였다.

하지만 역시 그것만으로 끝나지 않았다.

대놓고 무슨 말을 하든지 여럿이 모여서 놀리든지 하면 차라리 깔끔할 텐데, 세 사람 이외의 반 친구들이 한 사람, 또 한 사람 내게 거리를 두기 시작했다. 그리고 수업이 끝나면 몇 명을 제외하고는 내게 말을 걸거나 놀자고 부르는 아이들이 없었다.

하루가 지나 화요일이 되자, 남자 아이들 모두가 내게 고개를 돌렸다.

처음에는 여자 아이들에게까지는 노리오네의 지령이 전해지지 않았던 모양이다. 청소 시간에 한 여자 아이가 "노리오네랑 싸웠니?" 하고 고개를 갸웃거리면서 걱정해 주었지만, 사흘째인 수요일에는 여자 아이들까지 포함하여 누구도 내게 말을 걸지 않았다.

동시에 무시 말고도 따돌림 비슷한 것, 아니 명백한 집단 따돌림이 시작되었다.

유키히로랑 나오미와는 일단 지금까지 해 온 대로 서로 모르는 척하며 사태를 지켜보기로 이야기가 되어 있었다.

반에서 이야기할 상대가 없어지자, 나는 할 수 없이 쉬는 시간에 혼자 자리에 앉아서 나오미처럼 도서관에서 빌려 온 책을 읽었다. 그러면 갑자기 누가 뒤에서 의자를 걸어차서 깜짝 놀라 돌아보면 "미안, 발이 걸렸어." 하면서 뛰어가고, 뛰어간 곳에는 반드시 노리오나 스스무, 다카시가 있었다.

그러고는 "해냈어!" 하는 식으로 우쭐거렸다.

혹은 인쇄물이 내 자리를 건너뛰어 뒤로 넘겨진다거나, 책상 위에 놓지 않고 바닥에 떨어뜨리는 바람에 그걸 주우려고 하면, 옆에서 실내화 신은 발로 일부러 밟아 뭉개고는 "아, 미안." 하고 웃음을 참으면서 사과하기도 했다. 또 점심때 나온 카레나 우동이 반 그릇밖에 안 된다거나, 씹히지도 않고 삼키려면 애를 먹는 돼지비계만 잔뜩 들어 있다거나, 청소할 때는 담당이 아닌데도 "오늘 쓰레기 담당 너였지." 하고 쓰레기통을 떠맡긴다거나, 쓰레기를 버리고 돌아오면 내 담당이어서 정리해 둔 책상이 원래대로 교실 뒤쪽에 남아 있다거나, 학급 회의가 끝나고 돌아가려고 하면 신발장에 신발이 없어 여기저기 찾아 돌아다니다가 6학년 신발장에 처박혀 있는 걸 간신히 발견한다거나……

이런 식으로 명확한 증거가 남지 않는 교묘한 방법으로 나에 대한 괴롭힘이 계속되었다.

그래도 따돌림을 당하는 원인이 무엇인지 알고 있었고, 시작된 지 아직 얼마 되지 않아서 기가 죽긴 했어도 울고 싶을 지경까지는 아니었다. 그러고 보면 이유도 모른 채 집단 따돌림의 표적이 되는 것만큼 고통스러운 건 없겠다는 생각이 들면서, 그런 일을 당했을 미지의 아이들에게 동정심마저 느껴졌다.

물론 유키히로와 나오미도 내가 어떤 상황에 처했는지 알아차렸다. 마음이 편치 않은 일주일이 끝난 일요일, 두 사람은 히로세 강둑에서 놀자며 나를 불러냈다. 그러고는 "괜찮니?" 하고 걱정하며 선생님께 이야기하자고 말했다. 그렇지만 나는 완강하게 거부했다. 선생님한테 고자질하면 집단 따돌림이 더 심해질 게 뻔했다.

그런 나를 힘겹게 지탱해 준 것은 정의라는 말이었다. 아무리 생각해도 내게는 잘못이 없는데 어른에게 도움을 요청하면 정의를 배신하는 것이 된다는, 어른들은 잘 이해하지 못할 논리였다. 아울러 이대로 참고 있으면 노리오 3인조는 몰라도, 다른 아이들은 자신이 누군가를 따돌리고 괴롭힌다는 사실에 질려서 저절로 자제하게 될지도 모른다는 희망도 있었다.

실제로 전에 다녔던 T읍의 초등학교에서도 누군가를 왕따시키는 일이 있었다. 길면 2주일, 짧으면 일주일쯤 계속되다가 다른 아이에게 옮겨 갔다. 하지만 나중에 생각하면 그때는 왜 그 아이를 왕따시켰을까 하는 의문이 들 정도로 저절로 사라지는 일이 많았다.

하지만 나에 대한 집요한 괴롭힘은 본질적으로 성격이 다를지도 모른다. 아니, 냉정하게 분석하면, 옛날 에다 마을이라고 부르던 시절의 주민, 그리고 대단히 불쾌한 표현으로

서, 나쁜 혈통이라는 꼬리표가 붙은 유키히로와 나오미 쪽에 섰다는 사실이 결정적인 차이였던 것 같다.

결국 그다음 주부터 나에 대한 집단 따돌림은 더욱 심해졌다. 지난주까지는 직접 구체적인 행동을 하는 아이들은 3인조를 중심으로 한 남자 애들뿐이었다. 여자 아이들은 보고도 못 본 척하는 정도였는데 이제 그렇지도 않았다.

물꼬를 튼 사람은 학급 위원인 요시코였다. 아니, 직접 계기를 만든 것은 노리오 그룹 중 하나였다.

아침에 학교에 가 보니 칠판 앞에 아이들이 모여 있었다. 뭐지? 싶긴 했지만 그런 무리에 낄 수 있는 입장이 아니어서, 그대로 내 자리로 돌아가 가방에서 교과서를 꺼내 책상에 넣고 있었다. 그런데 측근 몇 명을 거느린 요시코가 뚜벅뚜벅 다가와서 내 책상 앞에 섰다.

차마 침까지 뱉지는 않았지만, 요시코가 내뱉듯이 말했다.

"징그러워."

요시코와 친한 여자 아이들도 저마다 "변태.", "바람둥이.", "불결해!", "추잡해."라는 말을 던지고는 휙 고개를 돌리고 갔다.

여우에 홀린 것 같다는 말은 이럴 때 참으로 적당한 표현일지도 모르겠다. 너무 갑작스러운 요시코 무리의 행동에 어안이 벙벙했다. 충격으로 굳어진 나는 아이들이 모여 있는 칠판을 보고 더욱 파랗게 질렸다.

칠판에는 서툴지만 그래서 더욱 노골적으로 보이는, 누워 있는 여자의 나체가 그려져 있고, 화살표로 '양갈보'라는 설명이 붙어 있었다. 그뿐만 아니라, 알몸인 여자 옆에는 성기를 덜렁거리는 인물이 그려져 있고, 말풍선 속에서 "내, 내는……"이라고 말하며 수줍어하고 있었다. 그리고 두 사람이 있는 장소는 삼각 지붕 건물에 '스트립' 간판이 있는 식으로, 반 아이들이라면 누구나 쉽게 추측할 수 있는 내용의 그림을 색분필로 그려 놓았다. 물론 수업 시작종이 울림과 동시에 지워졌지만…….

단순히 무시와 따돌림뿐이라면 그나마 참을 수 있었다. 그러나 여자 아이들까지 더러운 것을 보는 듯한 눈으로 나를 혐오하고, 요시코 무리처럼 대놓고 경멸의 말을 퍼붓다니, 너무했다. 너무하다는 표현만으로는 그다지 심각하게 느껴지지 않을지도 모르겠다. 그러나 나는 내 존재 자체를 부정당하는 듯이 느껴져서 정말로 괴로웠다.

요즘이라면 등교를 거부하는 사태가 일어났을지도 모른다. 하지만 당시 아이들에게는 그런 선택의 여지가 없었다. 그래서 나는 다음 날도 그다음 날도 계속 학교에 갔다.

아침에 일어나기가 괴로웠고, 어머니가 준비해 준 아침밥을 삼키기란 그 이상으로 어려웠다. 그래도 억지로 배 속에 음식을 밀어 넣었다가 학교 가는 도중에 도랑에 토해 버리기도 했다. 그러나 구토로 눈물 범벅이 되면서도 꾹 참고 학교에 갔다. 정의란 어쩌면 너무나 무력한 것일지도 모른다는 의심을 품으면서…….

34

정신이 아득할 만큼 길게 느껴지는 시간을 견디는 동안,
일주일이 달팽이처럼 느릿느릿 지나갔다. 그리고 드디어 내
일, 한 주가 끝나는 금요일이다. 3교시가 끝난 뒤 쉬는 시간
에 화장실에서 유키히로가 말을 걸어왔다.

그때 주위에는 아무도 없었다. 어쩌면 줄곧 내게 말을 걸
타이밍을 기다리고 있었는지도 모른다.

유키히로는 오줌을 누면서 작은 소리로 내게 속삭였다.

"점심시간에 아무한테도 들키지 말고 서쪽 계단으로 옥상
에 올라와."

나는 고개를 갸웃거렸다.

"그렇지만 옥상에는 못 올라가게 되어 있을 텐데."

"하여간 시키는 대로 해."

유키히로는 그 말만 하고 청바지 지퍼를 올리더니, 아무
일도 없었던 듯이 화장실에서 나갔다. 그와 동시에 노리오 3
인조가 화장실로 우르르 들어왔다.

노리오가 물었다.

"저 녀석하고 무슨 얘기 했어?"

"아무 말도 안 했어."

나는 시선을 돌리면서 변기에서 떠났다.

누군가 도망치듯 수도로 향하는 내 엉덩이를 뒤에서 걷어 찼다. 나도 모르게 신음이 새어 나왔다. 하지만 노리오네는 모른 척했다.

겉으로 아무 반응을 보이지 않는 내가 거슬리기 시작했을 지도 모른다. 이번 주 중반부터 노리오는 이런 식으로 남들 눈이 없는 곳에서 내게 직접 폭력을 휘둘렀다.

하지만 나는 독수리가 눈독을 들이고 있는 토끼처럼 몸을 움츠리고, 아픔을 참으며 그 자리를 피하기만 할 뿐이었다. 오히려 한 방으로 끝난 걸 고맙게 생각했다.

"당하면 당한 만큼 돌려주면 되잖아."

"당하고만 있으니까 안 되는 거야."

이런 말은 실제로 따돌림을 당한 적이 없는 사람만이 할 수 있는 말이다. 한번 힘에 의한 관계가 형성되면 그것을 뒤 집기란 거의 불가능하다. 따돌림과는 무관한 사람, 특히 어 른은 그런 현실을 모른다.

교실로 돌아온 뒤에도 꼬리뼈의 욱신거림은 가라앉지 않 았지만, 그보다도 화장실에서 유키히로가 한 말이 더욱 마음 에 걸렸다.

대체 무슨 일이지? 마음속으로 궁금해하면서 4교시 수학

시간이 끝난 뒤 밥그릇에 가라앉아 있는 분필을 선생님이 눈치 채지 못하도록 휴지에 싸면서 점심을 먹었다. 그리고 아무도 내게 주의를 기울이지 않는 틈을 타 자리에서 일어나 아이들 눈을 피해 복도로 나왔다.

서쪽 계단까지 걸어가 사람들의 발길이 끊기는 순간을 기다렸다가 단숨에 계단을 올라갔다.

옥상으로 이어지는 층계참 바로 앞에는 언제나처럼 '출입금지' 팻말이 걸린 줄이 쳐져 있었다.

나는 보는 사람이 없는지 확인하고는 줄을 넘어 층계참에서 더 위로 계단을 올라갔다.

나는 불투명한 유리창이 끼워진 알루미늄 새시 문 앞에서 고개를 갸웃거렸다.

이 문은 열쇠가 없으면 열리지 않게 되어 있었다. 처음에는 안쪽에서 잠그고 열 수 있는 보통 자물쇠를 달았다가 아이들이 멋대로 옥상에 올라가면 위험하다는 이유로 바로 자물쇠를 바꾸었다고 들었다. 그런데 눈앞에서 갑자기 손잡이가 돌아가고 바깥쪽에서 문이 열리는 바람에 깜짝 놀랐다.

쉿, 하고 검지를 입술에 댄 유키히로가 문틈으로 얼굴을 내밀고 손짓을 했다.

시키는 대로 옥상으로 가자, 유키히로가 재빨리 문을 닫고 손에 들고 있던 열쇠로 찰칵 잠갔다.

"양쪽에서 잠글 수 있는 열쇠야. 신기하지?"

유키히로는 내게 웃어 보였다. 양쪽에서 잠그는 게 문제가 아니었다.

"어떻게 열쇠를 갖고 있어?"

"전에 열쇠가 꽂혀 있는 걸 보고 실례 좀 했지. 괜찮아, 복사해서 원래 열쇠는 교무실에 가져다 놨으니까."

"선생님한테 들키면 큰일이잖아?"

"안 들키면 되지."

"혹시 점심시간마다 여기 오니?"

가끔 점심시간에 유키히로의 모습이 보이지 않았다는 걸 떠올리며 묻자 "응." 하고 대답했다.

"그렇게 서 있다가 이웃 사람들한테 들켜서 말이 들어가면 곤란하니까 조심해."

유키히로는 그렇게 말하고 허리를 구부리며 내게도 그렇게 하라고 시켰다. 벽을 타고 출입구가 있는 탑을 돌아갔다.

출입구 반대쪽으로 오라는 대로 따라가다, 벽에 기대고 앉아 있는 나오미를 발견하고 또 깜짝 놀랐다.

"나오미도 여기 자주 와?"

그렇게 물으면서 유키히로를 가운데 두고 콘크리트 위에 주저앉았다.

나오미가 대답했다.

"보통 나는 잘 안 오지만, 그런데⋯⋯."

"그런데 뭐?"

나오미는 그 질문에는 직접 대답하지 않고 유키히로 너머로 내 얼굴을 들여다보며 말했다.

"가즈야 군, 이제 그만 해."

"이제 그만 하라니?"

무슨 말인지는 대충 알고 있었다.

"고집 그만 부리고 노리오네한테 빌어."

"고집 부리는 게⋯⋯."

내가 얼버무리자, 유키히로가 말했다.

"나도 나오미 말이 맞다고 생각해. 분할지도 모르겠지만. 뭐, 그 녀석은 바닥에 엎드려서 사과하지 않으면 용서해 주지 않을지도 몰라. 그래도 그렇게 하면 가즈야를 괴롭히지 않을 거야."

"난 잘못한 게 없다고 생각하는데."

"그야 그렇지만 해결하려면 그 수밖에 없다니까."

나오미가 거듭 말했다.

"혹시 필요하다면 유키히로와 나도 함께 사과할게."

"어째서 유키히로와 나오미까지 사과해야 되는 거야?"

"이렇게 된 건 우리 탓이잖아."

"그건 말도 안 돼."

두 사람의 이야기를 듣고 있는 동안 왠지 화가 나기 시작했다. 의심이 들기 시작한 정의의 힘을 한 번 더 믿고 싶었기 때문인지도 모른다.

"아무리 생각해도 나쁜 건 걔들이야. 사과해야 하는 건 노리오네 쪽이라고. 애초에 나오미와 유키히로를 차별하는 것 자체가 문제였어. 이대로 물러서거나 사과하면 아무런 해결책도……."

계속하려고 했지만, 나오미가 말을 끊었다.

"차별이라니, 함부로 말하지 마. 가즈야 군이 우리에 대해 뭘 안다는 거야? 나와 유키히로의 기분이 어떤지 알지도 못하면서. 알은척하는 얼굴을 하고 동정하는 게 오히려 더 나쁘단 말이야!"

말하는 도중에 울음 섞인 목소리로 변하더니 나오미는 얼굴을 가리고 펑펑 울기 시작했다.

"나오미. 말이 좀 지나치잖아."

유키히로가 달래듯이 말하다가 나를 보고 온화한 목소리로 이야기했다.

"그러니까, 우리가 하고 싶은 말은 너는 그 녀석들에게 괴롭힘 당할 이유가 없으니까 이제 무리하지 말라는 거야. 알겠니?"

"유키히로."

"왜?"

"유키히로도 나오미처럼 생각하니? 나는 유키히로와 나오미의 기분을 모른다고?"

유키히로가 곤혹스러운 표정을 지으며 이런 상황에 어울리지 않게 바보처럼 맑디맑은 하늘을 올려다보았다. 그러다 포기한 듯한 어조로 말했다.

"글쎄. 지금도 가즈야는 좋은 녀석이라고 생각해. 그렇지만 우리하고 같은 짐을 짊어지고 있지는 않으니까……."

나는 유키히로가 바라보고 있는, 흰 구름이 드문드문 떠 있는 푸른 하늘을 같이 올려다보면서 한동안 이런저런 생각을 했다.

"아마 나는 두 사람의 기분은 영원히 알지 못할 거라고 생각해. 그렇지만 알려고 노력은 할 수 있어. 그런 마음을 갖는 것이 정의란 사실을 이제 알았어."

"정의? 뭐야, 그건?"

유키히로는 고개를 갸웃거리고, 울음을 그친 나오미는 코를 훌쩍거리며 의아하다는 표정을 지었다.

두 사람에게 어떻게 설명할까 생각하려는 찰나, 운동장과 푸른 하늘에 오후 수업 시작 5분 전을 알리는 예비 종이 울려 퍼졌다.

현실 세계에서는 '정의는 이긴다.'라는 말이 실현되기 힘들지도 모른다. 그러나 근거는 없지만, 이기지는 못하더라도 분명 그대로 지지는 않으리라고 믿어도 될 것 같은 기분, 좀 더 정확히 말하면 그렇게 믿고 싶은 기분이 들었다.

35

옥상에서 교실로 돌아가는 시간이 늦어져 버렸다.

오후 수업 시작 5분 전에 울린 예비 종을 듣고 급히 돌아가려는데 하필 옥상으로 이어지는 서쪽 계단 층계참에 6학년 몇 명이 무리를 지어서 좀처럼 갈 생각을 하지 않았다.

"평소에는 아무도 없는데, 큰일 났네."

유키히로가 한번 문을 열었다가 다시 조심스럽게 닫으면서 애가 타는 듯이 말했다.

발을 들여놓아서는 안 되는 옥상에 몰래 들어간 사실이 들통 나면 큰일이었다. 더욱이 상급생에게 들키면 선생님에게 들키는 것보다 더 성가셨다.

수업 시작을 알리는 종이 울린 뒤에야 겨우 층계참이 조용해졌다.

우리가 주위를 둘러보면서 서둘러 계단을 내려와 5학년 2반 교실 앞에 도착했을 때는 이미 복도에 사람 그림자가 없고, 교실도 조용했다.

언제나 5분쯤 늦게 들어오는 흐리터분한 선생님이라면 고맙겠지만, 유감스럽게도 담임인 레이코 선생님은 꼼꼼해서

늘 수업 시작종과 동시에 교실에 나타났다. 지금 분명 선생님이 교실에서 "세 사람 어디 갔어?" 하고 아이들에게 묻고 있을 것이다.

수업에 늦어서 야단맞는 것은 내 잘못이니 어쩔 수 없는 일이다. 문제는 우리 셋이 나란히 교실에 들어가면, 분명 '아, 역시 저 녀석들……' 하는 눈빛으로 반 아이들의 시선이 꽂히리라는 점이었다.

그러나 생각해 보면 이제 와서 감춰 봐야 별수 없는 일이고, 감출 일도 아니었다.

나는 교실 뒷문 앞에서 주저하는 유키히로와 나오미에게 "괜찮아, 들어가자." 하고 작은 소리로 속삭였다. 그러고는 단단히 결심했다. 좀 어른스러운 표현을 쓰자면 그야말로 비장한 기분으로, 그러나 어쩔 수 없이 달달 떨면서 문을 열었다.

아니나 다를까, 다양한 색이 깃든 시선으로 반 아이들 모두가 우리를 돌아보았다.

우리 셋은 교단 위에서 팔짱을 낀 레이코 선생님 앞으로 나란히 걸어가 "죄송합니다." 하고 머리를 숙였다.

"너희들, 어디 갔다 온 거야?"

유키히로가 대답했다.

"보건실에요."

그건 확인하면 금세 들통 날 게 뻔해 초조하게 유키히로의 얼굴을 훔쳐보자 나오미가 뒤를 받아 주었다.

"제가 배가 아파서 친구들이 부축해 주었습니다. 그런데 보건 선생님이 안 계셔서 돌아왔습니다."

그 순간, 정말 깜짝 놀랐다. 아무런 약속도 없이 이런 협력 플레이가 가능하다니, 과연 사촌 남매구나 하는 생각이 들었다. 그런 일로 감탄하고 있을 때가 아니었지만, 좀 부러웠다. 아니, 솔직히 말하면 질투가 났다.

하여간 나오미의 기지가 빛을 발했는지 레이코 선생님은 한숨을 한 번 내쉬고는 걱정스러운 표정으로 나오미를 바라보았다.

"괜찮니?"

"좀 괜찮아졌으니 참아 보겠습니다."

"참기 힘들면 바로 말해야 돼."

"예."

레이코 선생님은 나오미에게서 시선을 거두었다. 선생님은 나와 유키히로를 쳐다보다가 모든 아이들을 바라보며 보건 위원을 나무랐다.

"아픈 친구를 부축해 주는 일은 보건 위원의 임무입니다. 보건 위원은 책임감을 갖고 자신의 역할을 다하도록."

그 순간, 반 전체의 공기가 미묘하게 변했다.

레이코 선생님은 주의를 받은 탓에 아이들이 시무룩해진

거라고 받아들였을 것이다. 그러나 우리는 목덜미 뒤로 느껴지는 감촉으로 그렇지 않다는 사실을 또렷이 느꼈다. 선생님에게 야단맞아 고소하다, 꼴좋다 같은 여유로운 분위기에서, "뭐야, 저 녀석들?" 혹은 "잘못은 너희들이 했잖아!" 같은 증오로 뚜렷하게 바뀌었다.

"자, 이제 됐으니까 자리에 가서 앉아라."

선생님의 말에 뒤로 돌아선 순간, 반 아이들의 표정을 보고 내 생각이 맞았음을 새삼 깨달았다.

맙소사, 어떡한다? 나는 고개를 숙이고 내 자리로 돌아왔다. 이 사건으로 내게 집중됐던 집단 따돌림의 칼날이 유키히로와 나오미에게도 향하는 게 아닐까 불안해서 견딜 수 없었다.

선생님이 보건 위원을 나무라지 않았더라면 좋았을 텐데, 하고 생각하면서 자리에 앉았다. 선생님은 세 사람이 모두 자리에 앉기를 기다렸다 말을 꺼냈다.

"자, 그럼 모두 모였으니 책상 배열을 바꿔 볼까요?"

지시에 따라 덜그럭덜그럭 책상을 옮겨서 ㄷ 자형으로 배치했다.

5교시에는 학급 회의를 했다. 칠판에 미리 써 둔 의제는 '학급 생활을 개선하자.'였다. 새로운 해가 시작되었으니 지금까지의 생활을 돌이켜 보고, 반성할 점을 찾아 개선책에 대해 서로 이야기하자는 의미였다.

"책상을 제대로 잘 붙이세요."

교실을 둘러본 레이코 선생님이 주의를 주었다. 바닥에 책상 다리를 비비는 소리가 잠시 이어졌다.

선생님이 주의를 준 까닭은 내 양옆에 앉은 아이가 내 책상과 3센티미터 정도 거리를 두었기 때문이다.

선생님은 책상 맞추는 소리가 잠잠해지자 만족스러운 표정으로 말했다.

"예, 좋아요. 그럼 임원들은 앞으로 나와서 회의를 진행해 주세요."

선생님은 창가에 있는 책상에 앉았다. 내 양옆 책상은 여전히 딱 붙지 않고 5밀리미터쯤 틈이 벌어져 있었다.

36

요시코와 남자 임원인 야스오가 사회를 본 학급 회의는 그냥저냥 순조롭게 진행되었다.

회의는 꽤 지루한 내용뿐이었다.

예를 들면 최근 수업 시작종이 울리면 자리에 앉지 않는 사람이 많아졌으니 시계를 잘 보고 행동했으면 좋겠습니다, 당번이 준비를 늦게 하면 급식이 늦어져서 점심시간이 짧아집니다, 복도를 뛰어다니는 사람이 있으니 조심했으면 좋겠습니다, 인사하는 소리가 작아졌으니 수업 시작과 끝에는 좀 더 큰 소리로 인사했으면 좋겠습니다, 쓰레기가 떨어진 걸 발견하면 바로 주웁시다 등 결코 시시한 내용은 아니지만 흔해 빠진 의견이 줄줄 이어졌다.

이런 토론은 의미가 없다고 생각하면서도 아이들은 겉으로는 몹시 진지하게 의견을 발표했다. 그렇게 하면 담임선생님이 좋아한다는 사실을 알고 있기 때문이다.

최근 교사의 지도력이 부족해 학급이 붕괴되고 있다는 이야기를 종종 듣는다. 반쯤은 사실이라 해도 나머지 반이나 그 이상은 사실과 다르다고 생각한다.

예전에는 오히려 지금보다 지도력이 부족한 교사가 훨씬 더 많았다. 확실히 그랬다고 단언할 수 있다. 수업은 하지 않고 잡담으로 인기나 얻으려는 선생님도 꽤 있었고, 걸핏하면 체육으로 수업을 바꾸어 운동장에서 아이들을 놀게 하는 선생님도 여럿 있었다. 잘 생각해 보면 체벌을 하는 선생님도 제법 있었다. 체벌을 하지 않으면 아이들을 통제하지 못하는 지도력 없는 선생님이 많았다는 뜻이다.

그런데도 내가 어릴 때 학급 붕괴 현상이 일어나지 않았던 이유는 학교 선생님은 존경해야 한다, 실제로는 그렇게 생각하지 않아도 겉으로나마 존경하고 선생님의 권위를 세워 주어야 한다는 공통된 인식이 사회 전체에 배어 있었기 때문이다. 지금과 옛날 어느 쪽이 좋은가 하는 논쟁은 제쳐 두더라도, 학교에서 일어나는 문제에는 그 시대의 어른 사회가 반영되어 있다는 점만은 분명하다.

물론 어린 내가 이런 분석을 했을 리 없고, 그저 내 이름이 불리면 무슨 말을 할까만 진지하게 생각했다. 회의가 순조롭게 진행되지 않을 때 창피를 주기 위해 일부러 왕따의 이름을 부르는 것은 흔한 수법이다.

아니나 다를까, 나올 만한 의견이 다 나오고 "또 다른 의견 없습니까?" 하는 말에 아무도 손을 들지 않자, 사회를 맡은 요시코가 내 이름을 불렀다.

내가 엉거주춤 일어서서 "생각하는 중입니다."라는 틀에 박힌 말을 하려던 순간이었다.

갑자기 옥상에서 얼굴을 가리고 울음을 터뜨리던 나오미의 눈물이 되살아나고, 동시에 귓속에서는 야스코 누나의 '정의'라는 말이 울려 퍼졌다.

일어선 채 고개를 숙이고 있자, 요시코가 매서운 말투로 재촉했다.

"빨리 의견을 말해 주세요."

"저기……."

우물거리던 나는 책상 위로 떨구고 있던 시선을 들고, 나름대로 큰 소리로 말했다.

"우리 반 친구끼리 차별을 하는 것은 좋지 않다고 생각합니다."

내 옆의 옆 자리까지는 들렸을 것이다. 약간 술렁거리는 듯했지만, 교탁 있는 곳까지는 들리지 않은 듯 요시코가 의기양양한 어조로 내게 주의를 주었다.

"잘 안 들립니다. 의견을 발표할 때는 큰 소리로 똑똑하게 말씀해 주세요."

이번에는 모두에게 들릴 만큼 큰 소리로 말했다.

"우리 반에 이유 없이 친구들을 차별하거나 따돌리는 경우가 있는데, 개선됐으면 좋겠다고 생각합니다."

이 의견은 고자질 이상으로 반 모두에게 큰 영향을 미쳤다. 어떤 의미에서 규정을 깨는 발언이었다. 공공장소에서 말해서는 안 되는 비밀을 갑자기 텔레비전에서 떠드는 것과 같은 내부 고발이나 다름없었다.

그 순간 교실 분위기가 얼어붙었다. 그중에서도 요시코는 특히 심하게 경직되어서는 표정을 잃은 얼굴로 그렇게 '징그럽네', '추잡하네' 하며 까닭 없이 싫어하던 나를 똑바로 쳐다보았다.

이렇게 된 바에야 될 대로 돼라 하고 더 말을 하려는 찰나, 요시코가 당황한 시선으로 담임선생님에게 도움을 청했다.

순식간에 사회가 책상에서 일어난 레이코 선생님에게 넘어갔다. 선생님이 눈썹을 모으며 물었다.

"이와부치, 차별이라니 뭘 말하는 거지?"

"제대로 알지도 못하면서 에다 마을이 어쩌고 하며 차별하는 것은 비겁하다고 생각합니다."

왜 그런 말을 했는지 나도 잘 모른다. 나 자신이 이런저런 일을 당하며 따돌림을 받고 있어 힘들다고 호소하고 모든 아이들 앞에서 울음을 터뜨리면 성가신 일이 생기지 않았을지도 몰랐다. 나중에서야 든 생각이지만.

다른 사람이 자신을 따돌리고 있다는 사실을 있는 그대로 말하지 못한 이유는 아마 내 속에 아직 자존심이 남아 있었기 때문이리라. 입을 여는 순간, 엄청나게 약하고 못난 인간으로 전락해 버릴 것 같았다.

"누가 누구에게 무슨 짓을 했는지 좀 더 구체적으로 말하지 않으면 모르잖아요."

"저, 저기……."

이번에는 내가 요시코처럼 굳어졌다.

내 이야기를 하지 않고 설명하려면, 유키히로와 나오미의 이름을 꺼내야만 한다. 그러나 두 사람에게 양해도 얻지 않고 할 수 있는 이야기가 아니었다.

완전히 굳은 나를 보고 있던 레이코 선생님은 곤란하다는 표정을 짓더니, 내게 "앉으세요." 하고 명령했다.

할 수 없이 자리에 앉자, 좀 어처구니없는 일이 일어났다.

레이코 선생님은 학급 임원 두 사람에게 "사회, 수고했어요." 하고 칭찬해 주고는 요시코와 야스오를 자리로 돌려보냈다.

"자, 그럼 책상을 원래대로 돌려놓으세요."

선생님은 그 자리에서 학급 회의를 끝내 버렸다. 그리고 학급의 개선점으로 칠판에 적은 항목에 색분필로 물결선과 괄호를 덧붙였다. 그러고는 "선생님도 이 의견에는 찬성입니다." 혹은 "이 점은 주번 점검 항목에 넣기로 합시다." 하면서 이것저것 이야기하기 시작했다. 그렇게 마지막 항목까지,

즉 내가 발언하기 바로 전에 나온 의견까지 짚어 본 뒤, 분필을 놓고 말했다.

"그럼 오늘 여러분이 토론해서 결정된 사항을 각자 학급회의 공책에 써넣은 뒤 마지막으로 의견을 쓰세요."

선생님은 손에 묻은 분필 가루를 털며 교탁 의자에 앉았다. 내가 한 발언은 없었던 일이 되어 버렸다.

나는 공책을 펴고 칠판 글씨를 옮겨 적으면서 너무나 비참하고 안타까운 기분을 맛보았다. 제대로 설명하지 않은 자신도 나빴다. 하지만 담임선생님까지 나를 무시한 것은 몹시 충격이었다.

기계적으로 연필을 움직이는 동안 수업을 마치는 종이 울렸다. 불과 한 시간 전에 옥상에 있을 때와는 정반대로 역시 정의 따위는 통하지 않는다고 신이 비웃는 것 같았다.

37

담임선생님까지 내 발언을 무시했다며 너무 섣불리 지레 짐작했던 것 같았다.

선생님은 그날 종례를 마치고는 나를 교무실로 부르더니 학급 회의에서 한 발언에 대해 캐물었다.

요즘에는 초등학교나 중학교 교무실에 화기애애한 분위기가 흐르는 것 같다고 하면 틀렸다고 할지 모르겠다. 그러나 적어도 선생님들과 아이들 사이에 친구 같은 분위기는 있는 듯하다.

이것도 시대의 흐름이니 어느 쪽이 옳다고 할 수는 없다. 우리가 어렸을 때는 교무실에서 그런 분위기를 전혀 느낄 수 없었다. 교무실 밖에서는 가볍게 이야기하던 선생님도 교무실에서는 완전히 어른 사회의 대표자가 되어 긴장하기를 강요했다. 교무실은 처음 학교에 들어간 때부터 잘못을 저지른 아이를 야단치는 곳이라는 이미지가 굳어져 학교 안에서 가까이 가고 싶지 않은 장소 가운데 으뜸으로 꼽혔다.

레이코 선생님은 당연히 막대기처럼 뻣뻣하게 긴장한 내게 교실에서 한 질문을 똑같이 되풀이했다.

"차별이 있다는 게 무슨 말이니? 구체적으로 말해 보렴."

유키히로랑 나오미와 의논하기 전에는 대답할 수 없는 질문이어서 나는 고개만 숙이고 있었다. 그러자 선생님은 질문 내용을 바꾸었다.

"이와부치, 에다 마을이 어쩌고 하지 않았니? 선생님은 그렇게 들었는데?"

"……."

"선생님이 잘못 들은 거니?"

"저, 저기……."

나는 우물거리다 작은 소리로 말했다.

"그렇게 말했습니다……."

"어째서 그런 말을 했지?"

이야기를 슬쩍 바꾸려는 의도는 아니었다. 나는 잠시 생각에 잠겼다가 대답했다.

"센다이에도 에다 마을이 있었다고, 저기, 요전에 아버지에게 들어서……."

"이와부치네 아버지는 센다이 출신이 아니시지?"

"예."

"그럼 아버지가 착각하고 계실지도 모르잖아."

"아, 저기……."

"뭐니?"

"센다이에는 그런 마을이 없었다고 말씀하고 싶으신 겁니까?"

표현이 잘못됐을지도 모른다. 선생님의 잘못을 지적하는 듯이 들려도 어쩔 수 없었다.

레이코 선생님이 조금 기분이 상한 말투로 나를 나무랐다.

"어른이 되면 제대로 이해할 수 있을 거라고 생각해. 센다이에는 이와부치가 말한 그런 것은 없어."

선생님은 '에다 마을'이라는 명칭을 굳이 피하려고 노력하면서 똑 부러지게 말했다.

선생님이 한 말에 아마 나는 납득이 가지 않는 얼굴을 하고 있었을 것이다.

레이코 선생님은 단호하게 말했다.

"어쨌든 그런 확실하지도 않은 이야기로 반 친구를 혼란스럽게 해서는 안 돼. 더욱이 학급 회의 같은 공식적인 자리에서는 말할 것도 없고. 알겠니?"

나는 "예."라고도, "아니요."라고도 대답할 수 없었다. 분명하게 의식하고 한 행동은 아니지만, 나는 입을 다무는 것으로 나름대로 저항했다.

레이코 선생님은 한숨을 길게 쉬고 나서 의자에 앉아 내 얼굴을 새삼 들여다보았다.

"그보다 더 중요한 게 있어. 이와부치, 우리 반에 왕따가

있다고 했지? 누가 누구를 왕따시킨다는 거야? 반 친구들한
테는 네가 말했다고 하지 않을 테니 말해 보렴."

나는 선생님의 말에 두 가지 면에서 실망했다. 그리고 환
멸을 느꼈다.

하나는 에다 마을 문제를 '그런 것'이라는 한마디로 끝낸
것이다.

레이코 선생님이 어디까지 정확한 사실을 알고 있는지는
모른다. 선생님이 에다 마을에 대해 모를 가능성도 충분히
있었다. 아이들이 보기에 학교 선생님은 무엇이든 다 아는
어른의 대표 선수 같다. 그러나 꼭 그렇지만도 않다는 사실
은 굳이 설명할 필요도 없다. 혹은 레이코 선생님은 알고 있
으면서도 모른 척했을 수도 있다. 이를테면 어른들이 '잠자
는 사자의 코털을 건드리지 말자.'는 쪽으로 결론을 짓듯이,
선생님도 이런 결론에 마음이 기울었는지도 모른다.

잊어버린 척하고 입을 다물고 있는 동안에 사실 자체가 사
람들의 기억에서 조금씩 희미해져 가다가, 어느 날 문득 없
었던 일이 되는 경우는 흔하다. 그래서 사회를 원활하게 돌
아가게 하는 처방전이 될 수도 있다. 입장이 다르면 쉽게 잊
게 되는 일, 절대로 잊고 싶지는 않은 일 혹은 잊어서는 안
되는 일로 쉽게 역전되는 것도 진리다.

60년도 더 지난 전쟁이 분쟁의 불씨가 되자 대부분의 일본

인은 "뭐 어때, 그깟 옛날 일."이라고 구시렁거렸다. 그러나 중국과 한국, 동남아시아 사람들에게 전쟁은 절대로 잊어서는 안 되는 기억이다. "없었던 것으로 합시다."란 말도 폭언이지만, 그들이 "이 일은 그냥 흘려버리죠." 하고 가볍게 말하는 것도 곤란하다.

마찬가지로 지금은 이렇게 평화스럽지만, 역사상 최대의 대량 학살 사건인 '히로시마'나 '나가사키' 원폭 투하 사건을 잊어서는 안 된다. 요즘 그 기억을 잊어버린 사람들이 늘어난 듯하여 상당히 불안하다.

어쨌든 레이코 선생님은 그런 처방전을 순식간에 이와부치 가즈야라는 어린이의 기록부에 적었을지도 모른다.

이것이 환멸을 느낀 첫 번째 이유다.

그리고 또 하나.

아아, 역시 선생님은 아이들이 나를 집단으로 따돌리고 있다는 사실을 눈치 채지 못하는구나⋯⋯.

내가 환멸을 느끼게 된 또 다른 이유였다.

그러나 눈치 채지 못한 담임이 나쁘다고 일방적으로 원망할 수도 없었다.

정말로 교묘한 따돌림은 절대로 선생님에게 들키지 않게 진행되기 때문이다. 애초에 들킬 정도의 따돌림은 따돌림이라고 부르지 않는다.

조금 더 정확하게 말해서, 선생님이 눈치 챌 정도의 집단 따돌림은 따돌림을 당하는 쪽이 아니라 따돌리고 있는 쪽이 "더 이상 내버려 두면 엄청난 일이 된다, 되도록 그 전에 말려 줘!" 하고 보내는 무의식적인 위험 신호다. 하지만 그 신호를 알아차리는 어른은 정말 얼마 없다.

　집단 따돌림에는 자연적으로 소멸하는 타입과 절대 자연적으로는 소멸하지 않는 타입, 두 종류가 있다. 자연적으로 소멸하지 않는 따돌림은 언덕에서 굴러 내려가듯이 계속 정도가 심해져서 언젠가는 어른도 깨닫게 된다.

　그러니 집단 따돌림을 빨리 발견하는 것도 선생님의 역량이다. 그러나 실은 누군가가 따돌림을 당하고 있다는 사실을 깨달은 시점에서 어떻게 대처하느냐가 더 중요하다.

　이럴 때, 누군가를 따돌리는 아이의 이름을 알아내서 한 사람씩 불러다 설교하는 것은 별로 효과가 없다. "그 녀석이 고자질을 해?" 하고 역효과가 나기 십상이고 진짜 배후, 예를 들어 내 경우에서 주동자인 노리오까지는 그물에 걸리지 않는 일이 다반사다.

　그리고 어른을 믿지 못하게 된 우리 세대의 아이는 어른을 믿어 봐야 아무 소용없다는 생각에 애초부터 싸늘한 반응을 보인다.

　결국 아이의 세계에서 집단 따돌림은 영원히 없어지지 않으며, 실제로 일어난 따돌림을 쉽게 해결하기도 어려운 일이다. 그러나 소수이지만 믿을 수 있는 선생님도 있긴 하다. 그이야기를 잠깐 해 보겠다.

몇 년 뒤, 내가 중학교 2학년이 된 지 얼마 안 됐을 때의 일로 기억한다. 우리 반에 남학생에게 따돌림을 당하는 여학생이 있었다. 본인에게는 미안한 말이지만, 어딘지 모르게 멍청하고 둔해서 철없는 남학생들의 표적이 되기 십상인 여학생이었다. 나는 누군가를 따돌리는 일에 가담하지 않았고, 집단 따돌림 자체도 아직은 시작된 지 얼마 안 돼 그다지 노골적이지는 않았다.

그 아이가 구원을 받은 것은 정의감이 강한 몇몇 여학생과 담임선생님 때문이라고 생각한다. 그때 30대 초반의 과학 교사가 담임이었다.

종례 전에 그 여학생들과 따돌림을 당하는 아이가 함께 교무실로 가서 선생님에게 사정을 이야기한 모양이었다.

담임선생님은 종례 시간에 그 아이에게 어떤 일을 당해서 어떻게 힘들어하는지 모두에게 이야기하게 했다.

얼굴이 빨개진 그 아이는 거의 알아들을 수 없는 목소리로 작게 말했다. 몇몇 남자들이 자신을 "멍청이." 혹은 "촌년." 이라 부르고, "백돼지!"라고 야유를 보내기도 하며, 책상 고리에 걸어 놓은 가방을 차기도 한다, 그런 짓을 당하고 있기가 힘들다는 이야기를 눈물 섞인 목소리로 말했다. 예전에 내가 겪은 따돌림과는 질이 달랐다.

아마 그 말을 하기 위해 있는 대로 용기를 쥐어짰을 것이다. 말을 마친 그 아이가 무릎을 달달 떠는 모습을 보니 가슴이 아팠다.

"잘 이야기해 주었다, 고맙다."

그 아이를 자리에 돌려보낸 선생님은 반 전체를 향해 조용히 물었다.

"이 이야기가 사실입니까?"

상식적으로 이럴 때 "예, 그렇습니다."라고 대답하는 바보는 없다. 쥐 죽은 듯이 고요해진 교실을 둘러보던 선생님이 다음 순간 벌컥 분노를 터뜨렸다.

그 광경은 지금도 또렷이 머릿속에 각인되어 있다.

"이 새끼들, 시치미 뗄 거냐!"

선생님은 마치 야쿠자처럼 포효하는가 싶더니, 교탁을 걸어차서 거의 납작해질 정도로 망가뜨렸다. 실제로 교탁 다리가 한 개 부러지고, 상판이 두 쪽으로 갈라질 만큼 무시무시했다.

"사람에게는 절대로 해서 안 되는 짓이 있어, 이 녀석들아! 잠자코 구경만 하는 것도 범죄란 걸 몰라!"

정확히는 몰라도 요즘이라면 징계를 받지 않을까 싶을 정도로 선생님은 엄청난 기세로 미친 듯이 화를 냈다. 그런 뒤, 모두에게 어떻게 그 아이를 따돌리게 되었는지, 본인이 집단 따돌림에 가담하지 않았다면 그 아이가 따돌림을 당하고 있다는 사실을 알고는 있었는지, 아니면 그러한 상황을 전혀 눈치 채지 못했는지 한 사람 한 사람에게 솔직하게 이야기하라고 괴물 같은 모습으로 다그쳤다.

그렇게까지 무섭게 나오니 시치미를 뗄 수가 없었다. 만약 거짓말을 하면 죽이지는 않더라도, 그냥 두지 않을 거라고 겁먹은 아이는 나뿐만이 아니었을 것이다. 실제로 우리 모두 파랗게 질려서는 집단 따돌림의 주동자였던 반장인 남학생을 포함해, 자기가 했거나 본 사실을 숨김없이 이야기하고 달달 떨었으니 그 박력은 참으로 대단했다.

그날 평소라면 10분이나 15분 만에 끝났을 종례가 한 시간 반이나 걸렸다.

한 사람 한 사람의 발언이 끝나자, 선생님은 따돌림을 당한 아이에게 물었다.

"이걸로 됐니?"

나는 무척 놀랐다. 담임선생님은 그 아이가 "예." 하고 대답하자, "두 번 다시 이런 짓으로 선생님 화나게 하지 마라."라는 말만 남긴 채 더 이상의 설교 없이 종례를 마쳤기 때문이었다.

그런 방식을 칭찬해야 할지 말아야 할지는 미묘한 문제이
며, 누구나 그 선생님처럼 할 수 있을 거라고도 생각하지 않
는다. 그러나 나는 그 선생님이 목숨을 걸고 우리를 야단쳤
다고 생각한다. 그런 뒤에 땀을 뻘뻘 흘리며 망가진 교탁을
수리하던 모습이 왠지 우스웠지만…….

하여간 그런 경험을 하기 전이었고, 내가 처한 상황을 전
혀 눈치 채지 못한 담임을 보면서 아직 사실을 이야기할 수
는 없다는 쪽으로 마음이 기울었다.

설령 이야기해서 도움을 요청한다 해도 유키히로랑 나오
미와 의논하는 편이 좋을 것 같았다.

선생님은 무엇을 물어도 묵묵부답인 내 태도에 드디어 지
쳤는지, 자포자기한 어조로 말했다.

"일단 오늘은 돌아가도 좋아."

"그만 가 보겠습니다."

나는 인사를 하고 돌아서면서 너무 고집을 부린 게 아닌가
하는 죄책감이 들었다.

교무실에서 나오기 전이었다. 상황을 지켜보던 학년 주임
선생님이 무슨 일 때문에 그러느냐고 물은 모양이었다. 레이
코 선생님이 반쯤 넌덜머리 난다는 말투로 대답하는 목소리
가 등 너머로 들려왔다.

"착한 아이인 줄 알았더니, 잘못 본 것 같아요."

내게 들리지 않을 줄 알고 한 말이었겠지만, 누구라도 그런 말은 너무 심하다고 생각하며 맥이 탁 풀렸을 것이다.

38

　학급 회의에서 한 내 발언은 주위에 지뢰를 묻어 두는 정도의 효과는 있었다.

　다음 날인 토요일, 반에서 누구에게도 무시 이상의 따돌림은 당하지 않은 채 시간이 지나갔다.

　하지만 역시 노리오 3인조는 내가 묻은 지뢰 제거에 나섰다. 종례가 끝난 뒤, 나는 다시 체육관 뒤로 오라는 호출을 받았다.

　그날은 고토다이 공원에 가서 포장마차 일을 돕는 유키히로랑 나오미와 앞으로 어떻게 할지 의논하고 싶었는데, 도망칠 틈이 없었다.

　노리오 무리가 이럴 때 쓰는 방식은 교묘했다. 수업을 마치고 내가 아직 교실에 있는 동안 등 뒤에서 손이 뻗어 왔다. 스스무가 책상 위에 있던 내 가방을 자기 것처럼 빼앗고, 옆으로 다가온 다카시가 "체육관 뒤에서 노리오가 기다린다." 하고 귓속말을 했다. 내 가방을 안은 스스무는 이미 교실에서 나간 뒤였다. 더욱이 요시코 무리가 선생님의 주의를 다른 데로 돌리려고 교탁 주위에서 레이코 선생님을 둘러싸고 이러쿵저러쿵 말을 거는 치밀함까지 보였다.

가방쯤이야 내팽개치고 줄행랑을 칠 수 있는 시기도 고작 해야 초등학교 3학년 때까지다. 5학년쯤 되면 그런 방법은 생각도 나지 않는다.

그와는 반대로 여기까지 왔으니 이 세 명과 대결할 수밖에 없다는 생각이 들었다. 승산은 전혀 없지만 이대로 무릎을 꿇을 수는 없었다. 내가 그런 결심을 하게 된 것도 물론 옥상에서 유키히로와 나오미와 나눈 대화 때문이었다.

노리오는 2주일 전보다 잡초가 더 무성해진 체육관 뒤에서 나를 기다리고 있었다.

내가 앞에 가자마자, 예상했던 말을 하며 다가왔다.

"어제 그거 무슨 소리야?"

"어, 어제 그거라니……?"

알고는 있어도 이럴 때는 그 말밖에 나오지 않는다.

"너, 좀 더 쓴맛을 봐야 되겠냐?"

그 말에 가끔 노리오에게 당했던 폭력, 엉덩이를 걷어차일 때며 등을 찔릴 때의 아픔이 되살아났다.

뒷걸음질 치던 등이 이내 콘크리트 벽에 부딪히고, 양옆에는 영락없이 스스무와 다카시가 붙어 있어서 꼼짝도 할 수 없었다.

한심하다고 해도 어쩔 수 없는 현실이었다. 맞서겠다고 결심했지만, 막상 닥치고 보니 그런 결의는 어이없이 무너졌다. 역시 현실의 폭력 앞에 정의는 무력해질 뿐, 정면으로 대항할 수 있는 게 아니었다.

나는 벽에 몸을 바짝 붙인 채 고개를 가로저었다.

"뭐냐고 묻잖아. 더 쓴맛을 보고 싶은지 안 보고 싶은지 말해 보라고."

"안 보고 싶어."

"뭐라고?"

"안 보고 싶⋯⋯습니다."

내가 고쳐 말하자, 노리오가 "그렇지?" 하고 친한 척 내 어깨에 손을 올렸다.

그 행동이 어떤 의미인지 몰라서 난감해하는데, 노리오가 말했다.

"슬슬 용서해 줄 수도 있어. 그렇지?"

끝에 "그렇지?"는 스스무와 다카시에게 한 말이다. 노리오에게 눈짓을 받은 두 사람은 히죽거리면서 고개를 끄덕였다.

"정말?"

"그럼. 다만 조건이 있다."

어느새 다른 건 둘째 치고 이 자리를 벗어날 생각만 하고 있는 나 자신에게 화가 났다.

"우리 앞에 엎드려서 사과해. 그러면 지금까지의 일은 잊어 줄 테니까. 그리고 지금부터 우리의 졸병이 될 것."

"그건 유키히로랑 나오미와는……."

우물거리는 나를 보며 노리오가 고개를 갸웃거렸다.

"너 말이야, 그런 녀석들 어디가 좋은 거냐? 어쩌다 이웃
으로 이사 온 것뿐이잖아? 그 녀석들과 얽혀 있으면 득 되는
거 하나도 없어."

거의 꺼져 가던 양초가 마지막 힘을 쥐어짜서 밝게 빛나듯
이, 내 속에서 꺼져서는 안 될 불씨가 불꽃을 되살렸다.

어떤 일이 있어도 유키히로와 나오미를 배신해서는 안 된
다고 생각했다.

엎드려서 사과할 수는 없어, 하는 말이 목구멍에서 막 나
오려는데, 노리오의 기세가 약해졌다.

"됐어, 그럼."

"됐다니, 뭐가……."

"그러니까 학교에서는 별도로 하고, 일요일 정도는 그 녀
석들과 어울려도 상관없다고. 그 정도는 너그럽게 봐줄 테니
까 말이야."

노리오는 이런 점에서 참으로 교활한 아이였다. 줄다리기
에 능했다. 공부를 잘하고 못하고와는 다른 차원에서, 어릴
때부터 다른 이의 마음을 갖고 놀 줄 아는 사람이 있다. 길을
잘못 들지만 않는다면 한 인물 하는 사람이 될지도 모르지

만, 그렇지 않으면 아마 뒷골목에서 거들먹거리는 존재가 될 것이다.

실제로 노리오의 말은 내게 구원처럼 느껴졌다.

"정말 그래도 돼?"

"응."

"유키히로와 나오미도, 저기, 나한테 한 것처럼 괴롭히지 않을 거야?"

"의심이 많은 놈이군. 너만 조건을 지켜 주면 그런 짓은 하지 않는다니까. 어때, 나쁘지 않은 거래지?"

거래라는 말이 음침하게 따라붙었다.

'정의'와 '거래'는 서로 공존하지 못하는 것일까? 풋내 나는 정의를 휘두르다 깨지기보다는 남몰래 간직한 정의를 관철하기 위해 때로는 거래에 응하는 것이 현명한 전략일 것이다. 다만 거래에 응함으로써 정의는 송장으로 변해 결국에는 정의의 이름을 빌린 환영과 환상만 남는다는 점이 진실이겠지만 말이다.

하지만 초등학생에게 그 정도의 분석을 요구할 수는 없는 문제다.

그 때문에 이때 내게는 노리오의 거래에 응하는 것이 최선의 방법처럼 보였다. 자신이 조금만 참으면 유키히로와 나오미에게도 폐가 되지 않고 끝날 것이며, 두 사람 다 지금까지 그래 왔듯이, 게다가 노리오 일행을 신경 쓰지 않고 놀수 있다.

"알았어, 엎드려서 사과할게."

그렇게 대답하고 바닥에 무릎을 꿇으려는 찰나, 노리오는 "잠깐!" 하고 나를 가로막았다.

막 구부리려던 무릎을 펴고 "왜?" 하고 바라보자, 노리오는 재미있다는 표정을 지으며 말했다.

"그냥 엎드리면 시시하지."

"뭐?"

노리오는 잠시 사이를 두더니 히죽거리면서 새로운 조건을 제시했다.

"기왕 할 거면 불알을 내놓고 엎드려. 그러면 토요일에도 그 녀석들과 놀아도 돼."

냉정하게 생각하면 노리오가 한 말은 거래가 아니라 일방적인 요구일 뿐이었다. 하지만 한번 이런 상황에 빠지면 무리한 요구를 예사로 하는, 나라를 상대로 한 외교 교섭처럼 되어 버린다. 그래서 최고로 굴욕적인 요구지만 '생각해 봐도 되겠는데.' 하는 마음이 든다.

"그건 못하겠어? 그렇다면 굳이 애쓰지 않아도 돼."

"알았어."

내 대답에 스스무와 다카시가 "뭐?" 하고 놀랐다.

'이 녀석들에게 불알을 보여 주는 것쯤은 상관없어.' 하고 마음을 고쳐먹고 바지를 내리려는 순간 두 번째로 "잠깐!" 하고 나를 멈추게 했다.

"이번엔 뭐야?"

"됐으니까 잠깐 기다려."

이렇게 말한 노리오가 다카시를 보고 턱짓을 했다. 다카시가 고개를 끄덕이고 나서 이유는 모르겠지만, 내 옆을 떠나 운동장 쪽으로 달려갔다.

'기다려' 명령을 받은 개처럼 가만히 있던 나는 다시 나타난 다카시를 보고 기절할 뻔했다.

다카시가 요시코와 그 무리, 합해서 여자 아이 네 명을 데리고 체육관 뒤로 돌아온 것이었다.

"이 녀석, 요시코에게 사과한대."

노리오가 요시코를 향해 아까까지 한마디도 하지 않았던 이야기를 했다.

그건 이야기가 다르잖아.

어째서 요시코에게 사과를 해야 하는지 몰라 곤혹스러워하는 내게, 요시코가 차가운 시선을 보냈다.

"어제 학급 회의에서 나한테 그렇게 창피를 주었으니 당연하지."

불알을 내놓고 엎드려 사과하기란 도중에 노리오가 생각

나는 대로 한 말인지도 모른다. 하지만 이런 계획은 아마 처음부터 세워 놓은 듯했다.

그건 어찌 됐건 아무리 그래도 여자 앞에서 불알을 내놓다니…….

"그래서 말이야, 이 녀석이 지금부터 불알을 내놓고 엎드려 사과할 거래."

노리오가 내게 저항할 틈을 주지 않고 여자 아이들에게 선언해 버렸다.

"말도 안 돼!", "야해.", "토할 것 같아." 저마다 한마디씩 하면서도 여자 아이들의 목소리에는 잔혹한 기대감이 생생하게 서려 있었다.

나는 입술을 깨물고 고개를 푹 숙였다. 노리오가 "자, 약속했지?" 하고 내 어깨를 쿡쿡 찌르는가 싶더니, 갑자기 스스무가 등 뒤에서 손을 슥 뻗어 내 바지를 무릎까지 홀랑 내려 버렸다.

꺄악, 여자들은 비명(사실은 거짓 비명이지만) 소리를 내고는 노리오 무리와 함께 깔깔 웃고 난리였다.

내가 어릴 때는 허리띠가 필요한 바지를 입는 아이가 드물었고, 대부분 허리에 고무줄이 든 바지를 입었다. 그래서 이런 식으로 너무나 간단히 바지가 벗겨졌다.

노리오가 웃음을 참으면서 명령했다.

"나머지는 직접 내리시지."

나는 완전히 자학적인 기분이 들었다. 아니, 마치 십자가에 매달린 예수처럼 쏟아지는 비난을 감수하고 묵묵히 견디는 것이 자기 자신을 굴욕에서 지키는 유일한 수단이라고 생각했다.

유체 이탈도 아닌데, 혼이 몸에서 빠져나가 공중에 떠 있었다. 몸에서 빠져나간 혼이 바지를 내리고 엉덩이를 드러낸 채 땅바닥에 엎드려서 시련을 겪고 있는 자신의 모습을 무표정하게 내려다보고 있었다. 나쁘지 않은, 깨끗한 행동으로 여겨졌다.

"빨리 해!"

누군가가 놀려 대는 소리에 정신이 번쩍 들었다.

정말로 혼이 빠져나가려 했는지도 모른다. 아직 팬티를 내리지 않았음을 깨닫고, 나는 시키는 대로 팬티 고무줄에 손을 가져갔다.

"이제 그만 해!"

날카롭게 외치는 소리가 들렸다. 실제로 팬티를 내리기 직전이었다.

노리오와 요시코가 깜짝 놀라서는 소리 나는 쪽을 돌아보았다.

모두의 시선이 향한 곳에 유키히로가 있었다.

"너희들, 적당히 해!"

유키히로는 내게 걸어오더니, 화난 얼굴로 말했다.

"흉하니까 얼른 바지 올려."

유키히로의 목소리에 그제야 혼이 되돌아온 느낌이 들었다.

얼마나 부끄러운 일을 하려고 했던가! 나는 내려간 바지를 허겁지겁 끌어 올렸다.

유키히로가 나를 감싸며 노리오와 마주 서서 차가운 목소리로 말했다.

"이제 됐지? 가즈야는 데리고 간다."

갑작스럽게 유키히로가 나타나는 바람에 어안이 벙벙해진 노리오가 위세를 되찾아 으름장을 놓았다.

"뭐야, 너. 막 시작하려는 참에 방해를 하고. 너하고는 상관없으니 꺼져!"

하지만 유키히로에게는 전혀 통하지 않았다.

"상관없는 게 아니지, 이 멍청아."

말도 안 돼, 그런 말을 노리오에게 대놓고 하다니 위험하잖아……

이렇게 생각하면서 아직도 상황을 파악하지 못하고 있는데, 유키히로가 내 옆구리를 쿡쿡 찔렀다.

"이런 멍청이들은 내버려 두고 가자."

유키히로가 풀숲에서 내 가방을 주워 드는가 싶더니 바로 걸어 나갔다.

나도 당황해서 유키히로의 뒤를 쫓자, 놀랍게도 막아설 거라 생각했던 노리오네가 좌우로 갈라지며 길을 내주었다.

'왜 이러지?'라고 생각하며 걸음을 옮기자 등 뒤에서 목소리가 들렸다.

"어이, 기다려."

"뭐야?"

유키히로가 걸음을 멈추고 뒤로 돌아 노리오와 마주 섰다.

노리오가 몹시 불쾌한 듯 말했다.

"이것이 어떤 뜻인지 알겠지?"

"알고 있어. 난 네 녀석들처럼 멍청이가 아니라고."

"뭐라고, 이……."

"안녕."

아랑곳하지 않고 발걸음을 돌린 유키히로는 나를 재촉해서 교문을 향해 걸었다. 나오미가 교문 밖에서 유키히로와 나를 기다리고 있었다.

나오미가 물었다.

"괜찮았어?"

유키히로가 "응." 하고 말하고는 내게 얼굴을 돌렸다.

"그렇지?"

"괜찮은 것 같아. 응……."

나는 고개를 한 번 끄덕이고는 머릿속이 혼란스러워져서 물어보았다.

"대체 어떻게 된 거야?"

유키히로는 분명 만화 영화 주인공처럼 간발의 차로 나를 구출하러 나타났다. 대체 뭐가 어떻게 된 건지 전혀 알 수가 없었다.

유키히로가 알 수 없는 말을 했다.

"가즈야가 나빴어."

"무슨 말인지……."

"어제 학급 회의에서 그런 말을 하니까 그렇잖아."

"안 좋았던 거야?"

유키히로가 고개를 저었다.

"아니."

나오미가 말했다.

"자세한 얘기는 집에 가서 하겠지만, 지금까지처럼 얌전히 있지 않기로 했어. 그렇게 대놓고 정의가 어쩌고 하니 그럴 수밖에 없지?"

나오미는 유키히로에게 동의를 구했다.

"그럼."

뭐가 그렇다는 건지 알아들을 수 없었다. 유키히로가 어깨를 으쓱하고는 말했다.

"덕분에 그 녀석들에게 선전 포고를 한 셈이 되어 버렸군."

여전히 영문을 알 수 없는 상황에서 선전 포고라는 말을 듣자 갑자기 소름이 끼쳤다.

어쩌면 나라와 나라 사이에 벌어지는 전쟁도 이런 식으로 시작될지 모른다는 생각 때문이었다.

39

　따돌림인지 아닌지 구별하기란 어려운 듯 보이지만 실은 그렇지도 않다. 따돌림의 정도와 상관없이 당사자가 자신이 따돌림을 당하고 있다고 느끼면 따돌림이고, 그렇지 않으면 따돌림이 아니다. 좀 엉터리 같은 말이지만 일단은 그렇게 정의를 내려도 무방하다.

　예가 적절한지 어떤지는 넘어가자. 예를 들어 정신 발달 장애가 있는 아이가 무시를 당하거나 놀림을 받는다고 치자. 그 아이가 자신이 처한 입장이 따돌림이라고 느끼지 않는다면 그것은 무엇인가?

　결론부터 말하면 이것은 집단 따돌림이 아니다. 따돌림이 아니라 차별이기 때문이다.

　즉, 따돌림과 차별은 비슷하지만 전혀 다르다. 차별에는 그것을 용인하는 사회적 배경과 역학이 작용한다.

　그래서 둘이 비슷하지만 따돌림보다 차별 쪽이 훨씬 뿌리가 깊고 심각하다. 보통 차별당하는 쪽에는 차별당하는 이유를 해소할 수단이 없다.

　학교 수업, 예를 들면 도덕 시간에 차별 문제를 다룰 때 집단 따돌림을 예로 드는 선생님이 있다. 하지만 그것은 관점이 빗나갔다고 할 수 있다. 선생님 스스로 따돌림과 차별을 구별하지 못한다는 증거다.

결론부터 말하자면 집단 따돌림과 차별은 싸우는 상대가 다르다. 집단 따돌림은 만약 싸울 용기를 쥐어짤 수 있다면 (그 자체가 거의 불가능에 가깝지만), 싸우는 상대는 직접 따돌림을 하는 사람으로 끝난다. 그러나 따돌림이 아니라 차별이 되면 이야기는 복잡해진다. 겉으로 드러난 적은 싸움에 직접 관련된 당사자여도 정말로 싸워야 하는 상대는 그 배후에 있다. 그때 나와 유키히로, 나오미가 싸워야 할 상대는 노리오와 요시코가 아니라, 어른이 만들어 놓은 사회였다.

이론으로 정리하자면 이런 식이었고, 내가 초등학교 5학년 때 스스로 경험으로 알게 된 사실이었다. 다만 열두 살짜리 아이는 그 사실을 어렴풋이 깨달았을 뿐, 분명하고 정확하게 말로 표현할 만큼 성숙하지 않았다.

이러한 점을 우리에게 가르쳐 준 사람이 바로 누마쿠라 아저씨였다. 어른이기는 하지만, 어른이 아닌 어른이 야스코 누나라고 한다면, 진짜 어른은 누마쿠라 아저씨일지도 모른다.

야스코 누나도 그렇고, 누마쿠라 아저씨도 그렇고, 달랑 다섯 가구가 사는 곳에 그런 어른이 두 사람이나 있었으니 엄청나게 행복한 일이었다고 생각한다.

40

우리 셋은 교문을 뒤로하고 O구의 상점가를 지나 큰길로 나왔다.

덴샤 거리에 차가 끊기기를 기다리다가, 문득 생각이 나서 유키히로에게 물었다.

"앗, 그러고 보니 포장마차 일 돕지 않아도 돼?"

유키히로와 나오미가 왜 갑자기 노리오 무리와 대결하기로 마음을 바꾸었는지는 집에 가면 자세히 설명해 줄 터였다. 하지만 두 사람은 토요일 오후에 학교가 끝나면 바로 고토다이 공원으로 가야 한다는 사실이 떠올랐다.

"포장마차 일은 괜찮아."

"정말? 뭣하면 나도 함께 도울게."

"아냐, 정말로 괜찮아."

유키히로는 마음이 딴 곳에 가 있는 표정으로 뭔가를 골똘히 생각했다. 조금 뒤 유키히로가 나오미에게 시선을 돌렸다.

"지금 고스케네로 가지 않을래?"

나오미가 되물었다.

"왜?"

"뻔하잖아."

유키히로의 대답에 나오미가 별로 내키지 않는 얼굴로 말했다.

"그렇지만……."

내가 끼어들었다.

"고스케가 누구야?"

유키히로가 대답했다.

"친구. 다른 학교 녀석이지만."

아닌 밤중에 홍두깨라고, 다른 학교에 친구가 있다는 소리는 처음 들었다. 당연히 "어느 학교? 몇 학년?" 하고 묻고 싶었지만 망설여졌다.

유키히로의 입에서 '친구'라는 말이 너무나 순순히 나왔기 때문이다.

나오미와 유키히로는 사촌이니 사이가 좋아도 상관없었다. 아무리 생각해도 H 초등학교에 유키히로의 친구는 분명 아무도 없었다. 아마도 내가 유일하게 친구라고 부를 수 있는 존재일 것이다. 멋대로 그렇게 믿던 터라 '친구'라는 말을 듣는 순간, 유키히로에게 미안한 소리이지만, 배신감이 들었다.

내가 아무 말도 하지 않자, 유키히로는 나오미에게 또 무슨 뜻인지 모를 말을 했다.

"뭐 다른 좋은 생각 있어?"

"특별히 이렇다 할 건 아직 없지만……."

나오미의 대답을 듣자, 유키히로는 결정했다는 어조로 말했다.

"그럼 그 녀석 집으로 가자. 이 시간이라면 가게에 있을 테니 의논해 보자고."

나오미는 싫지는 않지만, 적극적이지도 않은 목소리로 대답했다.

"알았어, 좋아……."

가게라니, 무슨? 의논이라니, 뭘? 궁금증이 더 늘어났지만, 같이 가는 게 당연한 듯한 분위기여서, 일단 시내 중심부로 성큼성큼 걸어가는 유키히로를 따라가기로 했다.

41

유키히로가 말한 친구 집이라는 가게까지는 우리 걸음으로 대략 40분 정도 걸렸다.

O구에서 덴샤 거리를 따라 걷다가 도중에 도니반초 거리로 꺾었다. 그때까지만 해도 이대로 곧장 가면 고토다이 공원에 도착하겠거니 하고 길을 가늠할 수 있었다. 그러나 도중에 다시 왼쪽으로 꺾어서 좁은 거리를 걷기 시작하자 어디로 가고 있는지 전혀 알 수 없었다.

이런 점이 바로 촌놈의 특징이다. 시골인 T읍에 살 때는 마을 자체가 작아서 미아가 되는 일이 없었다. 설령 마을을 벗어나 끝없이 펼쳐진 논밭 한가운데에 있다 해도, 저 멀리로 시선을 보내면 목표물이 되는 산자락이 바로 눈에 들어왔고, 논밭 여기저기에 있는 수풀 모양으로 내가 지금 어디쯤 있으며, 어느 방향으로 가면 어디쯤에 다다를지 바로 알 수 있었다.

비록 당시의 센다이 시가지에는 지금과는 비교되지 않을 만큼 건물이 적었다고는 하지만, 빌딩이 늘어선 광경에 익숙하지 않은 나로서는 사방을 볼 수 없는 정글에 내던져진 기분이어서 몇 번이나 사거리를 꺾고 나면 방향 감각을 잃었다.

내가 어디에 서 있는지 모른다는 스릴감에 우표 센터에 놀러 갈 때와 마찬가지로 반은 즐겁고, 반은 불안한 마음으로 유키히로의 등을 좇았다. 그러다 유키히로를 따라 주저없이 좁은 골목길로 들어갈 때는 나도 모르게 주춤했다.

우표 센터가 있던 도이치 시장도 상당히 음산했는데, 유키히로가 자기 집 마당처럼 발을 들이민 골목길도 그곳 못지않게 음산했다. 들여다본 골목길 양쪽에는 이런 곳의 규칙이기라도 한 듯이 밤이 되지 않으면 불을 켜지 않는 음식점이 줄줄이 늘어서 있었다.

폐쇄감으로는 도이치 시장이 단연 으뜸이었다. 그 골목은 건물 사이를 가로지르고 있어서 낮에도 어두컴컴했다. 하지만 이 골목은 위로 하늘이 보여서 밝기는 했다. 그러나 골목길 자체가 한참 더 길었다. 적어도 도이치 시장의 세 배 정도는 될 것 같았다.

T읍에서 음산하게 느껴지는 장소라면 하치망 신사에 끝없이 뻗어 있는 돌계단 정도였다. 양쪽으로 울창한 나무가 우거져서 어두컴컴했기 때문이다. 무섭다는 면에서는 그 돌계단이나 이곳이나 같다. 하지만 그 돌계단에서 느끼는 두려움은 도깨비가 나오지 않을까 하는 정도의 어린이다운 무서움이 전부였을 뿐, 낮에 사람 그림자 하나 없는 한산한 골목이

훨씬 무섭게 느껴졌다.

구조는 달라도 이런 뒷골목에서 공통된 냄새가 난다는 걸 두 번째 경험으로 알아차렸다. 발을 디딘 순간부터 골목길 전체에 음식 찌꺼기 냄새에 아주 약간의 썩은 개천 같은 냄새, 절대 악취는 아니지만 묘하게 살갗에 달라붙는 듯한 냄새가 떠돌았다.

유키히로는 어째서 이런 곳을 잘 알까? 의아해하기도 하고 감탄하기도 하며 따라가는데, 골목길 중간쯤에서 조금 더 들어가더니 유키히로가 걸음을 멈추었다.

유키히로가 다 왔다는 표시로 어느 가게를 눈짓으로 가리켰다. 가게 처마에 매달린 등에는 '꼬치구이'라는 글씨가, 간판에는 '야마무라'라는 글씨가 쓰여 있었다.

야마무라는 아마도 가게 주인의 성일 테니, 유키히로의 친구 이름은 '야마무라 고스케'일 것이다.

유키히로가 가게 앞에서 물었다.

"가즈야는 꼬치구이 먹어 본 적 있냐?"

아, 그런 실례되는 질문을. 아무리 촌놈이지만 꼬치구이 정도는……

"그야 있지."

"어디서?"

"어디서라니? 축제 때나 운동회 때 포장마차에서."

"그것도 나쁘지 않지만, 이런 가게에서 파는 정통 꼬치구이는 엄청나게 맛있어."

"그래?"

"거짓말 같으면 돌아가는 길에 하나 구워 달라고 할 테니 먹어 봐."

이야기하는 걸로 봐서는 유키히로는 고스케라는 친구뿐만 아니라 이 가게의 주인, 그러니까 고스케의 아버지와도 친한 듯했다.

내 생각을 알아차렸는지 유키히로가 설명했다.

"고스케네 아버지는 우리 아버지처럼 전에는 포장마차를 했어. 그때부터 꼬치구이를 했던 모양이야."

아, 그렇구나. 그러고 보니 짐작 가는 게 있었다.

전에 야스코 누나가 누마쿠라 아저씨 이야기를 할 때 아저씨가 중심이 되어 노점상들이 단결해 시내에 새롭게 장사할 자리를 확보하고 어쩌고 하는 이야기를 했는데, 역시 이 골목이……

그랬구나. 그렇다면 유키히로에게 친구가 있어도 이상하지 않다고 생각했다. 유키히로가 "자, 들어가자." 하며 나와 나오미를 재촉했다.

"고스케, 있니?"

나오미가 부르는 소리를 듣자, 좀스럽게도 조금 아니, 많이 질투를 느꼈다. 나오미에게 나는 아직 '가즈야 군'이었다. 그것도 나쁘진 않지만, 그냥 가즈야라고 불러 주면 더 기쁠 텐데…….

"양념을 준비하고 있을 거야."

나의 마음을 전혀 눈치 채지 못한 유키히로가 나오미에게 대답하고는, "안녕하세요." 하고 큰 소리로 외치며 꼬치구이 집 미닫이문을 열었다.

42

내가 태어나서 처음으로 들어간 꼬치구이 집은 좁은 가게 였다. 자리도 카운터석 뿐으로, 그나마 열 명이 앉을 수 있을 까 말까였다.

유키히로가 말한 대로 한눈에 아버지와 아들로 보이는 두 사람이 카운터 맞은편에서 어깨를 나란히 한 채 대나무 꼬치 를 손에 들고 꼬치구이를 준비하고 있었다.

이렇게까지 닮은 부자도 드물지 모른다. 물론 고스케는 우 리와 비슷한 나이여서 누가 아버지이고 누가 아들인지 단번 에 알아봤지만, 똑같이 턱 부분이 튀어나온 네모난 얼굴에 이목구비 하나하나가 똑같았다. 게다가 둘 다 깍두기 머리 로, 차이라고 하면 아버지가 수건을 머리에 두르고 있는 정 도였다. 사실은 한쪽이 "로봇 복제품이야."라고 하면, "아, 역시!" 하고 고개를 끄덕일 것 같은 붕어빵 부자였다.

그 두 사람이 우리를 보자마자 입을 모아 "여어, 오랜만이 야!" 하고 인사를 건네자 왠지 우스웠다.

"새 친구를 데리고 왔는데, 가즈야라고 해. 그리고 이 녀석 이 고스케야. I 초등학교 5학년."

유키히로가 능숙하게 각자를 소개하자, 부자가 또다시 입을 모아 "잘 부탁한다!" 하고 말해서 웃음을 참을 수 없었다. 얼굴은 무섭게 생겼지만, 고스케는 좋은 녀석임에 분명했다.

이번에는 고스케 혼자 물었다.

"오늘은 어쩐 일이야?"

"좀 의논할 게 있는데, 지금 괜찮겠냐?"

고스케가 끄덕이며 고개를 돌려 자기 아버지에게 물었다.

"위에 올라가도 돼?"

고스케 아버지가 고기를 꼬치에 끼우면서 대답했다.

"가게 문 열기 전까지라면 괜찮다."

고스케가 수돗물로 손을 씻으면서 말했다.

"그럼 위로 가자."

유키히로가 "오케이."라고 대답하고, 나와 나오미에게 가자고 손짓하며 카운터 바로 앞에 있는 계단을 쿵쿵 올라갔다.

"신발 신은 채로 올라와도 괜찮아. 위에 신발장 있으니까."

나오미의 말에 신발을 신은 채 삐걱거리는 좁은 합판 계단을 올라갔다. 입구에 3단으로 된 신발장이 있고, 그 안에 탁자가 네 개 놓인 다다미방이 있었다. 2층도 가게로 쓰는 듯했다.

신발장에 신발을 넣고 창가에 놓인 탁자로 가서, 유키히로와 마주 보며 방석을 깔고 앉았다. 뒤이어 들어온 나오미가 조금 망설이더니 내 옆에 앉았다. 나는 그것만으로 기뻐서 어쩔 줄 몰라 했다.

조금 뒤에 계단이 삐걱거리는 소리가 났다. 고스케가 뚜껑을 딴 코카콜라 병을 쟁반에 받쳐 들고 2층으로 올라왔다.

"아버지가 준 거야."

고스케가 탁자에 콜라 병 네 개를 놓고, 이어서 단무지 담긴 접시를 놓았다.

기묘한 조합이었지만, 유키히로는 "땡큐." 하고는 전혀 개의치 않고 단무지를 집어 입에 던져 넣었다. 그러고는 아작아작 소리 내어 씹으며 내 쪽으로 접시를 밀어 주었다.

"역시 너희 집 단무지는 맛있어. 가즈야도 먹어 봐."

권하는 대로 단무지를 한 개 집어 씹어 보고는 정말 맛있어서 깜짝 놀랐다. 우리 어머니가 담근 단무지도 나쁘지 않은데, 고스케네 단무지는 정말 아삭아삭했다. 단무지인데도 싱싱해서 놀랐다.

만족스럽게 바라보던 고스케가 유키히로 옆에 앉았다.

"그래, 뭐야? 의논할 게?"

고스케는 유키히로에게서 나오미에게, 그리고 내게로 시선을 옮겼다.

"실은 말이야."

그렇게 운을 떼고 나서, 유키히로가 학교에서 일어난 일을 차례대로 자세하게 설명했다.

"나쁜 새끼들!"

설명을 다 듣고 난 고스케가 얼굴을 찡그리며 유키히로에게 눈썹을 치떴다.

"그 새끼들, 졸라 줄까? 그 이야기 하러 온 거지?"

졸라 줄까라는 말에 당황했다. 당시의 내 어휘력으로는 '조르다'라는 말은 닭 모가지를 조른다든가 할 때 쓰는 말로 알고 있었다. '그런 짓을 하면 큰일 나는데.' 하고 속으로 움찔했다.

"열 명 정도 모으면 되냐?"

"실제로 불러내서 손을 볼 놈들은 세 명뿐이야. 다섯 명만 모으면 충분해."

"그쪽이 친구를 데려오면 어떡하려고. 역시 많아야 좋다니까."

"그것도 그러네."

두 사람이 나누는 이야기를 듣는 동안에 '조르다'라는 말이 어디까지나 비유임을 알고 마음이 조금 놓였다.

그러나 그래도 무서운 이야기임에는 틀림없었다. 야쿠자끼리 벌이는 파벌 싸움도 아니고, 아무리 그래도 비약이 너무 심하다……

목도 같은 걸로 상대를 죽도록 때리는 장면, 양옆에서 녀석을 붙잡게 하고 배를 때리는 장면, 주먹으로 때려 코피 터지게 하는 장면이 머릿속에서 자꾸 떠올라 곤혹스러워졌다. 마침 나오미가 유키히로와 고스케를 노려보며 참견했다.

"폭력은 안 돼. 남자들이란 하여간 걸핏하면……. 싸워서 이기면 오히려 원망을 살 뿐이야."

그러자 유키히로가 항변했다.

"처음부터 때리지는 않을 거야."

"그렇지만 지금 손을 볼 놈들은 세 명이니 어쩌니 그랬잖아."

나오미의 매서운 눈초리에 궁지에 몰린 유키히로가 이런 저런 논리를 대며 설득하기 시작했다.

"그러니까, 그게……. 그건 어디까지나 그쪽이 먼저 손을 댈 경우의 이야기야. 가즈야에게 또다시 무슨 짓을 하면 그때는 가만두지 않을 거라는 사실만 알리면 된다니까. 그러려면 I 초등학교 아이들과 함께 우리 학교에 쳐들어가는 방법이 가장 쉽지 않겠어?"

"정말로 잘될 거라고 생각해?"

"가즈야를 지키려면 그 수밖에 없어. 나와 나오미만으로는 도저히 맞설 수 없어."

"그건 그렇지만……."

난감한 표정을 짓는 나오미를 보고 고스케가 가세했다.

"나오미는 여자여서 잘 모르겠지만, 노리오라고 했나? 그런 녀석들은 힘에 약해. 자기가 불리한 줄 알면 분명히 얌전해진다니까."

고스케는 내게 시선을 보내고 빙그레 웃으며 말했다.

"가즈야 군의 졸병이 되게 해 달라고 말할지도 몰라. 가즈야 군 뒤에 우리 학교가 있다는 사실을 알면, 너네 학교 아이들도 기가 죽어서 그렇게 할 수밖에 없을걸."

아, 그거 좋은 방법이네. 솔직히 머릿속에 전등이 켜진 기분이었다.

유키히로가 고스케의 말에 농담처럼 덧붙였다.

"상대가 I 초등학교라는 걸 알면 그 녀석들 오줌을 지릴 거야."

이야기의 흐름으로 보아 시내 초등학교에는 전학 온 내가 잘 모르는 위계질서가 있는 듯했다. 고스케가 다니는 I 초등학교는 다른 학교보다 한 수 위인 모양이었다. 그리 좋은 의미는 아니었지만.

그러나 고스케의 후광을 입는다는 사실은 핵무기를 보유한 대국과 군사 동맹을 맺는 것과 같은 의미로, 노리오네와 내 입장이 하룻밤에 역전될 수 있었다. 3인조에게 이래라저래라 턱으로 지시하는 내 모습을 상상하니 엄청나게 좋았다.

그런데 나오미가 아픈 곳을 찔렀다.

"그렇지만 그건 너무 야비하지 않아? 그 방법은 아닌 것 같은데."

그 말을 듣고 보니, H 초등학교 안에서 겉돌고 미움 받고 차별받는 유키히로와 나오미는 어째서 지금까지 이 방법을 쓰지 않았을까 하는 생각이 문득 들었다. 고스케와 이렇게 친한데…….

그 질문이 혀끝까지 나왔을 때, 유키히로가 나오미에게 말했다.

"그러니까 지금까지 고스케에게는 기대지 않았잖아."

'너도 잘 알면서.' 하는 말투였다.

"나하고 나오미를 위해 고스케를 끌어들이는 건 비겁할지도 몰라. 하지만 이번에는 아무 상관 없는 가즈야까지 말려들었잖아? 이럴 때를 위해 간직해 둔 마지막 무기나 출사표라고. 가즈야가 말했듯이 정의는 우리 쪽에 있으니 야비하지도 비겁하지도 않다고 생각해. 그렇지? 그렇게 하자."

유키히로는 나오미와 나에게 동의를 구했다.

원래는 대의명분과 정의는 일치해야 한다고 생각하지만, 현실에서는 그렇지 않은 경우가 많아서 문제가 생긴다. 나는 정의를 관철하기 위해서라면 고스케와 I 초등학교의 힘을 빌려도 아무 문제 없다고 생각했다. 역시 배경 없이 정의를 지킬 수는 없다.

"그러는 게 좋을 것 같아."

내가 대답하자, 나오미도 포기한 듯이 동의했다.

"할 수 없지……."

"오케이, 그럼 구체적인 작전을 세우자."

고스케가 이렇게 말한 뒤 다음 단계로 넘어갔다.

그다음 주 토요일 학교가 끝난 뒤, 유키히로가 함께 있으면 경계할지 모르니 내가 잘 둘러대서 노리오 3인조를 히로세 강둑으로 불러낸다. 그러면 고스케가 유키히로와 함께 I 초등학교 아이들을 거느리고 나타난다. 그런 일은 없을 거라고 생각하지만 만에 하나 서로 치고받게 됐을 때를 대비해, 나오미는 조금 떨어진 둑 위에서 망을 본다.

이런 식으로 이야기가 다 됐을 즈음 아래층에서 무진장 좋은 냄새가 풍겨 왔다.

"아직 시간이 이른데. 아버지가 장사를 시작했나 보네."

고스케가 황급히 일어섰다.

"그럼 다음 주 토요일, 1시에 S교 아래에서 모이자. 됐지?"

고스케의 말에 동의한 우리는 신발장에서 신발을 꺼내 신고, 꼬치구이를 굽는 냄새가 맛있게 피어오르는 계단을 일렬로 내려갔다.

1층에 다 내려왔을 즈음, 내 앞에 있던 유키히로가 갑자기 발을 멈춰 하마터면 부딪힐 뻔했다.

내 뒤에서 나오미가 투덜거렸다.

"갑자기 멈추면 어떡해? 위험하잖아."

나오미는 그 자리에 멈춰 선 채 앞으로 나가지 않는 유키히로에게 물었다.

"왜 그래?"

유키히로가 고개를 돌려 우리를 올려다보면서 얼굴을 찡그렸다.

"큰일 났어. 아저씨가 와 있어."

"뭐?"

무슨 소리인지 몰라 고개를 갸웃거리는 것과 동시에 쉰 목소리가 아래에서 들려왔다.

"오, 유키. 놀러 왔냐?"

분명 누마쿠라 아저씨의 목소리였다.

43

한 시간이 조금 더 지난 뒤, 우리 세 사람은 집 뒤쪽 둑에 앉아 무릎을 감싸 안은 채 히로세 강물을 바라보고 있었다.

유키히로가 말했다.

"거기서 아저씨를 만날 줄은 몰랐네."

나오미가 말했다.

"그렇지만 결과적으로는 잘됐다고 생각해."

고스케네 가게에서 우연히 누마쿠라 아저씨와 마주친 것이 다행이었는지 불행이었는지 나는 잘 모르겠다.

어느 쪽이든 계획이 원점으로 돌아가 버렸다. 앞으로 어떻게 해야 하나 생각하며, 꼬치구이 집에서 누마쿠라 아저씨와 나눈 대화를 떠올렸다.

유키히로의 뒤를 이어 나오미가 계단에 모습을 나타내자, 아직 다른 손님이 없는 가게에서 술병을 든 누마쿠라 아저씨가 싱글벙글거렸다.

"뭐야, 나오랑 가즈도 함께였어? 마침 잘됐네. 꼬치구이 먹고 싶지? 아저씨가 사 줄 테니 여기 앉아라."

아저씨는 카운터의 의자를 가리키고는, 고스케네 아버지

에게 큰 소리로 말했다.

"야마 씨, 이 녀석들에게 꼬치 두세 개씩 적당히 구워 줘."

"예, 알겠습니다!"

고스케의 아버지는 즉시 대답하고 힘차게 짝 손뼉을 쳤다. 두 사람의 모습을 보니, 고스케의 아버지는 얼굴과는 어울리지 않게 누마쿠라 아저씨에게 꼼짝 못하는 것 같았다.

아저씨가 사 주는 진짜 꼬치구이를 먹을 수 있다고 생각한 순간, 배가 꼬르륵거리고 침이 고였다.

그런데 "아, 오늘은 좀……." 하고 유키히로가 허둥대며 "얼른 가자." 하더니 나와 나오미에게 눈짓을 보내며 가게를 나가려고 했다.

그 때문이었던 것 같다.

"기다려, 유키!"

누마쿠라 아저씨의 부름에 유키히로가 움찔하더니 고개를 움츠리며 돌아보았다. 아저씨는 눈을 무섭게 부라렸다.

"너희들, 위에서 무슨 작당을 한 거야?"

"아, 아뇨, 별로……."

유키히로가 우물거렸다. 이런 모습은 처음이었다. 평소의 내 모습 같았다.

"대충 감은 잡히는데. 가즈 일이지? 아니냐?"

누마쿠라 아저씨가 이번에는 내게 눈을 돌렸다.

"그런 건⋯⋯."

둘이 똑같이 당황하는 것만으로도 속이 빤히 보일 텐데, 나도 유키히로와 마찬가지로 말을 얼버무렸다. 나도 유키히로도 대의명분이 서는 정의의 싸움이라 생각은 해도, 좀 야비한 방법은 아닐지 꺼림칙한 마음이 있었기 때문이다.

"야, 고스케. 아버지한테 숨기는 게 있으면 안 돼. 얼른 있는 대로 다 털어놔!"

고스케의 아버지가 옆에서 참견이 아닌 야단을 쳤다. 그뿐만 아니라 가게 일을 돕기 위해 카운터 안으로 들어간 고스케에게 불똥이 튀었다. 퍽 하고 아들에게 주먹을 휘두른 것이다.

"아얏! 갑자기 뭐 하는 거야!"

고스케가 양손으로 정수리를 감싸고 주저앉았다.

이런 소동 끝에 결국 나오미가 입을 열어 우리의 계획을 모두 다 털어놓았다.

이야기를 다 듣고 난 누마쿠라 아저씨는 따끈하게 데운 술을 한 모금 마신 뒤, 우리 네 사람 가운데 가장 책임이 가벼운 나오미를 나무랐다.

"나오, 네가 붙어 있는데도 이 꼴이냐?"

아저씨의 말투는 아주 부드러웠지만, 나오미는 풀죽은 목소리로 말했다.

"죄송합니다⋯⋯."

"나오미는 마지막까지 반대했습니다."

엉겁결에 내가 편을 들자, 누마쿠라 아저씨가 내게 질문을 던졌다.

"가즈, 싸움에는 자신 있냐?"

"아뇨, 전혀⋯⋯."

"가즈, 너희들이 하려는 짓은 야쿠자의 길로 들어서는 거나 다름없어. 익숙하지 않은 일은 하는 게 아냐. 알았어?"

아무리 전직 야쿠자인 아저씨라 해도 평소라면 설득력이 없을 텐데, '확실히 그렇네.' 하고 순순하게 받아들이게 되는 것이 신기할 따름이었다.

"그런데 가즈."

"예."

"네가 잘하는 건 뭐냐? 이거라면 어지간해서 녀석들에게 지지 않을 자신이 있는 게 한두 가지는 있겠지?"

"예에⋯⋯."

질문의 의도를 알 수 없었지만, 잠깐 생각하다 대답했다.

"달리기⋯⋯."

"또?"

"으음, 축구?"

"그다음은?"

나는 잠시 생각했다.

"글짓기……"

"더 없어?"

"그 정도밖에 생각나지 않습니다만……"

나를 말끄러미 바라보던 누마쿠라 아저씨의 눈가에 주름이 깊어졌다. 그러더니 아저씨는 웃음을 지었다.

"그것만 있으면 훌륭해. 너희들, 그만 돌아가도 된다. 꼬치구이는 맡아 두겠다. 학교 문제를 다른 방법으로 해결하면 배가 터지도록 먹게 해 주마."

누마쿠라 아저씨는 우리 세 사람에게 명령하고는 카운터 위에 있는 술병을 들어 귀 옆에서 흔들었다.

"야마 씨, 한 병 더 줘."

그러고는 이것으로 이야기는 끝이라는 듯이 우리를 향하고 있던 몸을 돌렸다.

마지막에 나눈 묘한 대화에 고개를 갸웃거렸지만, 고스케 친구들을 끌어들이기로 한 우리의 계획에 차질이 생겼다는 것만큼은 분명히 알 수 있었다. 누마쿠라 아저씨가 반대한 이상 이제 실행에 옮길 수 없었다. 나뿐만 아니라 유키히로와 나오미도 수긍한 사실이었다.

그렇지만 누마쿠라 아저씨는 문제를 해결하기 위해 적극적으로 나설 생각도, 도움을 줄 생각도, 지혜를 빌려 줄 생각도 없었다. 결국 우리 스스로 생각해서 어떻게든 하라는 것인데, 나는 누마쿠라 아저씨 같은 사람이 진짜 어른이란 사실을 나중에야 깊이 깨달았다. 아이들 세계의 일에는 절대 참견하지 않는다. 그러나 아이들이 나쁜 쪽으로 갈 때는 단호히 나무란다. 간단한 것 같지만 아주 어려운 일이다.

만약 그때 고스케네 가게에서 누마쿠라 아저씨를 만나지 않아 계획대로 일이 진행되었더라면 어떻게 됐을까? 어른이 된 지금도 한 번씩 그런 생각을 한다.

아마 고스케와 유키히로가 자신만만하게 말했듯이 노리오네와 나의 입장이 역전됐겠지. 그 대신 그 뒤의 내 인생, 너무 거창하게 들릴지 모르지만, 적어도 내 삶의 방식은 크게 달라졌을 것이다. 좋지 않은 쪽으로 말이다.

이런 사실은 나중에 커서 과거를 돌이키며 내린 결론일 뿐이다. 그때 우리는 유키히로가 생각해 낸 마지막 수단을 봉쇄당한 채, 어떻게든 당장 해결 방법을 찾아야 하는 과제를 안고 있었다.

"좋은 방법이 없을까……."

유키히로가 이렇게 중얼거리면서 둑의 풀밭에 벌렁 드러누웠다.

유키히로를 사이에 두고 왼쪽 옆에서 나오미가 말을 걸어왔다.

"가즈야 군."

"응?"

"누마쿠라 아저씨는 어째서 가즈야 군에게 그런 질문을 했을까?"

"글쎄⋯⋯."

나는 고개를 갸웃거리며 유키히로를 따라 풀밭에 누웠다.

머리 뒤에서 깍지를 낀 채 팔을 베개 삼아 누워, 풀냄새에 감싸여서는 구름이 흐르는 하늘을 바라보았다.

유키히로가 당연한 말을 했다.

"하늘이 넓네."

나는 유키히로의 말에 동의했다.

"그러네."

우리를 따라 누운 나오미가 하늘을 향해 감상을 말했다.

"너무 평화롭다."

하늘 저편에 있는 달을 (낮이어서 보이지 않지만) 보며 속으로 말을 건넸다. 인류가 지구 이외의 천체에 내려서려는 웅대한 계획을 추진하고 있는데, 지상에서는 누군가를 따돌렸느니, 따돌림을 당했느니, 실로 하찮은 일로 고민하고 있었다. 바보 같다고 하면 확실히 바보 같을 수도 있지만, 그래도 작은 일에 끙끙거리며 고민하는 존재가 인간일지도 모른다.

그렇게 하늘을 보면서 이런저런 생각을 하던 나는 특별한 계기는 없었지만, 문득 누마쿠라 아저씨가 왜 그런 질문을 한 뒤에 꼬리 잘린 잠자리처럼 이야기를 그만두었는지 알 듯한 기분이 들었다.

"그거야, 그거!"

어째서 지금까지 생각하지 못했을까!

나는 벌떡 일어났다.

유키히로가 벌렁 드러누운 채 물었다.

"왜 그래, 갑자기?"

"좋은 생각이 났어."

내가 말하자, 두 사람 다 뭔데? 하는 얼굴로 벌떡 일어나 나란히 나를 들여다보았다.

"펜은 칼보다 강하다는 말 알지?"

이미 내 머릿속에서는 새로운 계획이 완성되고 있었다.

44

"틀림없지?"

내 말에 "그러네." 하고 나오미가 대답했다.

나와 나오미는 시민 도서관 한쪽 구석에서 사서가 서고에서 가져다준 오래된 지도를 펼치고 있었다.

히로세 강둑에서 내가 생각해 낸 계획은 폭력과 같은 직접적인 힘에 의존하지 않고, 펜의 힘에 기대는 것이었다. 누마쿠라 아저씨가 내게 뭘 잘하느냐고 물은 덕분에 지금의 계획을 세우게 되었다. 특별히 잘하는 게 없어 쑥스럽게 대답한 '글짓기'와 슬슬 마감이 다가오는 '신문 만들기'가 연결되어 떠오른 것이다.

위원회 활동에서는 흔한 일이지만 위원 모두가 활동을 열심히 하지는 않는다. 마지못해 위원이 된 아이들이 많기도 했고 H 초등학교의 신문 위원회에서는 특히 5학년 다른 반 위원이 활동에 그리 열성적이지 않았다. 아니, 부위원장인 내게 아예 일을 떠맡기고 뒷일은 모른다는 식이었다. 전학 온 지 얼마 되지 않아 다른 반 아이에게 제대로 활동하라고 강하게 말할 처지도 아니었다. 어쩌면 처음부터 내게 떠맡길 생각이었는지도 모른다.

결국 나 혼자서 기사를 쓸 수밖에 없었다. 그러나 학교에서 이런저런 일을 겪는 바람에 기사를 쓸 경황이 없어 애를 태우던 중에, 위기가 오히려 기회가 된다는 말이 문득 생각났다.

물론 누마쿠라 아저씨는 내가 신문을 만든다는 사실까지는 몰랐을 것이다. 자기가 가장 잘할 수 있는 일로 승부하라고 충고했을 뿐이지만, 그 충고 덕분에 힘으로 대항하지 않고도 정의를 지키는 방법이 있다는 사실을 스스로 깨닫게 해주었다.

"그러나 아이들이 자신을 집단으로 따돌리고 있다는 사실을 본인이 직접 쓰는 게 신문 기사 거리가 될까?"

히로세 강둑에서 '칼보다 강한 펜 작전'에 대해 의논하는 중에 나오미가 그렇게 말하며 고개를 갸웃거렸다.

"그렇겠지? 그런 기사를 쓰는 것 자체가 부끄럽잖아. 게다가 다른 녀석들에게 무시당하거나 차별당하는 이야기에 자기 이름을 공개하고 싶지 않을지도 모르지."

처음에 "그거 좋네!" 하고 손가락을 딱 울리던 유키히로도 나오미의 지적에 얼굴이 흐려졌다.

나는 생각을 정리하면서 두 사람에게 설명을 계속했다.

"그러니까 처음부터 구체적으로 우리 이야기를 쓸 게 아니라, 에도 시대에 있었다는 차별이 아직도 남아 있다는 사실을 문제 삼으면 좋겠다는 거야. 오래전에 유키히로나 나오미의 선조가 에다 마을에 살았다는 이유만으로 차별하는 것은 잘못이며, 나처럼 잘못이라고 말했다는 이유로 따돌림을 당하는 것 또한 잘못이다……. 분위기로 봐서는 노리오나 요시코를 비롯해 반 아이들 모두 진짜 에다 마을 사건에 대해서는 잘 모르는 것 같아. 어른들에게 들은 소문으로 그저 이 말 저 말 할 뿐이니 신문 기사를 통해 확실히 알려 주면 자기들의 잘못을 깨닫지 않을까?"

유키히로가 말했다.

"그렇게 하면 알아줄 거라고 생각하다니, 너무 낙관적인 거 아니야?"

"그럴지도 모르지만, 해 볼 가치는 있다고 생각해."

"꽤 귀찮고 머리 아픈 이야기네. 그래서 구체적으로는 뭘 쓴다는 거야?"

유키히로가 손가락을 머리 속에 쑤셔 넣고는 머리카락을 마구 헝클었다.

"그건 써 보지 않으면 모르겠는데……."

유키히로는 귀찮다고 솔직한 심정을 말했다. 하지만 나오미는 내 제안에 응했다.

"그렇다면 신문의 역할은 사실을 전하는 것이잖아? 기왕

쓸 거라면 확실한 증거가 필요해. 여러 가지를 조사해 봐야 할 거야."

과연 독서를 좋아하는 아이답게 날카로운 의견을 이야기했다.

"조사하다니, 뭘?"

유키히로의 말에, 생각에 잠긴 얼굴을 하고 있던 나오미가 한참 뒤에 자기 말을 하나하나 확인하듯이 말했다.

"요전에 고토다이 공원에서 야스코 언니에게 이야기를 들었잖아. 그렇지만 여기 정말로 에다 마을이 있었는지 이야기만으로는 확실하지 않아. 나도 어른들이 말하는 소문만으로 짐작할 뿐, 실제로 어떤지 아빠나 엄마에게 진지하게 들은 적도 없어⋯⋯."

나오미의 복잡한 표정이 뭔가에 매달리려고 하는 듯한, 어딘지 모르게 안타까운 표정으로 바뀌었다.

"가즈야 군의 일이 있은 다음에 이런저런 생각을 해 보았어. 그런데 내 기대일지도 모르지만 어쩌면 O구에는 사실은 에다 마을이 없었던 게 아닌가 하는 생각이 들었어."

"있지도 않은 일을 가지고 이런저런 말을 듣고 살아왔다면, 그만 좀 하라고 화낼 일이네."

유키히로가 나오미의 말을 듣고 그제야 그런 생각에 이르렀는지 벌레 씹은 얼굴이 되었다.

"그러니까 우선은 거기서부터 조사해 보는 게 좋다고 생각해. 만약 에다 마을이 아무 데도 없었다면 처음부터 잘못된 차별을 받아 왔다는 말이잖아. 그렇다면 굉장히 설득력 있는 기사가 될 거야."

나오미의 이야기를 듣는 동안 야스코 누나의 수업과 아버지가 "옛날에는 있었을 거야." 하고 중얼거린 일, "그런 건 센다이에 없어." 하고 훈계한 레이코 선생님, 최근 벌어진 여러 가지 일들이 내 머리를 스쳤다.

나오미가 말했듯이 하나같이 사람들에게 듣기만 한 이야기일 뿐, 에다 마을이 있었는지 없었는지 뚜렷한 증거는 아무것도 없었다.

나오미에게는 미안했지만, 중요한 문제였기 때문에 물어보았다.

"에다 마을이 없었다면 문제없지만, 조사 결과 있었다고 밝혀지면 나오미는 어떨 것 같아?"

"어떻다니 뭐가?"

"기분이 어떻겠냐고."

그러자 나오미는 단언했다.

"괜찮아. 이런 식으로 답답한 기분으로 있기보다 사실을 제대로 아는 편이 훨씬 좋아."

그 말과 표정으로 '나오미는 정말 훌륭하구나.' 하고 진심으로 감탄했다. 그와 동시에 나오미를 점점 더 좋아하게 되었다. 그러나 일단 그 감정은 가슴속에 담아 두고 제안을 했다.

"알았어. 그럼 우선 월요일에 학교 도서실에서 조사해 보지 않을래?"

새로운 주가 시작되었다. 그리고 학교가 끝난 뒤, 우리들의 조사(진짜 신문 기자처럼 너무 폼 잡는 것인지도 모르겠지만), 어쨌든 자료 조사가 시작됐다.

유키히로는 포장마차 일을 도와야 해서 우리와 같이 움직일 수는 없었다. 실제로 조사할 수 있는 사람은 나와 나오미 두 사람뿐이었다. 사실 몹시 기뻤다.

월요일은 공쳤다. 나오미와 둘이 도서실에 있는 책을 샅샅이 뒤져 보았지만, 고작 사회 교과서나 참고서에 쓰여 있는 내용에서 크게 벗어나지 않았다. "에도 시대에는 사농공상 신분 제도가 있고, 그것과는 별도로 에다나 히닌이라고 불리는 사람들이 있어서……"라는 식으로 피상적인 사실밖에 발견하지 못했다. 실제로 센다이는 어땠는지 찾아보니, 전국 시대 장군인 다테 마사무네가 만든 성하 마을이었다는 정도밖에 없었다. O구 이야기 또한 센다이 성하에 올라갈 때 현관 역할을 하는 마을이어서 대단히 번성했다는 당연한 사실밖에 나와 있지 않았다.

"학교 도서실은 도움이 되지 않아."

우리는 학교 도서실을 포기하고 그다음 날, 나오미의 제안으로 학교가 끝난 뒤 곧장 니시 공원에 있는 시민 도서관으로 향했다. 시민 도서관은 니시 공원 한구석에 이미 꽃잎이 다 지고 눈부시게 녹색으로 빛나는 벚꽃나무에 묻힐 듯이 서 있었다. 시민 도서관이라고 하기에는 꽤 낡은 건물이었지만, 학교 도서실과는 비교가 되지 않을 만큼 책이 많아서, 여기라면 분명 찾을 수 있을 거라는 기대에 부풀었다.

나오미는 도서 위원다웠다. 찾고자 하는 책이 어느 서가에 가면 있는지 금세 알아서, 나 혼자라면 힘들었겠다 싶을 만큼 민첩한 동작으로 서가에서 책을 척척 골라 왔다. 그러나 폐관 시간까지 찾아보아도 유감스럽게도 결정적인 자료는 찾을 수 없었다.

그렇지만 아직 조사하지 못한 책이 많았다. 새로운 주가 시작된 지 3일째인 수요일, 전날과 마찬가지로 나오미와 함께 시민 도서관으로 향했다.

이번 주에 들어서는 나에 대한 따돌림과 심술은 일단 소강상태에 접어들었다. 그러나 노리오와 요시코를 중심으로 한 그룹이 우리가 어떻게 나올지 지켜보고 있다는 건 확실했다. 직접적인 따돌림은 없어도 나는 물론이고 나오미와 유키히로를 더 철저히 무시했다. 가만히 내버려 둬 주어서 고맙기도 했지만, 언제까지나 이 상태가 계속되리라고 생각할 수는 없었다. 가까운 시일 내에 또 무슨 술수를 쓸지 몰랐다. 한 번이라도 따돌림 세례를 받으면, 이런 쪽으로 감이 발달하게 된다.

시민 도서관에 온 지 두 시간 남짓 지나, 오늘도 안 되겠구나 하고 조금 맥이 빠져 있었다. 이틀 동안 몇 권이나 조사했는지 모를 정도로 수많은 페이지를 넘기다 보니 지치기 시작했다.

진척 상황은 순조롭지 않았지만, 아주 헛되지만은 않았다. 불과 얼마 전까지 살았던 T읍과 센다이에서 직접 보고 들은 것은 없었다. 그러나 다양한 자료를 조사하는 동안 우리가 하고자 하는 일이 정식으로는 동화 문제나 부락 해방 운동이라고 불리는 것이며, 지역에 따라서는 아직 심한 차별이 남아 있어서 주택 환경 정비가 몹시 뒤처지기도 하고, 결혼이나 취직할 때 차별을 받기도 하는 등, 조사하는 것만으로도 우울해지는 일이 아직도 계속되고 있다는 사실을 물릴 정도로 많이 알게 되었다.

나오미조차 "여기에 비하면 나나 유키히로는 은혜를 받은 걸지도 모르겠어." 하고 말할 정도였다.

그러나 중요한 부분이 아직 불투명했다. 센다이에 에다 마을이 있었다는 증거는 찾지 못했다. 센다이에는 없었던 것일까 싶기도 하지만, 아무래도 단순히 자료를 발견하지 못했을 가능성이 남아 있었다.

　어린이 힘만으로는 버거운 일이었을지도 몰랐다. 시간이 흐를수록 포기하고 싶은 마음이 들었다. 그러나 나도 나오미도 어른에게 기대지 않고 어떻게든 스스로 해결하고 싶었다. 그것이 표현은 다르지만, 자신의 머리로 생각해 해결하라고 일깨워 준 누마쿠라 아저씨와 야스코 누나에 대한 예의라는 생각이 들었다.

　나는 벽시계를 쳐다보며 '앞으로 30분이면 폐관이네.' 하고 의자 등에 기대어 기지개를 켜다가, 무심결에 옆 책상에서 뭔가를 조사하는 노인을 돌아보았다.

　순간, 좋은 생각이 떠올랐다.

　한 손에 확대경을 든 노인은 지도를 한 장 펼쳐 놓고 옆에 있는 책과 뭔가를 대조하며 일일이 "음.", "과연." 하며 혼잣말을 중얼거렸다.

　"나오미!"

　"왜?"

　맞은편 의자에서 두께가 5센티미터에 가까운 책에 몰두해 있던 나오미가 지친 표정으로 얼굴을 들었다.

　"옛날, 이를테면 에도 시대에 만들어진 지도가 이 도서관에 있지 않을까?"

　"그야 있겠지만……"

고개를 갸웃거리던 나오미의 얼굴이 환해졌다.

"무슨 말 하고 싶은지 알았어?"

"응, 알았어."

나오미는 이미 일어서서 안내 쪽으로 걸어가고 있었다.

나와 나오미는 카운터에 있는 사서에게 부탁해 도서관 자료실에서 센다이 고지도를 빌려, 책상 위에 펼쳐 놓고 한 장 한 장 조사하기 시작했다.

그리고 안에이 연간(1772~1780년)에 만들어졌다는 지도 복제품 속에서 드디어 '에다'란 글씨를 발견했다.

현재의 지도와 비교할 필요도 없었다. 분명히 O구의 일부란 사실을 알 만한 장소 중 두 군데에 '에다'라고 쓰여 있었다.

"틀림없지?"

내 말에 "그러네." 하고 대답하는 나오미의 표정이 살짝 굳어졌다. 그러나 아주 짧은 순간이었다.

"찾아서 다행이다. 이제 후련해졌어."

나오미는 절대로 억지스럽다고 여겨지지 않는 웃음을 보이고는 시원스럽게 말했다.

"있고 없고의 문제가 아니란 걸 새삼 느꼈어."

나오미는 펼쳐 놓은 공책에 지도를 베끼기 시작했다.

나오미가 연필을 움직이면서 얼굴도 들지 않고 말했다.

"가즈야 군도 이제 신문 기사를 쓸 수 있겠네."

그때 나오미가 어떤 기분으로 지도를 베꼈을지 생각하면
지금도 가슴이 아프다.

45

이틀 뒤인 금요일, 수업을 마친 뒤에 신문 위원회 회의가
열렸다. 그래 봐야 위원장과 부위원장 둘뿐인 편집 회의였
다. 유키히로와 나오미는 회의가 끝날 때까지 도서실에서 기
다려 주었다.

포장마차 일을 빼먹으면서까지 나를 기다리고 있던 유키
히로가 물었다.

"어땠어?"

"괜찮을 것 같아. 편집장이 아주 좋은 기사라고 칭찬해 주
었어."

나는 두 사람에게 고개를 끄덕여 보였다.

편집장은 위원장을 맡고 있는 6학년 여학생을 말한다. 신
문 위원회 담당 선생님은 처음에만 잠깐 들여다본 뒤 지시를
내리고, 학년 회의가 있다면서 바로 교무실로 돌아갔다. 그
래서 편집장과 둘이서만 편집 배정에 따라 모아 온 기사를
확인했다. 지금 그 일을 막 끝내고 오는 참이었다. 그때 내
기사를 읽은 편집장이 물었다.

"이거, 이와부치가 혼자 조사해서 쓴 거야? 아빠가 도와주

신 거 아냐?"

"친구에게 도움을 받았지만 내가 썼어요."

"굉장히 잘 썼네. 내용도 참 좋아."

편집장의 말을 듣고 상당히 기분이 좋았다.

글은 내가 썼지만 실제 내용은 나와 나오미가 이틀 동안 생각한 것이었다.

'진정한 차별을 알고 있습니까?' 하는 제목의 기사 내용은 이렇다.

분명히 에도 시대에는 센다이에도 에다 마을이 있었지만, 지금은 형체도 남아 있지 않다. 그런데 아직도 차별하는 마음을 계속 가지고, 일상생활에서 실제로 사람을 차별하는 것은 용서할 수 없는 인권 문제다. 이렇게 호소하려는 것이 기사의 취지였다.

처음에는 시간 낭비라고 생각했지만, 시민 도서관에서 고생하지 않았더라면, 아마 인권이라는 말을 사용할 정도로 깊이 파고든 기사는 쓰지 못했을 것이다. 위원회에 가기 전에 유키히로가 기사를 읽어 보고는 "이거 정말 대단하다!" 하고 눈을 반짝거렸을 정도여서 몹시 자랑스러웠다. 스스로도 잘 쓴 기사라고 생각했다.

나오미가 물었다.

"언제 발행해?"

"월요일에 정서해서 화요일에 인쇄해. 발행 예정일은 다음 주 수요일이야."

"기대된다."

"응."

유키히로가 불렀다.

"가즈야."

"응?"

"펜은 칼보다 강하다는 네 말, 정말일지도 모르겠다. 가즈야를 다시 봤어."

"그만 해, 쑥스러워."

그렇게 우쭐한 기분을 만끽하고 있는데, 천장에 있는 스피커에서 교내 방송이 울렸다.

"5학년 2반 이와부치 가즈야, 급히 교무실로 와 주세요."

"뭐지?"

"글쎄."

"여기서 기다릴 테니까 다녀와."

유키히로의 말에 얼른 교무실로 뛰어가 보니, 담임인 레이코 선생님과 다른 학년 남자 선생님이 나를 기다리고 있었다. 방송을 들었을 때부터 예상했듯이 남자 선생님은 신문 위원회 담당인 고토 선생님이었다.

선생님은 아무런 말도 없이 복도를 끼고 교무실 맞은편에 있는 다다미 깔린 상담실로 나를 데려갔다.

선생님 말대로 다다미에 앉자, 아니나 다를까라는 표현이 딱 맞게, 고토 선생님이 들고 있던 갈색 봉투에서 내가 쓴 원고를 꺼내 책상 위에 놓았다.

"아까 편집장에게 받았다. 이건 무슨 생각으로 쓴 거냐?"

"무슨 생각이 아니라, 사실을 썼을 뿐입니다."

"이 기사에 에다 마을이니 차별이니, 그런 말들을 잔뜩 써 놓았던데."

"예."

"고쳐라."

"예?"

"이 내용은 학교 신문에 어울리지 않으니까 다시 쓰는 게 좋아."

"그렇지만 편집장은 이게 좋다고……."

"최종적으로 결정하는 사람은 선생님이야."

"저, 저기……."

레이코 선생님을 슬쩍 보았지만, 고토 선생님에게 모든 걸 맡긴 것 같았다.

나는 선생님에 대한 기대를 접고, 마음을 굳게 먹고는 입을 열었다.

"이 기사의 어디가 잘못됐습니까? 뭐가 잘못인지 가르쳐 주시지 않으면 고칠 수 없습니다."

"이와부치."

"예."

"신문의 본분은 객관적인 사실을 공정하게 전하는 데 있다는 사실은 알고 있겠지?"

"예."

"이 기사대로라면 옛날 O구에 있던 에다 마을에서 비롯된 차별이 우리 H 초등학교에서 일어나고 있다는 말 아니냐? 아무런 근거도 없이 이렇게 대충 기사를 쓰면 안 되지. 잘 생각해 봐. 이와부치도 그렇게 생각하지?"

"그렇지만 사실입니다."

"뭐가 사실이라는 거냐?"

"이 기사를 쓰기 전에 시민 도서관에 가서 조사했습니다. 그랬더니 에도 시대에 에다 마을이 있었다는 사실을 알았습니다. 이 지역 사람들이 뒤에서 수군거리는 것도 사실입니다."

나는 절대 물러설 수 없다는 마음으로 시선을 피하지 않고 고토 선생님의 안경 속 눈을 마주 보았다.

맙소사, 하는 얼굴로 레이코 선생님에게 눈짓을 한 고토 선생님이 내 쪽으로 몸을 내밀었다.

"만약 이와부치가 조사한 내용이 어느 정도 사실이라고 해도, 신문에 싣는 건 별개 문제야. 이 기사는 학교 신문에는 실을 수 없다고 생각한다. 알겠냐?"

나는 어느 정도가 아니라 전부 사실이라는 생각을 하면서 고개를 저었다.

"모르겠습니다."

"네가 모르더라도 안 되는 건 안 돼. 애들은 선생님 말을 듣는 거야. 어쨌든 다른 기사를 써."

고토 선생님이 전혀 말이 안 되는 소리를 하며 무서운 표정을 지었다.

"다시 쓸 수는 없습니다."

"그럼 좋아."

"무슨 말씀이십니까?"

"5학년 기사는 다른 반 신문 위원에게 쓰라고 하겠다. 이걸로 됐죠, 레이코 선생님?"

고토 선생님이 나에 대한 이야기는 이것으로 끝이라는 듯이 레이코 선생님에게로 얼굴을 돌렸다.

레이코 선생님이 난감한 표정으로 동의했다.

"예, 뭐……."

내가 말했다.

"잠깐만요."

"또 뭐?"

고토 선생님이 귀찮은 듯이 얼굴을 찡그렸다.

"이건 선생님의 횡포라고 생각합니다. 어린이에게도 언론의 자유가 있습니다."

"어디서 그런 말을 배웠어?"

고토 선생님은 알아들을 수 없는 목소리로 중얼거리고는 내게 물었다.

"이와부치, 긁어 부스럼이란 말을 아니?"

"예."

"딱 그 경우야. 네가 조사한 대로 에도 시대에 이 부근에 실제로 에다 마을이 있었을지도 모른다. 그러나 지금은 아무 데도 없어. 네가 기사에 쓴 것처럼 부락 차별은 센다이에는 없다고. 그걸 흥미 위주로 파헤쳐서 어쩌자는 거야? 그런 짓을 하면 오히려 좋지 않은 결과를 낳을 수 있어. 너는 아직 어려서 모르겠지만, 세상이란 게 그래. 선생님은 너를 생각해서 말하는 거야. 그걸 오해하지 말았으면 좋겠다. 머잖아 어른이 되면 선생님이 한 말의 의미를 알 때가 올 거다. 그때 다시 생각해 봐라. 선생님 말대로 하기를 잘했다고 생각할 테니까."

그래서 이야기는, 아니 일방적인 통고는 끝이었다. 아무리 납득할 수 없다 해도 선생님의 결정을 거스를 수는 없었다. 요즘 시대라면 상황이 조금 달라졌을지도 모르지만, 내가 어릴 때는 선생님의 결정은 반드시 따라야만 했다.

상담실에서 해방된 나는 너무나 분해서 눈물도 나오지 않았다.

도서실에서 나를 기다리고 있는 나오미와 유키히로에게 어떻게 말해야 좋을까.

어쨌든 이걸로 끝내고 싶지 않았다. 그렇지만 다른 좋은 생각이 떠오르는 것도 아니었다.

느닷없이 발목을 잡혀 암담한 기분에 빠진 날이었지만, 한편으로는 우리가 싸워야 할 상대가 누구인지 명확하게 밝혀진 날이기도 했다.

46

나오미와 유키히로는 선생님들 때문에 신문 기사를 내려던 계획이 수포로 돌아갔다는 이야기를 듣고, 내 상상과는 정반대의 반응을 보였다.

나는 두 사람 다 의기소침해서 어깨가 축 처질 거라고 생각했다. 그런데 "미안해, 실은⋯⋯." 하고 사정을 설명하자, 유키히로는 "웃기고 있네!"라고 거칠게 소리를 질렀고, 나오미도 내가 깜짝 놀랄 정도로 "용서할 수 없어!" 하고 분개의 빛을 드러냈다.

도서실에는 우리 외에는 아무도 없었지만, 대출 카운터에 있던 사서 누나가 책을 읽고 있다 얼굴을 들고 "쉿." 하고 입술에 검지를 대며 주의를 주었다.

유키히로가 머리를 쥐어뜯으며 일어서서 도서실에서 나가려고 했다.

"어디 가?"

내가 묻자 유키히로가 엄청나게 무시무시한 소리를 했다.

"뻔하잖아. 교무실에 쳐들어가서 고토 새끼를 엎어 놓을 거야."

아무리 바람직하지 않은 선생님이라도 이름을 함부로 부르다니. 나는 새파랗게 질려서 당황했다. 나오미가 유키히로를 말렸다.

"기다려."

나오미는 유키히로를 쫓아가 손목을 잡고, 사서와 가장 먼 자리에 있는 책상으로 끌고 갔다.

말은 용감하게 하면서도 사실은 말려 주기를 바랐을지도 모른다. 유키히로는 "여기 앉아." 하는 나오미의 말에 따라 씩씩거리며 의자에 앉았다. 결정적인 순간에 나오미를 거역하지 못하는 모습에, 이런 상황에는 전혀 어울리지 않았지만 웃음이 터질 뻔했다.

"가즈야 군도."

나오미가 내게도 손짓을 해 유키히로 옆에 앉았다.

"너, 바보 아니니? 교무실을 습격했다간 죽도 밥도 안 돼. 뒷일은 생각하지 않고 무조건 저질러서 어쩌자는 거야? 머리가 나쁜 거 아냐? 좀 더 냉정해지라고."

그렇게까지 말할 필요가 있을까 싶을 만큼 불쌍할 정도로 유키히로를 다그쳤다.

목소리는 차분했지만 상당히 무서웠다. 만약 나오미와 결혼해 부부 싸움을 한다면 절대로 이기지 못하겠는걸 하는 엉뚱한 생각을 했다.

"그렇지만……."

유키히로가 부루퉁한 얼굴로 삐죽거렸다. "그렇지만." 다음 말이 이어지지 않았다. 삐친 유치원생 같은 얼굴을 보고 유키히로도 꽤 한심한 면이 있구나 싶어 또 웃음이 났는데, 갑자기 나오미가 내 이름을 불렀다.

"가즈야 군."

"응!"

의자에 앉아 하지 않아도 될 차려 자세까지 취했다.

"기사 아직 버리지 않았지?"

"아, 응."

"그럼, 전단지를 만들자."

"엉?"

"그러니까 전단지를 만들어 뿌리는 거야. 신문에 실을 수 없다면 그 길밖에 없어."

"어, 그러면……."

나오미가 보고 있으니 시선을 둘 데가 없었다.

전단지라고 하지만 이건 상점가의 창고 정리 어쩌고 하는 내용이 아닌데…….

"그런 걸 멋대로 만들면 상당히 문제가 커질 거야. 분명 선생님한테 혼날 텐데……."

솔직하게 이야기하자, 나오미가 물었다.

"가즈야 군은 선생님들이 무섭니?"

'나오미가 더 무서워.'라고 생각했지만, 그것이 논점은 아니었다.

"무섭다든가 하는 문제가 아니야. 엄청나게 큰 문제가 될지도 모른다고 생각해."

"그러니까 잘됐잖아."

"응?"

"이런 건 문제가 커지면 커질수록 효과가 있다고 생각해. 그렇게 고생해서 쓴 기사를, 게다가 제대로 사실을 조사해서 쓴 기사를 일방적으로 묵살하다니, 아무리 선생님이라도 용서할 수 없어. 옳은 쪽은 우리야. 나중에 야단맞더라도 겁먹을 필요 전혀 없어. 그러니까 반드시 해야 해. 그렇지?"

나오미의 박력에 기가 죽어 물어보았다.

"너는 나중에 곤란한 일이 생겨도 괜찮니?"

"잃을 게 아무것도 없는걸. 싸우기로 마음먹은 이상 난 마지막까지 싸울 거야."

너 무지하게 멋있어, 하고 박수를 보내고 싶었다. 조금 전에 침통한 얼굴로 눈물을 글썽였다는 게 믿어지지 않았다. 일단 각오하고 나면 여자는 남자보다 훨씬 강해지는 존재일지도 모른다.

태어난 시대와 나라가 달랐더라면, 나오미는 레지스탕스

의 최강 전사가 되었을 게 분명해. 나중에 나오미를 돌이켜 보며 떠올린 생각이다. 나오미의 의연한 태도를 접한 탓인지 상담실에서 나올 때 느낀 절망이 어느새 깨끗이 사라졌다.

"알았어. 해볼게."

내가 고개를 끄덕이자, 책상 맞은편에서 나오미의 얼굴이 반짝거렸다.

"가즈야 군이라면 분명 그렇게 말할 줄 알았어."

"응, 나도 마지막까지 싸울 거야."

나오미의 시선을 정면으로 받자 '드라마의 한 장면 같아.' 하고 뭉클한 감정이 치솟아 올랐다. 나오미와 나 사이에 걸리적거리는 책상만 없다면 둘이 악수를 하고 좀 더 가까이에서 서로 마주 보며…… 아까와는 다른 상상을 하고 있는데, 유키히로가 옆에서 딴죽을 걸었다.

"전단지도 좋지만 어떻게 만들 거야? 절대 인쇄해 주지 않을걸."

아까처럼 부루퉁한 건 아니고, 나와 나오미의 대화를 지켜보다 자기만 빼놓는 게 싫어진 것 같았다.

"손으로 쓰더라도 셋이서 나누면 제법 만들 수 있을 거야."

나오미의 말에 유키히로가 고개를 저었다.

"그래 봐야 고작 한 사람당 열 장이나 스무 장이 한계지.

이런 전단지는 전교생에게 나눠 주고도 남을 정도로 무진장 많이 뿌리지 않으면 효과가 없다고."

"그런가?"

"야스코 누나의 스트립 극장에서 전단지 뿌리는 일 도울 때 그랬는걸."

'그거랑은 다르잖아.'라고 생각하고 있는데, 유키히로가 덧붙였다.

"게다가 수가 적으면 기껏 뿌려 봐야 선생님들이 바로 거두어들일 거야. 그러면 의미가 없잖아."

그럴듯한 말이었다. 나오미도 그 지적에는 한풀 꺾인 듯, "그런가……." 하고 중얼거리며 책상 위에서 턱을 괴었다.

"학교가 아니더라도 인쇄는 할 수 있는데."

내가 말하자, 두 사람 모두 "응?" 하고 나란히 내 얼굴을 들여다보았다.

"우리 아빠가 학원 하는 거 알지? 학원 인쇄기를 빌릴 수 있을 거야. 집에 가면 등사판하고 철필도 있고, 원고는 바로 만들 수 있어."

"그걸 왜 빨리 말하지 않았어!"

유키히로가 소리를 지르는 바람에 또 사서 누나가 노려보았다.

"왜라니? 방금 나온 이야기잖아."

작은 소리로 말하자, 나오미가 걱정스럽게 말했다.

"그렇지만 가즈야 군 아빠에게 들통 나면 곤란하지 않니?"

"수업 시간에 쓴다고 하든지 잘 얼버무릴 수 있어. 그리고 학원생들이 없을 때 인쇄하면 누구에게도 들키지 않고 끝날 테고."

"학원생들이 없는 시간이 언제인데?"

"일요일은 저녁부터 수업이 없어. 아마 오후 수업이 4시 정도면 끝날 테니까 그 후라면 괜찮을 거야."

"원고는 가즈야 군 집에서 만들고?"

"학교에서는 할 수 없을 테니까 그래야지."

"가즈야 군 어머니에게 들키면 어떡해?"

"내일은 저녁까지 꽃집 일을 하고, 모레 일요일도 괜찮아. 누구 대신 꽃집에 나가야 한다고 어제 투덜거리시더라고."

유키히로가 말했다.

"그럼 결정됐네."

"그럼 나와 가즈야 군이 일요일 오후까지 원고를 만들어 두자. 유키히로는 인쇄할 때 도와주면 돼."

나오미의 제안에 두말없이 동의했다.

"놈들의 코를 납작하게 해 줘야지."

유키히로가 말한 '놈들'은 노리오라기보다는 어른 대표인 선생님들이라는 느낌이 강했다.

47

    토요일 오후와 일요일 오전에 걸쳐 전단지용 원고를 완성했다.

    복사기나 컴퓨터가 보급된 지금과는 달리, 당시에는 수업 인쇄물도 시험 문제지도 등사판으로 만드는 것이 보통이었다. 이른바 철판 인쇄라는 것인데, 납을 입힌 반투명 원지에 철필로 한 글자씩 쓰는 방식이어서 상당히 힘이 들었지만, 해 보니 제법 즐거웠다.

    나오미와 둘만의 작업이어서 다른 의미에서도······.

    하여간 나와 나오미 둘이 만든 원고는 충분히 만족할 만했다. 내용 자체는 퇴짜 맞은 신문 기사와 거의 같고, 머리말 부분만 조금 손보았다. 고토 선생님이라는 지적은 하지 않았으나, 이 전단지 내용은 원래 학교 신문에 실을 예정이었지만 선생님들한테 묵살당해서 이런 수단으로 호소할 수밖에 없었다는 사실을, 신문으로 말하자면 표제 아래의 리드 기사로 썼다.

    우리 집 거실에서 일요일 아침부터 줄곧 작업에 몰두하던 나와 나오미는 원고가 완성되자, 누가 먼저랄 것도 없이 서로 얼굴을 마주 보며 후유 하고 한숨을 토해 냈다.

"다 했다."

"응."

"선생님들한테 엄청 혼나겠지?"

"그러게. 그건 틀림없을 거야."

"가정 방문도 하겠지?"

"그럴 거라고 생각해."

"후회 안 해?"

"안 해."

힘든 일을 마쳐 놓고 한숨 돌리며 그런 말을 주고받다가, 두 사람 말고는 주위에 아무도 없다는 사실을 새삼 깨달았다. 그 순간, 심장이 두근거리기 시작해서 멈추지 않았다.

요즘 들어 몇 번이나 포장마차 일을 빼먹은 유키히로는 일요일이지만 고토다이 공원에 가 있어서, 나중에 마중 가기로 했다. 그래서 그 시간까지는 나오미와 둘이서만 있어야 해서 더욱 의식하게 되었다.

마음속의 동요를 감추고 나오미에게 말했다.

"저, 저기……."

"응?"

"지금 몇 시쯤 됐을까?"

바보, 그게 아니잖아! 그런 걸 물어서 어쩌자는 거야. 고개만 돌리면 바로 벽시계인데.

하지만 시계를 올려다보지도 않고 나오미가 대답했다.

"슬슬 점심때일 거야."

"배고프니?"

그것도 아니잖아! 하지만 달리 할 말이 생각나지 않았다.

"배가 고프기 시작한 것도 같고."

"라면이라도 끓일까?"

"라면은 우리 집에서 먹자. 엄마가 아침에 나갈 때 가즈야 군에게 점심 해 주라고 말씀하셨어."

"그럼 미안하잖아."

"미안하지 않다니까. 사양하지 마."

나오미는 그렇게 말하며 책상 위에 흩어져 있던 철필이며 수정액 병을 정리하기 시작했다.

"저기……."

정리하던 손을 멈춘 나오미가 고개를 갸웃거렸다.

"뭐?"

"아, 저기 그냥 이름만 불러도 돼."

"무슨 말이야?"

"그러니까 나를 부를 때 말이야. '군'을 붙이지 않아도 된 다고."

"가즈야 군이라고 부르는 게 어때서?"

저기, 그런 게 아니라 하고 생각하면서 간신히 말했다.

"유키히로나 고스케에게는 '군'을 붙이지 않잖아? 그러니까 똑같이 대해 달라고."

"그래?"

"응."

"그렇지만 새삼스럽게 바꾸면 좀 쑥스러울지도 몰라."

"시험 삼아 불러 봐."

"알았어."

나오미는 고개를 끄덕이더니 새삼스럽게 자세를 바로 잡았다.

"그럼, 가즈……"

나오미는 나를 부르다 말고 갑자기 눈을 감아 버렸다.

"안 되겠어. 왠지 쑥스러워……."

우물거리는 나오미의 뺨이 빨개졌다.

좋게 해석해도 좋을까? 아니면 완전히 헛다리 짚고 있는 걸까…….

이럴 때 좀 더 밀어붙일 줄 아는 성격이라면 좋을 텐데, 생각과는 반대의 말이 튀어나왔다.

"저, 저기 굳이 그러지 않아도 괜찮아."

"가즈야 군."

나오미가 어색한 침묵 뒤에 야무지게 '군'을 붙여서 부르더니, 몹시 미안한 얼굴로 말했다.

"여러 가지로 미안해."

"뭐가?"

"우리 일로 가즈야 군에게 기분 나쁜 일 많이 생기게 해서. 그런데 이렇게 친구로 있어 주어서 정말 기뻐."

역시 어디까지나 '친구'구나 하고 안타깝게 생각하면서 대답했다.

"그야 나오미랑 유키히로를 좋아하니까."

사실은 다른 표현을 하고 싶었는데, 아무래도 둘을 합쳐 세트로 말할 수밖에 없었다.

속으로만 한숨을 쉬고 있는데, 나오미의 목소리가 또렷하게 들렸다.

"나도 가즈야 군 좋아해."

응?

지금 그 말 무슨 뜻?

꿀꺽, 침을 삼키고 나오미를 바라보았다.

아까와 마찬가지로 나오미가 부끄러운 듯이 눈을 내리깔았다.

무슨 말인가 물으면 또 무덤을 팔 것 같고, 그렇다고 이 침묵이 계속되는 건 견디기 힘들었다. 완전 멍한 상태여서 그런 짓을 한 게 틀림없지만, 책상 위로 몸을 내밀고 있던 나는 고개를 약간 돌려 나오미의 입술에 아주 가볍게, 내 입술을 갖다 댔다.

나오미는 그런 나를 밀쳐 낸다거나 뺨을 때린다거나 고개를 돌린다거나 하지 않았다. 그저 눈을 꼭 감고 있을 뿐이었다. 고요함에 감싸인 방에 벽시계 소리가 몹시 크게 울렸다.

나오미에게서 풍기는 샴푸와 비누 냄새에 어질어질함을 느끼면서 닿았던 입술을 살짝 뗐다. 그제야 비로소 지금 무슨 짓을 했지 하고 당황하며 책상 위로 내밀고 있던 몸을 황급히 원래대로 되돌렸다.

나오미는 귓불까지 새빨개졌다. 아마 나도 마찬가지였을 것이다. 양쪽 뺨이 안쪽에서부터 확 달아올라 마치 금세 목욕하고 나온 것 같았다.

자기 뺨에 손을 대고 있던 나오미가 속삭이듯이 말했다.

"지금 일, 유키히로에게는 비밀이야."

"응."

목이 바짝 말라 대답하는 내 목소리가 갈라졌다.

잠시 틈이 생겼다. 무슨 말을 해야 좋을지 몰라 난감해하자, 나오미가 말했다.

"슬슬 점심 먹으러 갈까?"

방금 있었던 일을 떨쳐 내듯 밝은 목소리였다.

"그래. 그럼 잘 먹을게."

그렇게 대답한 내 목소리도 원래대로 돌아가 있었다. 유키히로와 셋이 있을 때처럼 아무렇지도 않게 이야기할 수 있게 된 것에 안도했다. 물론 안도 말고 다른 기분이 훨씬 컸지만.

48

점심을 먹은 뒤, 나오미의 우표 책을 보면서 시간을 때우던 우리는 시곗바늘이 2시를 가리킬 때쯤, 전철을 타고 고토다이 공원으로 향했다.

포장마차 일을 돕고 있던 유키히로에게 알은척을 하고, 유키히로는 아버지에게 허락을 받고는 가게에서 나왔다. 우리는 이번에는 걸어서 센다이 역 남쪽에 있는 이쓰교까지 되돌아갔다. 이쓰교는 진짜 다리가 아니라 지명일 뿐으로, 당시는 지금 같은 고층 빌딩이 별로 없었지만, 센다이 역과 도니반초 거리에 끼인 오피스가였다.

아버지가 친구와 공동으로 경영하는 학원에는 여기로 이사 온 뒤로 얼마 되지 않았을 때 딱 한 번 따라간 적이 있었다. 지방 신문사 빌딩을 이정표로 삼은 덕에 길을 잃지 않고 나오미와 유키히로를 안내할 수 있었다.

원지가 구겨지지 않도록 골판지를 끼워 넣은 봉투를 손에 들고, 도니반초 거리에서 뒷길로 꺾어 들었다. 원래는 신문에 실렸어야 할 원고를 들고 있다고 생각하자, 곁눈으로 보이는 신문사 빌딩이 조금 부럽기도 하고 힘이 되는 듯한 기분도 들었다.

진짜 신문 기자들도 기껏 쓴 기사가 휴지통에 들어가는 일을 겪을까……. 그런 생각을 하는 동안, 이내 다목적 빌딩 1층에 있는 학원 간판이 보였다.

아버지와 약속한 오후 4시보다 15분 정도 빨리 도착했다. 하지만 이미 수업이 끝났는지, 긴 책상이 줄지어 있는 교실에는 아버지 혼자뿐이었다. 아버지는 우리가 들어가자 읽고 있던 책에서 고개를 들었다.

아버지는 나오미와 유키히로를 환영해 주고는 인쇄기가 놓여 있는 책상을 눈짓했다.

"일찍 왔네. 원고는 다 완성됐고?"

"예. 바로 시작해도 돼요?"

"도와줄까?"

나는 고개를 저었다.

"괜찮아요. 사용법은 아니까요."

물론 원고 내용은 아버지에게 이야기하지 않았다. 사회 수업 발표에 쓸 인쇄물이라고 말했고, 아버지는 그리 의심도 하지 않고 믿는 것 같았다.

"그렇다면 아빠 먼저 갈까?"

아버지는 의자에서 일어나 주머니에서 열쇠를 꺼내 내 손바닥에 쥐여 주었다.

"예비 열쇠 줄 테니까, 문단속이랑 뒷정리 잘해야 한다."

"알겠어요."

"그리고 아빠는 와타나베 씨 집에 들렀다 갈 거니까 좀 늦을 거야. 아빠 저녁은 필요 없다고 엄마한테 전하렴."

와타나베 씨는 이 학원을 공동으로 경영하는 아버지 친구일 것이다.

"예, 전할게요."

아버지는 내 대답에 고개를 끄덕이고는 옷걸이에 걸어 둔 윗옷을 입었다. 아버지는 나오미와 유키히로에게 손을 흔들어 인사를 하고 학원에서 나갔다.

셋이 얼굴을 마주 보며 안심한 눈으로 서로 끄덕였다.

원고를 보여 달라고 하지 않아서 다행이었다. 평소의 아버지라면 이것저것 더 물었을 텐데, 오늘은 운이 좋았다.

"시작할까?"

두 사람을 재촉해 인쇄기가 놓여 있는 책상으로 향했다. 모터로 가동하는 인쇄기가 보급된 것은 좀 더 뒤의 일이어서, 손으로 돌리는 핸들이 달린 수동식 윤전기였다. 그래도 판화를 찍을 때처럼 한 장 한 장 롤러를 미는 등사판보다 훨씬 능률이 높았다.

유키히로가 책상 위에 쌓여 있는 종이 다발을 가리켰다.

"몇 장 인쇄할 거야?"

내가 대답했다.

"한 묶음 전부 쓸까?"

원지 사이즈는 B4판이지만, 같은 내용의 원고를 나와 나오미가 각각 좌우로 나누어 정서해서, 인쇄를 한 뒤 재단기로 한가운데를 자르면 한 묶음이 1000매니까 두 배인 2000매가 나온다. 그 정도면 전교생에게 뿌리고도 남는다.

유키히로가 말했다.

"배포가 큰걸."

나오미가 걱정스러워했다.

"그렇게 써 버려도 괜찮니?"

"괜찮아. 이렇게 된 바에야 어중간하게는 하지 말자."

이렇게 해서 인쇄를 시작해, 재단까지 모두 마치고 나니 창가에 석양이 비치는 시간이 되었다.

나오미가 갖고 온 손가방에 전단지 다발을 넣자, 세 사람은 각자 후유 하고 한숨을 쉬었다. 꽤 힘들었지만 보람 있는 일이었다. 드디어 준비가 모두 끝났다는 생각에 안도감이 밀려들었다.

유키히로가 잉크 묻은 뺨을 문지르면서 비밀 결사 집회에 참가한 듯한 어조로 말했다.

"행동 개시는 내일이면 되겠지?"

"빠른 편이 좋겠지."

"나도 찬성."

유키히로가 말했다.

"그럼 언제 어떻게 뿌릴까? 거리에서 전단지 나눠 주는 것처럼 일일이 나눠 줄 수는 없잖아."

그러고 보니 거기까지는 생각하지 못했다. 그렇게 굼뜬 방법으로는 몇 장 나눠 주기도 전에 선생님들에게 붙잡힐 게 뻔했다.

"모두 학교에 있는 시간대라면 점심시간뿐이네."

내 말에 나오미와 유키히로가 나란히 고개를 끄덕였다.

"그럼 어떤 방법을 쓸까?"

전단지가 2000장이나 되고 보니 난감했다.

셋이 이마를 맞대고 생각했다.

이것도 안 돼, 저것도 안 돼, 하며 몇 가지 안이 모두 제외되었을 즈음에 "옥상!" 하고 나오미가 소리를 질렀다.

"그거야, 그거!"

유키히로가 손가락을 딱 울렸다. 나도 "맞아, 맞아." 하고 크게 고개를 끄덕였다.

요즘 시대에는 볼 수 없지만, 큰 행사가 있거나 하면 소형 비행기에서 선전용 전단지를 뿌리는 일이 T읍 같은 시골에서도 비교적 자주 있었다. 하늘에서 내려오는 전단지를 쫓아가는 것이 굉장한 즐거움이었다. 그렇게 하지 않으면 전단지

답지 않다.

"그럼 급식이 끝나면 바로 옥상에 가서 화려하게 뿌려 주자고."

유키히로가 눈을 반짝이며 주먹을 쥐자, 나오미가 말했다.

"비가 오면?"

과연 날카롭고 냉정했다.

나는 오렌지색으로 물든 젖빛 유리창에 시선을 보내며 말했다.

"노을이 지는 걸 보니 괜찮을 듯한데……. 맑은 날까지 연기하기. 그러면 되잖아."

내 말에 두 사람 다 동의했다.

"그런데 이 전단지, 어떻게 학교까지 가져가지?"

"내 손가방에 넣으면 안 돼?"

유키히로가 말했다.

"아냐, 그건 안 돼. 내 책가방에 넣자."

"네 물건들은 어떡하고?"

"내 가방, 거의 비었어."

"왜?"

"교과서와 공책은 학교에 두고 다니거든."

"아하."

이렇게 세세한 부분까지 의논하다 보니, 더욱 실감 나기 시작하며 짜릿한 긴장감이 느껴졌다.

이렇게 계속 작전 회의를 계속하다가 겨우 일단락 지었다.

"이제 어두워지기 시작했으니 슬슬 돌아갈까."

아버지가 맡긴 예비 열쇠를 손에 드는데, 유키히로가 이맛살을 찌푸렸다.

"그런데 좀 부족한 것 같아."

나오미가 물었다.

"부족하다니, 뭐가?"

"기왕이면 좀 더 화려하게 확 뿌리면 어떨까?"

"충분히 화려하다고 생각하는데?"

전단지 2000장이 하늘을 날아다니는 광경을 떠올리며 말하자, 이마를 가슴에 묻듯이 고개를 푹 숙이고 뭔가를 생각하던 유키히로가 손바닥을 힘차게 쳤다.

"생각났다!"

"뭔데?"

"방송실을 점거하는 거야."

나와 나오미가 느닷없는 이야기에 멍하니 있자, 유키히로가 초조한 듯이 설명했다.

"그러니까 점심 방송 시간에 방송실을 점거해. 그래서 '지금부터 중요한 전단지를 뿌리겠습니다.'라고 예고한 뒤 행동에 옮기는 거야. 그러면 전교생이 운동장에 나오겠지. 그리고 방송이 학교 밖에서도 들리도록 해 두면 더 재미있지 않겠어? 이웃 사람들도 모일지 몰라. 전단지 내용을 방송으로 읽어도 좋고."

"그랬다가 선생님들한테 바로 잡히지 않을까?"

내 물음에 유키히로가 자신만만하게 대답했다.

"괜찮아. 안에서 열쇠를 걸고, 바리케이드를 쳐 두면 다른 문은 없어. 그렇게 쉽게 방해하지 못할 거야. 게다가 옥상과 방송실 양쪽으로 나누어 행동하면 방송실 쪽은 미끼가 되겠지? 이거 엄청나게 좋은 생각 같지 않냐?"

정말 좋은 생각이었고 기왕 할 거라면 그 정도로 화려하게 해야 한다고도 생각하지만……

나오미가 내 의문을 그대로 표현했다.

"그건 좋은데 어떻게 방송실을 점거할 거야?"

그러나 유키히로는 조금 으스대듯이 나와 나오미를 향해 빙그레 웃어 보였다.

"너희들 내가 방송 위원이라는 것 잊었냐? 월요일부터 내가 점심 방송 당번이야."

49

　다음 날 아침은 평소보다 30분이나 일찍 눈을 떴다. 창밖을 확인하지 않아도 방의 밝기로 날씨가 좋다는 것을 알 수 있었다.

　드디어 결행일이다.

　그렇게 생각하자 평소라면 눈을 떠도 잠시 멍하니 있었을 텐데, 이불 위에서 몸을 일으킨 순간 졸음이 싹 달아났다.

　옷을 갈아입고 거실로 가자, 식탁에는 이미 아침 식사가 준비되어 있었다. 어제저녁에 발표 준비 때문에 평소보다 일찍 학교에 갈 거라고 어머니에게 말해 두었다.

　젓가락으로 음식을 먹으면서 평소와 다를 바 없는 아침밥인데 무척 맛있다는 사실에 놀랐다. 최근 한동안 아침밥이 목으로 넘어가지 않았던 사실이 거짓말 같았다.

　밥 한 그릇 더 달라고 해서 전부 배 속에 넣었을 때, 화장실에 갔던 아버지가 거실에 모습을 나타냈다.

　"잘 잤니? 오늘은 일찍 일어났네."

　어머니가 타 준 차를 들면서 내 쪽을 보는 아버지에게 "안녕히 주무셨어요?" 하고 인사했다. 그리고 다 먹은 밥그릇을 부엌으로 가져가려는데 아버지가 말을 걸었다.

"실은 토요일에 너희 담임선생님이 학원으로 전화를 했더구나."

나는 깜짝 놀라 일어서다 말고 도로 앉았다.

"선생님이 왜요……?"

식은땀이 마구 흘렀다.

"신문이 어쩌고 그러시더라."

"그래서요?"

"그래서라니, 안 좋은 일이라도 있었냐?"

아버지가 그렇게 되묻는 바람에 선생님이 어디까지 이야기했을까 생각하면서 대답했다.

"별로 없는데요."

"그럼 됐다."

아버지가 순순히 말하니 맥이 빠졌다. 오히려 걱정이 되었다. 하지만 아버지는 더 이상 말할 생각이 없는 듯, 책상에 올려 둔 신문을 펼쳐서 찻잔을 한 손에 들고 기사를 읽기 시작했다.

"잘 먹었습니다."

포갠 그릇을 부엌으로 가져다 놓은 뒤 시간을 확인했다. 가방을 메고 현관으로 가는 동안에도 아버지는 신문을 읽고 있는 눈을 들지 않았다.

초조해하며 빨리 나가려고 현관을 나섰다.

"다녀오겠습니다."

그때 등 뒤에서 부르는 소리가 났다.

"가즈야."

"예?"

아버지가 돌아보는 나를 잠시 바라보고는 말했다.

"너무 무리한 짓은 하지 마라."

그러고는 다시 신문으로 시선을 돌렸다.

달아나듯이 현관을 뛰쳐나온 나는 '아빠한테 들켰을지도 몰라.' 하는 생각에 불안해졌다.

친구인 와타나베 씨를 만나러 간다던 아버지는 내가 잠자리에 든 직후에 돌아온 것 같지만, 혹시 집에 돌아오기 전에 학원에 들른 게 아닐까……

걱정을 하면서 야스코 누나와 누마쿠라 아저씨네 집 앞을 막 지날 때, 어제 약속한 대로 나오미와 유키히로가 각자 집에서 나왔다.

"안녕." 하고 서로 인사를 나누고 신사로 향하면서 두 사람에게 물었다.

"어제 인쇄 끝난 뒤에 윤전기 드럼에서 원지 꺼냈니?"

유키히로가 대답했다.

"내가 꺼내서 쓰레기통에 버렸는데, 왜?"

"어떻게 버렸어?"

"잘못 찍힌 종이에 싸서."

"원지는 찢었어?"

"아니, 그냥 뭉쳤는데."

"그러니……."

만약 아빠가 학원에 들렀다면 쓰레기통에서 원지를 주워, 전부는 아니더라도 내용을 읽었을 가능성이 있다.

"가즈야, 왜 그래? 심각한 얼굴을 하고."

나오미에게 생각하고 있던 것을 말하자, 두 사람 다 표정이 어두워졌다.

"가즈야 군이 넘겨짚은 거 아닐까?"

"그렇다면 좋겠지만……."

이야기를 나누는 동안 학교 가는 길에 있는 작은 신사 앞에 이르렀다.

"어쨌든 가방에 든 거나 바꿔 넣자."

유키히로가 재촉하는 바람에 주위를 살피면서 신사 안으로 들어갔다. 나오미에게 입구에서 망을 보라고 하고, 나와 유키히로는 신사 건물 뒤에 숨어서 각자의 가방을 내렸다.

평소에는 필통만 들어 있는 텅 빈 유키히로의 가방에는 어제 인쇄한 전단지가 빼곡하게 들어 있었다. 전단지를 내 가방에 넣고 내 물건은 유키히로 가방에 그대로 바꿔 넣었다.

짐을 다 넣고 나자 유키히로가 말했다.

"그럼 나 먼저 가서 가즈야 교과서랑 공책을 책상 안에 넣어 둘게."

유키히로는 나오미에게 손을 흔들고는 학교로 뛰어갔다.

나오미가 내 옆에 서더니 걱정스러운 얼굴로 말했다.

"혹시 가즈야 군네 아빠에게 들켰다면, 학교에 연락하시지 않을까?"

"구체적인 계획은 모를 테지만, 그럴 가능성은 있다고 생각해."

잠시 고개를 숙이고 있던 나오미가 이윽고 고개를 들더니 자신에게 타이르듯이, 그리고 나를 격려하듯이 말했다.

"어찌 됐건 계획대로 실행할 수밖에 없어. 괜한 생각은 하지 말자."

"응."

채 가시지 않은 불안을 안고, 신사를 뒤로한 채 길을 걷기 시작했다.

덴샤 거리에 들어섰을 때야 전학 온 뒤 처음으로 나오미와 어깨를 나란히 하고 학교에 가고 있다는 사실을 깨달았다.

"저기……."

"뭐?"

"이렇게 같이 학교 가는 거 처음이네."

"그러고 보니 그러네."

"싫지 않아?"

"싫지 않아."

"반 아이들이 보면 곤란할 텐데."

"왜?"

"놀리잖아."

"괜찮아. 집이 같은 곳에 있는걸."

냉정한 대답이었지만, 이유가 그뿐만은 아닐 거라고 생각했다.

나오미가 화제를 돌리듯이 말했다.

"내일 같은 시간에 우린 어떻게 되어 있을까?"

"글쎄." 하고 말을 꺼내다가는 "그렇지만." 하고 말을 바꾸었다.

"무슨 일이 있어도 내일의 해는 떠오를 거야."

"가즈야 군."

"응?"

"촌놈 주제에 세련됐는걸?"

"나오미 탓이야."

"그건 또 무슨 말이야?"

"좋아하는 사람 앞에서는 멋있어 보이고 싶은 법이니까."

말을 해 놓고서야 어떻게 이런 말을 했지? 하고 놀랐다.

너무 같잖은 말을 했나 하고 민망해하던 순간이었다. 내가 등에 전단지가 든 가방을 메고 있는데 나오미가 뒤에서 때리는 바람에 비틀거렸다.

"가즈야, 바보!"

어제 정도는 아니지만 뺨이 빨개진 나오미가 화난 표정을 지었다.

나오미가 정말로 화가 났는지는 알 수 없었다. 하지만 나는 나오미가 처음으로 '군'을 붙이지 않고 내 이름을 불러 주어 몹시 만족스러웠다.

50

언제 선생님에게 불려 갈지 몰라 식은땀을 흘린 수업 시간은 다행히 아무 일 없이 지나갔다.

달라진 것이라면 조회 시간이 끝난 뒤, 선생님이 교무실로 일단 돌아간 사이에 스스무가 내 책상 앞에 서서 "노리오가 오늘 학교 끝난 뒤에 얼굴 좀 비치란다." 하고 나를 내려다본 정도였다.

'정도'라고 무시해 버릴 수 있는 것은 머릿속이 우리의 계획으로 가득 차서 노리오네가 무슨 짓을 꾸미든 알 바 아니었기 때문이다. 내가 "좋아." 하고 순순히 대답하자, 순간 허를 찔린 듯이 스스무의 눈이 허둥댔다. 그러다 "도망치지 마." 하고 다짐하고는 자기 자리로 돌아갔다.

그 밖에는 늘 벌어지는 무시 외에는 이렇다 할 일 없이 드디어 3교시가 끝났다.

마침내 우리는 계획을 실행에 옮기기 시작했다.

4교시 수업이 시작되고 10분 정도 지났을 즈음, 나는 색칠하던 스케치북에서 손을 떼고 예능과 수업을 하러 와 있는 미술 선생님에게 "머리가 아파요." 하고 말했다.

보건 위원의 부축을 교묘히 거절하고, 혼자 보건실로 가자 예상대로 보건 선생님이 체온계를 건넸다. 어지러우니까 침대에 누워서 재고 싶다고 부탁하자 선생님이 허락해 주어서 나는 커튼 안의 침대에 누웠다.

그리고 들키지 않도록 체온계 끝을 시트에 비비는, 꾀병 부릴 때 쓰는 방법으로 눈금을 38도까지 올린 뒤 겨드랑이에 끼고 기다렸다.

"어떠니?"

잠시 후 커튼을 걷고 보건 선생님이 들여다보았다.

"아직도 머리가 아픕니다."

체온계를 건네자, 눈금을 보던 선생님의 입에서 "어머나……." 하는 중얼거림이 새어 나왔다.

"조퇴하는 게 좋겠네."

내가 부탁도 하기 전에 그렇게 말해서 다행이었다. 시끄러운 사건이 자주 일어나는 요즘과는 달리, 당시는 이럴 때 보호자에게 데리러 오게 하거나, 학교에서 바로 병원에 데려간다거나 하지 않고 아이를 혼자 조퇴시키는 것이 보통이었다. 연락하려고 해도 어지간히 잘살거나 장사를 하는 집이 아니면 전화가 없는 집이 많았다.

나는 교실로 돌아와서 조퇴 허가를 받았다는 사실을 미술 선생님에게 전하고, 물감과 스케치북을 정리한 뒤 교실 뒤의 개인 사물함에서 가방을 꺼내 등에 멨다.

나오미와 유키히로가 다른 아이들이 눈치 채지 못하도록 각각 눈짓을 보냈다.

방송실 점거를 추가하는 바람에 우리의 계획이 달라져 조금 복잡해졌다.

처음에는 급식이 끝난 뒤 셋이서 옥상에 올라가서 전단지를 뿌린다는 단순한 계획이었는데, '점심시간에 교내 방송실을 점거'하기로 했으니 그럴 수 없었다. 그래서 작전을 다시 세워서, 내가 꾀병을 부려 4교시에 교실에서 나와 유키히로의 예비 열쇠로 옥상에 침입하기로 한 것이다. 나오미가 방송 위원인 유키히로와 함께 행동해야 하는 점이 유감스러웠지만, 도서 위원회의 전달 사항을 직접 방송한다는 구실로 문제없이 방송실에 들어갈 수 있고, 바리케이드도 둘이서 만들면 빨리 끝날 일이었다.

여기까지 용의주도하게 준비해 두고 통상 방송이 끝나기를 기다려 급식이 끝나 갈 즈음에 진짜 방송을 시작하면 옥상에서 대기하고 있던 내가 전단지를 뿌린다는 계획이었다. 나오미가 방송실로 가게 된 사연은 나오미가 나와 동시에 조퇴하는 것이 부자연스럽고, 기왕이면 자신의 목소리로 전단지 내용을 모두에게 호소하고 싶다고 직접 나섰기 때문이었다.

모든 것이 순조롭게 진행되어 미술 선생님에게 양해를 구

하고 5학년 2반 교실에서 나왔다.

바지 주머니 속의 예비 열쇠를 꽉 쥐고, 묵직한 가방의 무게를 음미했다. 나는 들뜬 기분을 애써 억누르며 서쪽 계단으로 향했다.

복도 세면대를 지나려고 할 때였다.

"어이, 기다려."

낮지만 날카로운 목소리가 내 목덜미에 꽂혔다. 움찔해서 돌아보니 노리오가 무서운 눈을 하고 서 있었다. 노리오뿐만 아니라 스스무와 다카시도 있었다.

어떻게 교실에서 나왔을까? 당황한 나는 그들이 수채 물감을 푼 플라스틱 양동이를 들고 있는 걸 보고 상황을 이해했다. 더러워진 물을 갈아 온다는 구실로 교실을 빠져나온 것이었다.

"얼굴을 보이라고 했지, 잊어버렸냐?"

스스무가 말하더니, 내가 대답할 틈도 주지 않고 세면대 맞은편의 화장실로 끌고 갔다.

노리오의 손이 뻗어 와 내 멱살을 쥐더니, 그대로 벽에 밀어붙였다.

"꾀병을 부리고 도망가겠다는 속셈이지?"

"그런 게……."

아침에 스스무가 한 말을 잊어버리고 있었다. 노리오네가 완전히 착각하고 있었다. 꾀병이라는 말은 맞았지만.

"이 멍청한 새끼."

나를 때릴 거라고 생각했지만, 노리오는 내 얼굴에 침을 뱉고 멱살 쥔 손을 머리카락으로 옮기더니, 나를 화장실 안으로 끌고 갔다. 그러더니 암모니아 냄새나는 소변용 변기에 내 얼굴을 마구 비벼 대기 시작했다. 뿐만 아니라 내가 꼼짝도 못하는 사이에 스스무와 다카시가 내 엉덩이와 허벅지 안쪽을 번갈아 걷어찼다.

딱딱하고 냄새나는 변기에 얼굴을 들이댄 채 어금니를 악물고, 아픔과 아픔을 뛰어넘는 굴욕을 필사적으로 견뎠다. 자칫 비명을 질러 누군가 쫓아오게 해서는 안 된다. 어떤 짓을 당해도 가방 속의 전단지와 우리의 계획을 지켜야 했다.

51

교내 점심 방송이 시작될 무렵, 나는 혼자 옥상에 있었다. 아무에게도 들키지 않고 무사히 옥상에 침입했다. 가방 속의 전단지도 무사했다.

노리오 무리도 수업 중이다 보니 그리 끈질기게 괴롭히지는 못하고 겨우 1~2분 만에 나를 풀어 주더니, 저마다 한마디씩 내뱉고 교실로 돌아갔다.

예전의 나라면 짧은 시간이었지만 그렇게 굴욕적인 일을 당하고서 울었을지도 모른다. 아니, 분명 울었을 것이다. 그러나 이번에는 소리를 내지도, 눈물을 흘리지도 않고 견뎌 낸 자신이 자랑스러웠다.

다음은 유키히로와 나오미가 방송실을 무사히 점거하고, 옥상에도 방송이 들려오기를 기다릴 뿐이었다.

O구의 집들이 내려다보이는 옥상에서 본 하늘은 화창했다. 솜사탕 같은 흰 구름을 배경으로 솔개 두 마리가 한가로이 날고 있었다. 어디선가 아직 노래가 서툰 휘파람새 소리가 들려왔다.

이렇게 혼자 옥상에 있으니, 앞으로 시작될 일이 거짓말처럼 여겨질 만큼 여유롭고 평화로운 기분이 들었다.

이제 곧 시작되겠지 하고 생각하면서 기다리고 있자, 유키히로가 건물 밖에 있는 스피커의 스위치를 켰는지 갑자기 교정에 음악이 흐르기 시작했다.

음악은 평소 교내 방송이 끝날 때와는 달랐다. 큰 소리로 흐르기 시작한 곡은 롤링 스톤스의 '페인트 잇 블랙'(Paint It Black)이었다.

어제 작전 회의 마지막에 "시작 신호로 아주 세련된 곡을 틀어 줄 거야." 하고 단단히 벼르던 유키히로가 야스코 누나에게 빌려 온 음반이었다. 그룹 사운드조차 불량 음악으로 여기던 시대에 롤링 스톤스라니, 유키히로는 아니, 야스코 누나의 음악 취향은 상당히 과격했다고 생각한다.

옥상에서 바라보는 평화로운 경치와 전혀 어울리지 않는 리듬과 멜로디, 그리고 보컬. 등줄기는 물론 온몸에 소름이 돋았다. 롤링 스톤스에 대해서는 잘 알지 못해서 가사 내용은 전혀 모르지만, 지금부터 일어날 일에 이보다 더 잘 어울리는 곡은 없을 듯했다.

아마 이것만으로도 교무실과 교실이 술렁이기 시작했을 게 틀림없다. 연주 소리가 점점 작아지더니 유키히로의 목소리가 나왔다.

"여러분, 오늘 방송은 지금부터가 진짜입니다. 중요한 전달 사항이 있으니 놓치지 마시기 바랍니다."

이어서 스피커에서 나오미의 목소리가 들려왔다.

"저는 5학년 2반 기류 나오미입니다. 여러분과 여러분의 아버지, 어머니가 에다 마을의 아이라고 뒤에서 수군거리는 장본인입니다. 오늘 방송 담당인 오토모 유키히로 군도 저와 마찬가지입니다. 우리는 지금 H 초등학교 방송실을 점거하고 있습니다. 즉, 학교 방송실을 점거해 H 초등학교 여러분과 마을 주민들에게 방송을 보내 드리고 있습니다. 이 방송을 듣는 여러분, 진정한 차별에 대해 알고 있습니까? 지금부터 그것에 대해 이야기하고 싶습니다."

전단지 내용을 읽기 시작한 나오미의 목소리를 들으면서, 드디어 해냈다!는 흥분과 함께 가슴에 통증을 느꼈다. 지금 나오미가 자신의 목소리로 호소하고 있다는 사실에 왠지 눈물이 날 것 같았다.

나오미와 유키히로에게 지지 않도록, 맡은 일을 잘 완수해야지 하고 정신을 차렸다. 나는 옥상 담장을 넘어 건물 중앙에 걸려 있는 벽시계 쪽으로 걸어가 가방을 발밑에 내렸다.

전단지 다발을 손에 들고 마지막 신호를 기다렸다. 아마 지금쯤은 새하얗게 질린 선생님들이 방송실에 들어가려고 애쓰고 있을 것이다.

이윽고 나오미를 대신해 유키히로가 마이크를 들었다.

"방송은 바로 사라지기 때문에 지금부터 방금 이야기한 내용이 적힌 전단지를 뿌리겠습니다. 여러분, 운동장에 나가서 옥상에서 뿌리는 전단지를 주워 주십시오. 그리고 전단지를 들고 돌아가 가족들과 함께 읽어 주십시오. 부탁합니다."

유키히로는 그렇게 말을 마친 뒤, 어조를 바꾸어 한껏 밝은 목소리로 나를 향해 말했다.

"됐어, 가즈야! 화끈하게 뿌려 줘!"

좋았어, 하고 손에 든 전단지를 넓은 하늘을 향해 뿌렸다. 산들바람을 탄 전단지가 벚꽃 잎처럼 춤추기 시작했다.

전단지가 땅에 닿기 전에 선생님들이 밖으로 뛰어나와 하늘을 올려다보았다.

가방에서 꺼낸 전단지를 마구 뿌리고 있는 나를 발견한 선생님이 이쪽을 향해 소리치기 시작했다. 하지만 무슨 말인지 전혀 들리지 않았다. 아직 방송실에서 버티고 있는 유키히로가 이번에는 롤링 스톤스의 '점핑 백 플래시'(Jumpin' Jack Flash)를 아까보다 더 크게 틀기 시작했기 때문이다.

이윽고 점심을 먹던 각 반 아이들이 하나 둘 운동장에 모습을 나타냈다. 선생님들이 기를 쓰고 아이들을 교실로 쫓으려고 했지만, 눈 깜짝할 사이에 아이들의 수가 불어나서 내가 뿌리고 있는 전단지를 소리를 지르며 앞 다투어 줍고 있었다.

가방 안에 든 전단지가 모두 떨어지기 전에 등 뒤의 옥상 문에 사람 그림자가 어른거리기 시작했다. 선생님들이 문을 당기고 밀고 두들기고 하는 것 같았다. 잠가 놓긴 했지만, 누군가 열쇠를 가져오면 바로 열릴 것이다.

남은 전단지를 양손에 든 나는 운동장을 보고 깜짝 놀랐다. 선생님과 아이들뿐만 아니라 방송을 들었는지 이웃 사람들이 잇따라 H 초등학교 운동장으로 모여들어 전단지를 줍기 시작했다. 고생스럽게 2000장을 준비한 보람이 있어 기뻤다.

마지막 한 줌의 전단지를 하늘에 뿌리고 시선을 아래로 보냈을 때, 또다시 깜짝 놀랐다.

바글바글 모인 어른들 사이에 아버지의 모습이 있었다. 허리를 굽혀 떨어진 전단지를 주워서 보고 있었다.

역시 들켰나…….

그렇지만 해야 할 일을 했고, 어차피 나중에 야단맞을 건 각오한 일이었고…….

그런 생각을 하고 있는데, 아버지가 전혀 뜻밖의 행동을 했다. 전단지를 주머니에 접어 넣은 아버지는 당신의 머리 위로 양손을 들어 올리더니, 커다랗게 동그라미를 그리며 내게 웃어 보였다.

거짓말!

그러나 잘못 본 게 아니었다.

잠시 동안 동그라미를 그리던 아버지는 내게 손을 흔들었다. 그다음은 나도 모른다는 듯이 어깨를 으쓱해 보이고는, 교문 밖으로 터벅터벅 걸어갔다.

어안이 벙벙해서 멀어져 가는 아버지의 뒷모습을 보고 있는데, 등 뒤에서 "이놈!" 하는 고함 소리가 날아왔다.

옥상 문이 열렸다.

이내 남자 선생님들이 "뭐 하는 짓이야!", "그만 해!", "위험해!" 하고 소리를 지르며 무서운 얼굴로 다가왔다. 하지만 선생님이 하나도 무섭지 않았다.

선생님들이 하나도 무섭지 않은 것은 그때쯤은 바리케이드를 철거하고 있을 나오미와 유키히로도 마찬가지였을 것이다.

52

 이것으로 나와 유키히로와 나오미가 일으킨 사건에 대해 대충 이야기했다. 그러나 그 뒤의 일도 조금쯤 이야기해 두는 편이 좋겠다.

 당연히 선생님들에게 실컷 설교를 들었고, 예상했던 대로 세 사람 다 가정 방문을 받았다. 하지만 소란을 일으킨 행위에 대해서만 주의를 주었고, 전단지 내용에 대해서는 문책하지 않았다. 아니, 내용에 대해서는 언급하길 꺼려했다고 하는 편이 정확하다.

 선생님이 돌아간 뒤, 어른들에게 잔소리도 듣지 않았다. 나로서는 아버지가 어디까지 눈치 채고 있었는지는 모르지만, 지금까지 아버지와 나 사이에서 그때의 일이 또다시 화제가 된 적은 없다.

 다른 두 집도 비슷해서 유키히로는 아버지에게 주먹 한 대로 끝난 것 같고, 나오미는 눈물을 글썽이는 어머니를 오히려 달래 주었다고 한다.

 이 사건이 일단락된 뒤, 극적인 변화는 없었다. 노리오네가 노골적으로 손을 대는 일은 없어졌지만, 그렇다고 해서 화해하거나 사이좋게 노는 일도 없었다. 나머지 반 친구들도 전과는 분명 달랐지만, 우리 세 사람과는 어딘지 모르게 거리를 둔 채 긁어 부스럼 만들지 말자는 분위기로, 생각하기에 따라서는 온화하지만 어색한 관계가 계속되었다.

가장 많이 달라진 태도를 보인 사람은 상점가나 O구 어른들이었을지도 모른다. 낯선 아저씨나 아주머니에게 이유없는 칭찬을 듣는가 하면, 오히려 서먹해진 사람들도 있었다.

하지만 우리 세 사람은 주위의 미묘한 변화에는 거의 신경쓰지 않았다. 세 사람의 유대가 한층 돈독해진 것은 서로 알고 있었다. 약속대로 고스케네 가게에서 누마쿠라 아저씨에게 배가 터질 정도로 꼬치구이를 잔뜩 얻어먹고는, 굉장한 소득이야! 하는 단순한 생각으로 만족했다.

결국 우리의 정의가 이겼는지 졌는지는 모른다. 아니, 원래 정의는 승부가 아니라, 끝까지 정의를 지키려고 노력했느냐 못 했느냐가 문제일 뿐인지도 모른다. 정의를 믿을 수 있는가 없는가가 전부라고도 생각한다.

그런데 나와 나오미의 관계는 전단지 만들 때 이상으로 가까워지지도, 그렇다고 골이 생기지도 않았다. 상대를 생각하는 마음이 큰 것은 확실하며, 그 사실을 서로 느끼고 있었지만 진짜 사랑으로 발전하기에는 두 사람 다 너무 어렸다.

그런 식으로 보기에 따라서는 평화로운 생활이 계속되다

가 장마철이 왔고, 장마가 끝남과 거의 동시에 달에 착륙하는 아폴로 11호의 모습을 텔레비전으로 침을 삼키며 지켜보고, 눈 깜짝할 사이에 1학기가 끝났다.

긴 여름 방학이 끝나고 2학기가 시작되면 상황이 많이 달라질지 아니면 같은 날들이 계속될지는 전혀 알 수 없었다. 여름 방학이 시작된 지 열흘 정도 뒤에, 내게는 또 다른 큰 사건이 일어났다.

정말이지 어른들의 독선에 질렸다. 아버지가 친구와 함께 경영하던 학원이 어이없이 망해서, 우리 식구는 다시 T읍으로 돌아가게 되었다. 때마침 T읍의 고등학교에 자리가 생겨서 아버지의 본가로 취직 이야기가 들어온 모양이었다.

결국 아이들의 생활이란 이렇다. 부모의 형편에 따라 휘둘리다 언제 어느 때 마음에도 없는 선택을 강요받을지 모른다.

머리 위에서 동그라미를 그리던 때는 아버지가 무진장 멋있다고 생각했지만, 역시 어른은 믿어서는 안 된다. 확실히 이 일로 아버지의 주가는 끝없이 떨어져 바닥을 쳤다.

하지만 그런 건 어찌 되든 좋았다. 무엇보다 나오미와 유키히로와 헤어져야 한다는 쓰라림은 노리오네에게 따돌림을 받을 때보다 몇 배 더 컸다. 그것만큼은 누구든 믿어 줄 거라고 생각한다.

53

이사 가기 전날 밤, 저녁을 먹은 뒤에 박스를 앞에 두고 마지막 짐 정리를 하고 있었다.

오후 8시가 지났을 즈음, 갑자기 현관문이 열리는 소리가 났다.

"안녕하세요. 가즈, 있니?"

자기 집처럼 편하게 부르는 이는 야스코 누나밖에 없다.

현관으로 나가 보니 알로하셔츠 같은 무늬에 어깨 끈이 달린 원피스를 입은 야스코 누나가 싱글벙글 웃으면서 밖을 향해 손짓했다.

"나와라, 가즈."

"무슨 일이에요?"

일단 현관에 내려가 슬리퍼를 신었다.

"뻔하잖아, 가즈를 위한 송별회지. 강가에서 모두 기다리고 있으니까 빨리 와. 불꽃놀이도 할 거야."

그런 이야기는 전혀 듣지 못해서 어리둥절한 얼굴을 하자, 야스코 누나는 윙크를 하며 말했다.

"가즈를 놀라게 해 주려고 말 안 했지롱."

그리고 집 안을 향해, "가즈, 빌려 가요." 하고는 내 손을 잡고 강변이 아니라 자기 집으로 향했다.

누나는 방에서 불빛이 새어 나오는 툇마루에서 매직과 좁고 긴 종이 다발을 내게 건네주었다.

"뭐예요, 이게?"

"칠석에 소원을 적어서 비는 종이잖아."

아, 그런가! 칠석은 원래 음력 7월 7일이지만, 센다이의 칠석은 한 달 늦다. 오늘은 8월 7일. 바로 센다이의 칠석날이었다.

"먼저 갈 테니까, 소원을 써서 와."

20장 가까이 될 법한 종이 다발을 바라보면서 물었다.

"이렇게 많이요?"

"파친코든 소원을 빌든, 많이 걸면 하나쯤 맞는 거야."

야스코 누나는 웃으면서 대답하고는 손전등 한 개를 내게 안겼다. 그러더니, 다른 손전등으로 발밑을 비추면서 둑을 올라갔다.

하늘은 맑았지만 달이 뜨지 않아 히로세 강변에 내려가려면 손전등이 필요하긴 했다. 그 대신, 밤하늘에는 무수히 많은 별이 반짝이고 있었다.

지금과는 달리 당시의 센다이는 중심부에서 조금만 벗어나면 시골만큼은 아니더라도, 별이 상당히 많이 보였다. 그리고 센다이의 칠석은 날씨가 궂을 때가 많은데, 그날만큼은 구름 한 점 없이 별이 초롱초롱했다. 지금도 나는 그 밤하늘을 또렷이 기억한다.

툇마루에 앉은 나는 '혼자 이렇게 많이 쓰다니.' 하고 쓴웃음을 지으면서 소원 종이에 매직으로 소원을 쓰기 시작했다.

한참 뒤 매직 뚜껑을 닫았다. 내용은 전부 같았다. 그래야 하느님이 소원을 더 잘 들어줄 것 같았다.

손전등을 켜고 집 뒤로 해서 둑에 올라갔다. 강가에서 반짝이는 촛불로 모두 어디 있는지 바로 알 수 있었다.

불빛을 따라 가까이 가자, 모기향 연기와 누마쿠라 아저씨가 피우는 담배 연기가 섞여 주위에 떠돌았다.

히로세 강가에서 나오미와 유키히로, 야스코 누나, 그리고 누마쿠라 아저씨가 둥그렇게 앉아 나를 기다리고 있었다. 유키히로는 평소와 다름없이 청바지에 티셔츠 차림이었지만, 나오미는 유카타를 입고 있었다. 처음 보는 나오미의 유카타 차림은 무척 어른스러워서 가슴이 철렁했다.

"빨리 붙여."

야스코 누나가 내게 셀로판테이프를 건네면서 손전등으로 비춘 곳을 보고 나는 깜짝 놀라 자빠질 뻔했다. 칠석 장식용 대나무가 아니라 거의 자른 그대로 가져온 대나무, 좀 과장하자면 높이 10미터는 될 법한 굵은 대나무 한 그루가 어디서 가져왔는지 강가에 누워 있었다.

"누마쿠라 아저씨랑 우리 모두 함께 옮겨 왔어."

유키히로가 자랑스럽게 말하자 나오미가 덧붙였다.

"별로 안 귀엽지만 이해해."

네 사람이 이 대나무에 달라붙어 질질 끌고 시내 거리를 지나왔을 모습을 상상하니 우스워서 참을 수 없었지만, 나를 위해 해 주었다고 생각하니 가슴이 뭉클했다.

불빛을 비춰 주는 가운데, 셀로판테이프로 소원 종이를 대나무 가지에 붙였다.

소원 종이를 전부 다 붙이고 나서 물었다.

"나오미와 유키히로는 뭐 썼어?"

둘은 동시에 "비밀."이라고 대답했다.

나오미가 물었다.

"가즈야는 어떤 소원을 썼어?"

나도 "물론 비밀."이라고 대답했다.

나오미가 보면 엄청 부끄러워할 내용이었다. 게다가 전부 같은 내용으로.

"자, 이제 슬슬 세워 볼까? 다들 도와."

돌 위에 앉아 있던 누마쿠라 아저씨가 일어나 우리를 재촉했다.

대나무 잎이 바스락거리는 가운데 대나무에 달라붙어 "하나, 둘!" 하고 똑바로 세웠다.

"자, 여기에 꽂자."

미리 파 놓은 구멍에 대나무 뿌리를 맞추자, 우리의 대나무는 거의 수직으로 히로세 강 모래밭에 섰다.

그러나 아무리 봐도 칠석 장식용으로 다듬은 대나무라기보다는 크리스마스트리에 가까웠다.

"으음."

"칠석용 대나무 같지 않네."

"그러게."

그렇지만 그것으로 충분하다고 모두 만족했다. 무수한 별들을 껴안듯이 밤하늘을 향해 우뚝 선 우리의 대나무는 어떤 대나무보다 화려해 보였다.

유키히로와 야스코 누나는 불꽃놀이 준비를 했다. 이들에게서 조금 떨어져서 나오미가 물었다.

"견우와 직녀는 어느 걸까?"

"불을 꺼 봐."

손전등이 꺼짐과 동시에 나오미가 작게 탄성을 질렀다.

"굉장하다! 은하수가 또렷이 보여."

우윳빛 길이 밤하늘을 세로로 가르며 달리고 있었다. 마치 발밑에 흐르는 히로세 강과 대조를 이루는 것 같았다. 우리는 하늘과 땅과 두 강 사이에 서 있었다.

하늘을 올려다보면서 백조자리의 데네브, 독수리자리의 알타이르, 거문고자리의 베가로 이루어진 여름의 대삼각형을 찾았다.

나는 왼쪽 옆에 있는 나오미와 어깨를 나란히 하고 은하수를 가리켰다.

"은하수 한가운데 있는 저 별과 왼쪽과 오른쪽에 있는 밝은 별이 커다란 삼각형을 이루지."

"아, 그렇구나. 알았다."

"은하수 동쪽에 있는 것이 견우고, 그 반대쪽이 직녀. 어때? 알겠어?"

"알겠어. 가즈야는 별자리에 대해서 잘 알아?"

"그냥, 보통이야."

나오미가 "흐음." 하고 끄덕이면서 하늘을 계속 올려다보았다.

거의 90도로 꺾인 고개가 아파 잠깐 시선을 땅으로 돌렸을 때, 나오미가 소리를 질렀다.

"앗, 별똥별!"

"어디, 어디?"

"사라졌어."

나오미가 중얼거리면서 유감스러운 듯이 한숨을 쉬었다.

"아직 소원을 빌지 않았는데……."

바로 그 순간이었다. 은하수를 가로지르듯이 다시 별이 흘렀다. 하지만 소원을 말하기 전에 사라져 버렸다.

보이는 동안에 소원을 다 빌기란 불가능하구나 하고 생각한 직후, 하나, 둘, 또 잇따라 별똥별이 대나무 위를 슝슝 가로지르기 시작했다.

다른 사람들에게 가르쳐 주는 것도 잊고, 나오미와 둘이서 숨을 삼키고 하늘을 계속 바라보았다.

얼마나 그러고 있었을까? 점점 밤하늘이 조용해지고, 아무리 기다려도 별이 흐르지 않게 되었을 때야 나와 나오미는 동시에 얼굴을 돌렸다.

"굉장하다, 그렇지?"

"응, 깜짝 놀랐어."

"소원 빌었어?"

"저렇게 많이 흐르는데 당연하지."

"나도."

물어도 절대로 가르쳐 주지 않을 테지만, 나오미의 소원이 나와 같다면 정말 기쁠지도…….

이런 생각을 하면서 모처럼 나오미와 둘이 여운에 잠겨 있는데, 유키히로가 맥 빠진 목소리로 분위기를 깼다.

"어이, 너희 뭐 해. 불꽃놀이 시작했단 말이야."

"가자."

나오미가 내 손을 잡았다.

"응."

꼭 잡은 나오미의 손에서 전해지는 온기로 나오미도 나와 같은 소원을 빌었다는 걸 알았다.

결국 그 소원은 이루어지지 않았다. 그렇다고 해서 그 뒤에 나와 나오미, 그리고 유키히로의 인생이 한 번도 교차하지 않았던 건 아니다. 하지만 아직은 그 이야기를 풀 때가 아니라고 생각한다.

딸 정하가 초등학교 입학을 앞두고 이런 질문을 한 적이 있다.

"엄마, 나 학교 가서 왕따 당하면 어떡하지?"

왕따 당하던 아이가 아파트에서 투신자살을 했다느니 하는 뉴스로 떠들썩한 때였다. 갓 여덟 살이 된 어린 마음에도 친구들에게 소외당한다는 것이 얼마나 무서운 일인지 상상이 됐던 모양이다.

그래서 나는 딸에게 이렇게 말해 주었다.

"괜찮아, 왕따는 유행이 지났거든. 가수들 노래도 유행 지나면 텔레비전에 잘 안 나오지? 왕따도 이제 유행이 지났기 때문에 학교에서 없어졌어."

어린 딸은 능청스러운 내 거짓말을 고스란히 믿고 마음을 놓았다. 그러나 미안하게도 딸이 중학생이 된 지금까지도 '왕따'는 여전히 학교 세계에 존재하는 것 같다. 정하도 지금쯤은 '엄마는 거짓말쟁이'라고 탓하기보다 '왕따에 대처하는 우리들의 자세'를 터득했으리라.

이 소설은 지금 청소년의 부모님이 어렸을 때보다도 더 오래전 이야기이다. 그런데도 버젓이 왕따가 있었고, 차별이 있었다. 이쯤 되면 왕따는 바퀴벌레의 생명력만큼이나 끈질긴 역사를 자랑한다고 할 수 있을 듯하다. 과연 '왕따'는 학교가 존재하는 한 사라지지 않을 문제일까.

주인공 가즈야는 시골에서 센다이라는 도시로 전학을 왔다. 도시로 전학 간다고 기뻐한 것도 잠깐, 아버지가 하던 일이 실패해서 이사를 온 터라 이사한 집을 보고 실망을 감추지 못했다. 글쎄, 다섯 가구가 다닥다닥 붙어 있는 낡아 빠진 공동 주택이지 뭔가.

그러나 인간지사 새옹지마. 그곳에서 유키히로와 나오미 같은 좋은 친구와, 야스코 누나와 누마쿠라 아저씨 같은 바람직한 어른들을 만나며 가즈야의 인생이 달라진다.

가즈야는 청소년 독자 여러분 주위에 있는 모 군처럼 평범한 소년이다. 특별히 공부를 잘하지도 않고, 못하지도 않고, 씩씩하게 나서서 리더가 되지도 않는, 그냥 어느 교실에서나 볼 수 있는 얌전하고 착한 소년 말이다.

그런 가즈야가 반에서 차별을 받는 유키히로와 나오미를 위해서, 정확하게는 야스코 누나에게서 배운 '정의'를 구현하기 위해서 두 팔 걷어붙이고 나선다. 가즈야는 힘이 들 때마다 과연 이 세상에 '정의'가 있는 게 맞는지 의심스러워하며 좌절한다.

하지만 그래도 끝까지 '정의'를 믿고 두 친구 편에 서서 고군분투하는 모습은 감동 그 자체다. 겨우 초등학교 5학년인 가즈야가 '정의'란 건 '죽은말'이라고 생각하는 어른들에게 멋지게 한 방 날려 주었다.

센다이는 일본 도호쿠 지방에서 가장 큰 도시이다. 동쪽으로는 태평양이 흐르고 서쪽으로는 산맥이 쭉 뻗어 있다. 그리고 시내 한복판에는 히로세 강이 흐르고 느티나무 가로수가 길게 이어져 있어 자연과 아름다운 조화를 이루는 도시이기도 하다.

특히 일본의 3대 축제 가운데 하나로 불리는 '센다이 칠석제'로 유명하다. 칠석제 때에는 가게마다 색색의 종이로 전통 장식을 만들어 단다. 그리고 사람들마다 소원을 쓴 종이를 대나무에 매단다. 그러면 소원이 이루어진다고 믿기 때문이다.

가즈야도 공동 주택의 주민들과 함께 칠석제를 보낸다. 가즈야의 베스트 프렌드 유키히로, 첫사랑 나오미, 야스코 누나, 누마쿠라 아저씨와 함께 칠석날 밤에 소원을 쓴 종이 스무 장을 대나무에 매달면서 말이다. 아마도 첫사랑이 이루어지게 해 달라는 소원이 아니었을까.

이 작품을 번역하는 동안, '어린이는 어른의 아버지'라는 워즈워스의 말이 머릿속을 맴돌았다. 소설 속의 아이들이야말로 어른의 선생이구나 하는 생각을 지울 수 없었다.

평생 정의라는 말에 가슴 설레는 어른으로 살 수 있었으면…….

권남희